말하고
싶은
비밀

KOUKAN USO NIKKI 1

사쿠라 이이요 지음

김윤경 옮김

말하고 싶은 비밀

交換ウソ日記

일러두기

- 이 책에서 등장인물을 부르는 표현은, 보통의 경우 성을 부르고 가까운 사이일 경우 이름을 부르는 일본의 문화를 반영하여 표기했습니다.
- 한국어로 바꿨을 때 어색한 표현은 외래어 표기법에 따르지 않고 예외를 두었습니다.
- 띄어쓰기 및 맞춤법은 국립국어원 표준국어대사전을 기준으로 통일하되, 통용되는 표현이 있을 경우, 논외로 두었습니다.
- 주인공이 주고받은 쪽지의 경우, 서체를 다르게 써서 발신인을 구분했습니다.
- 본문 속 각주는 옮긴이 주입니다.

차례

1장

빨간, 고백

DIARY

불쑥, 날아든 러브레터

— 좋아해

세토야마

숨이 멎는 줄 알았다.

그 정도로 '이것'은 충격적이었다.

"장, 난인가…?"

고개를 갸우뚱하며 중얼거려 봤지만, 누가 대답해 줄 리도 없다. 편지를 보고는 재빨리 교실을 둘러본 다음 편지로 다시 시선을 돌렸다. 편지에 쓰인 글자는 당연히, 아까 읽은 그대로다. 주위에 앉아 있는 반 아이들도 교단에서 수업하는 선생님도, 지금 내가 러브레터 비스름한 걸 받았다고는 생각지도 못하겠지.

물론 나도 이런 걸 받을 줄은 꿈에도 몰랐다. 믿을 수 없는 현실에 머릿속이 마구 뒤엉켜 버렸다. 이마에 손을 갖다 대고 눈을 살그머니 감고서 가슴을 진정시켰다. 일단 차분하게 생각해 보자. 쓰읍, 코로 숨을 들이마셨다가 천천히 내뱉었다. 그리고 다시 편지에 시선을 꽂았다.

'좋아해, 세토야마.'

쓰인 글자는 이게 전부다.

구로다 노조미. 내 이름은 어디에도 적혀 있지 않다.

두근두근 세차게 뛰는 가슴을 억누르고 머리를 흔들며 마음을 가라앉혔다. 태어나 처음 러브레터를 받았다고 무조건 좋아할 일이 아니다.

그도 그럴 게, 보낸 사람이 다른 사람도 아닌 바로 '그' 세토야마니까. 세토야마는 나와 같은 학년인 이과반 남자애다. 나는 문과반이고.

이과반과 문과반은 교실이 다른 건물에 있어, 1층 연결 복도로만 이어져 있다. 내가 이과반 건물에 들어오는 날은 일주일에 한 번, 이동 수업이 있는 수요일 4교시 수학B 시간뿐이다. 그러니까, 지금 내가 있는 이 교실은 이과반인 2학년 E반이다. 바로 세토야마네 반이다.

이과와 문과는 수업 과목이 전혀 달라서 거의 접점이 없다. 그래서 세토야마가 나를 알고 있을 리가 없다. 더군다나 날 좋아한다는 건 더더욱 있을 수 없는 일이다.

그렇게 생각하면 이 편지는 내게 보낸 게 아닐 가능성이 크다. 우연히 지금 이 시간, 이 자리에 앉게 된 내가 발견한 것뿐일지도 모른다. 맞아, 그렇다면 말이 되네. 평소 이 자리에 앉는 여자애한테 보내는 편지일 게 분명하다.

이렇게 추리는 했지만…. 이게 맞나?

4교시까지 이 편지를 알아차리지 못할 수가 있다고? 이 시간, 이과반 애들은 모두 음악이나 가정·기술 수업을 받으러 다른 교실에 간다. 이 자리를 떠날 걸 알면서도 그 직전에 편지를 넣었다고 보기는 어렵다.

게다가… 이 책상은 여학생이 사용하는 걸로는 보이지 않는다.

책상에는 사인펜과 샤프로 그린 정체불명의 생명체에 가까운 일러스트와 축구공이 여기저기 있다. 혼잣말 같은 낙서가 책상에 남아 있는 걸 보고 나도 모르게 답장을 쓴 적이 여러 번 있다. 어떤 내용이었는지는 전혀 기억나지 않지만.

책상 서랍 안에는 언제나 노트와 교과서가 꽉꽉 들어차 있다. 구겨진 프린트가 삐죽삐죽 나와 있던 날도 있었다. 어지간히 더러운 책상을 보면서 "이 자리 주인은 대체 어떤 남자애냐?" 하고 친구 에리노와 깔깔대고 웃었을 정도다.

그런 지저분한 책상에서 이 편지를 발견한 건, 오늘만큼은 서랍 안이 텅텅 비어 있었기 때문이다. 그 대신에 이 구깃구깃한 스프링 노트 조각이 셀로판테이프로 붙여져 있었다. 약간 비어져 나와 있어서 이 자리에 앉을 예정인 내게 '날 좀 보라고!' 말을 걸듯 어필하고 있었다.

이 자리가 세토야마의 자리인지 아닌지는 아직 모르지만(여기가 세토야마의 친구 자리이고 세토야마는 그저 도움을 받은 걸 수도 있으니까), 이 편지는 역시 나한테 보낸 건지도 모른다.

하지만 아무래도 믿을 수가 없다. 도통 영문을 모르겠다. 전혀 이해가 되질 않는다. 왜 세토야마가 나 같은 애를 좋아하지? 놀리는 건가? 하지만 진심일지도 모른다. 아아, 뭐가 어떻게 된 거야! 전혀 알 수가 없다. 뭘 알 수 없는 건지도 모르겠다.

러브레터를 쓸 거면 받는 사람 이름 정도는 써주라고요.

"어이, 똥머리 구로다 노조미! 내 이야기 듣고 있는 거냐?"

"네? 아, 아뇨! 아, 네!"

느닷없이 선생님이 내 이름을 부르는 소리에 놀라서 반사적으로 얼굴을 치켜들고는 대답했다.

"…듣지 않은 것 같으니 다시 한번 설명하마. 이번에는 잘 들어라, 구로다 노조미."

선생님이 완전 어이없다는 듯이 한숨을 내뱉으며 말하는 바람에 반 애들이 일제히 나를 쳐다보며 킥킥 웃어댔다. 너무 창피해서 그때부터는 선생님이 하는 말이 거의 머릿속에 들어오지 않았다.

"아깐 왜 그런 거야, 노조미?"

수업이 끝나자 에리노가 짧은 단발머리를 가볍게 흔들며 다가왔다.

"아, 잠깐 멍하니 있다가 그만."

어정쩡하게 웃으며 대답했다. 러브레터를 받고 당황했다고 말할 수는 없는 노릇이니까. 정말로 내게 보낸 건지도 아직 모를뿐더러 놀림을 받았다고 해도 곤란하다. 상대가 세토야마라는 게 알려지면 아주 난리가 날 게 뻔하다.

"그럼, 오늘도 방송 잘해! 노조미 책이랑 가방은 내가 챙겨서 갈게."

"응, 고마워."

올해 방송위원이 되고 나서는 매주 수요일마다 점심시간 방송을 담당한다. 수업이 끝나면 최대한 빨리 방송을 시작해야 한다. 교실에 들렀다 갈 틈도 없이 곧장 방송실로 가야 해서 늘 에리노가 내 짐을 챙겨서 교실로 갖다준다. 오늘도 노트와 교과서, 필통을 그대로 책상에 올려둔 채 도시락 주머니만 들고 자리에서 일어났다.

"아, 잠깐만!"

문득 생각나 돌아서서는 구깃구깃한 편지, 아니 러브레터를 살그머니 노트 사이에서 빼내 교복 주머니에 쑤셔 넣었다.

"갔다 올게."

조금 전까지 내가 앉았던 자리에 있는 에리노에게 손을 흔들고 부리나케 방송실로 달려갔다.

여름이 벌써 끝나고 가을로 접어든 10월이지만, 오늘은 춘추복을 입고 있으면 약간 땀이 날 정도로 따듯하다. 창밖으로 펼쳐진 파란 하늘을 흘끗 바라보고 나서 3층에서 1층까지 뛰어 내려갔다.

이과반과 문과반을 잇는 연결 복도를 지나 문과반 건물 1층에 있는 교무실에서 방송실 열쇠를 받아 들고, 그 옆 교보재 준비실을 지나 작은 방으로 들어갔다. 방송위원이 아닌 한, 이 작은 방이 방송실이라는 걸 아는 학생은 별로 없겠지. 나도 작년까지는 몰랐으니까.

여느 때처럼 기계를 조작해 온에어 마이크 가까이에 있는 빨간 버튼을 눌렀다.

"안녕하세요. 점심 방송 시간입니다. 오늘 담당은 구로다 노조미입니다. 함께해 주세요."

매번 똑같은 인사말로 방송을 시작하고 나면 적당히 음악을 틀어주면서 약 30분간 이 방에서 혼자 시간을 보낸다.

방송위원이 된 건 2학년이 되고서였다. 점심 방송 담당은 1년 내내 계속해야 해서인지 체육 대회나 문화 축제 방송 담당보다 일이 수월한 데도 다들 맡기 싫어해서 좀처럼 정해지지 않았다. 나도 가위바위보에 져서 하게 됐으니까.

처음에는 에리노와 유코, 다른 친구들과 함께 점심도 먹지 못하고 좁아터진 방에서 왕따라도 된 듯 혼자 있어야 하는 상황이 너무 외롭고 불안했다.

하지만 한 학기가 끝날 무렵에는 누구도 신경 쓰지 않고 나만의 공간에서 나 좋을 대로 보내는 이 시간이 즐거워졌다.

방송실 앞에는 듣고 싶은 곡이나 상담 사연, 특별히 낭독을 원하는 메시지를 넣는 신청곡함이 비치되어 있지만, 그 상자 안에 메시지가 든 경우는 거의 없다. 일 년에 한 통 있을까 말까. 그런 상자가 있다는 사실조차도 모르는 학생이 대부분일 거다. 가끔 선생님들이 공지하는 내용을 읽는 일 말고는 방송 일다운 일은 아무것도 없다. 배경 음악으로 내가 좋아하는 하드 록을 틀어놓고 도시락을 다 먹고 나면 책을 읽는다.

마음 같아서는 데스메탈을 틀고 싶지만, 언젠가 한 번 틀었다가 선생님에게 "점심시간에 어울리는 음악을 틀어야지." 주의를 받고 나서는 피한다.

하지만 오늘은 다른 때처럼 느긋하고 편안하게 있을 수가 없다. 도시락을 책상 위에 풀어 놓으면서 주머니 속에 넣어둔 편지를 꺼냈다.

'좋아해, 세토야마.'

이 짧은 편지를 수도 없이 머릿속에서 되뇌며 읽어보았다. 그리고 쪽지를 들어 올려 빛에 비춰보았다가 뒤집어 보기도 했다. 그런다고 해서 뭐가 나오진 않았지만.

더 이상의 정보는 어디에도 쓰여 있지 않았다.

역시 믿을 수 없다.

고등학교에 입학한 지 얼마 되지 않아, 같은 반 여자애가 "이과반에 멋있는 남학생이 있어!" 호들갑을 떨며 말한 기억이 난다. 그 애가 바로 세토야마 준이다.

약간 큰 키에 새카맣고 윤기 나는 머리칼. 살짝 긴 앞머리 사이로 보이는 시원한 눈매. 한마디로 미남이라고 할 정도로 눈에 띄는 외모였다. 나는 그런 세토야마를 딱 한 번 보기만 했는데도 기억에 남았다. 공부도 잘한다고 들었다. 1학기 기말고사 때 수학과 화학 과목이 학년에서 유일하게 만점이었다고, 어디서 정보를 주워들었는지 유코가 말해주었다. 게다가 스포츠까지 만능이라고 했다.

그런 세토야마는, 당연히 여학생들 사이에서 인기 폭발이었다. 바로 지난주에도 옆 반 여학생이 세토야마에게 고백했다가 차였다고 화제가 되었다. 몇 번인가 비슷한 소문을 들었지만 여자 친구가 있다는 이야기는 들은 적이 없다.

그런 인기 남이, 날 좋아한다니… 아무리 생각해도 이상하다.

"왜, 나지?"

무심코 중얼거렸다.

언제, 무슨 일이 있었기에 나를 좋아하게 된 건지 전혀 짐작이 가지 않는다. 내가 말하긴 뭣하지만, 나는 그야말로 평범 그 자체다. 누가 첫눈에 반할 만한 외모도 아닐뿐더러 반에서 눈에 띌 정도로 밝지도 않고 개성도 없다. 성적도, 스포츠도 완전히 보통 수준이다. 그런 나를 세토야마가 어떻게 아는 걸까.

이 편지가 세토야마가 보낸 게 아니라면, 내 이름이 쓰여 있지 않아도 나한테 보낸 거라고 믿었을 텐데. 그리고 틀림없이 더 순수하고 솔직하게 기뻐할 수 있었을 거다.

무엇보다…

'이렇게 인기 많고 잘난 애는 너무 부담스러워.'

이게 바로 러브레터를 받고 기뻐하기는커녕 마음이 무거운 이유 중 하나다.

후우, 하고 한숨을 쉬며 머리를 감싸 쥐었다. 이런 생각을 하는 여자애는 학교에서 나뿐일지도 모른다.

누구든 세토야마를 나쁘게 말하는 걸 들어본 적이 없다. "늘 겉과 속이 똑같은 좋은 녀석이야."라며 세토야마와 같은 중학교를 다녔다는 남학생이 말했다. 언제 봐도 남녀 불문 많은 친구에게 둘러싸여서 즐거운 듯이 웃고 있다.

고백을 받아도 적당히 얼버무리는 법이 없단다. "널 좋아하지 않아. 미안." 아니면 "미안하지만 사귀는 건 안 되겠어." 솔직한 말로 거절한다고 했다. 단도직입적인 그 말이 내게는 혹독하고 냉정하게 들리는데, 세토야마에게 고백한 여자애들은 "거절당했지만 어쩔 수 없지 뭐."라고 말하며 눈물이 그렁그렁한 채로 웃었다고 한다.

다른 남학생에게 고백했던 어떤 여학생은 세토야마와 똑같은 말로 거절당하고는 "그렇게 말하다니 너무 심한 거 아냐!" 하고 울었다던데.

다른 사람이 아무리 세토야마와 똑같은 말을 해도 세토야마와 같은 인상을 주지는 못한다. 그런 말이나 행동은 세토야마니까 허용되는 거지. 세토야마는 사람을 끌어당기고 사랑을 받는, 그런 사람이다.

거짓이 없으며 주저하지 않고 자신의 의견을 솔직히 말한다. 남의 눈치를 살피는 일 없이 좋은 것도 싫은 것도 확실히 말하는 사람. 하지만 그게 어떤 발언이든 상대가 기분 나빠하지 않는다.

그건 분명 스스로 자신감이 있어서일 거다.

우유부단한 나와는 정반대인 사람이다. 그래서 세토야마가 뭔가 편치 않고 거부감이 든 걸 수도 있다. 그런 사람이 보낸 러브레터, 같은 쪽지라니!

'어쩌면 좋지!'

머릿속이 혼란스러워서 콩, 책상에 머리를 박으며 엎드렸다. 이럴 줄 알았으면 알아채지 못한 척하고 책상 안에 다시 넣어두고 올 걸 그랬다.

시간이 얼마나 흘렀을까. 점심시간이 끝나기 15분 전임을 알리는 알람이 울렸다. 평소에는 느긋하게 보내던 점심시간이 오늘은 눈 깜짝할 사이에 끝나고 말았다. 결국, 이 편지를 어떻게 하면 좋을지 모르는 채로.

크게 한숨을 내쉬고는 틀어놓은 곡이 끝나자 "오늘도 들어주셔서 고맙습니다." 인사하고 마이크 전원을 껐다.

"어, 노조미, 왔어?"

교실로 돌아간 시간은 수업이 시작되기 5분 전이었다. 여느 때처럼 에리노와 유코를 중심으로 몇몇 친구들이 책상 주위에 둘러앉아 과자를 집어 먹고 있었다.

"교과서, 책상 위에 올려놨어."

"고마워."

에리노가 입안 가득 초콜릿을 집어넣으면서 내 자리를 가리켰다. 고맙다고 말하고서 모여 있던 애들과 가까이에 있는 내 자리로 가서 앉았다. 도시락통을 가방에 넣을 때 주머니 안에 있던 편지를 슬쩍 꺼내 가방 안에 함께 넣었다.

"오늘도 록 틀었더라."

"아, 응. 신청곡이 들어와서…."

유코가 내 앞자리로 옮겨오더니 뒤를 돌아보며 나를 향해 웃었다. 유코의 어깨 부근에서 머리카락이 찰랑거리는데 상쾌한 향기가 은은하게 났다. 외모를 꾸미는 데 남들보다 관심이 많은 유코는 언제나 눈매가 또렷해 보이는 메이크업을 하며 머리카락 끝은 살짝 컬이 말려 있다. 손에 든 과자는 최근 큰 인기를 끌고 있어 줄을 서도 사기 어렵다는 마카롱이다. 예쁜 카페를 찾아다니며 사진을 찍는 취미가 있고 늘 유행을 앞서간다.

그런 유코의 "록 틀었더라."라는 말과 나를 쳐다보는 미소에서 록을 약간 무시하는 느낌을 받았다. 유행하는 일본 대중음악인 제이팝을 좋아하지 않는다고 해서 별난 아이라든가, 말이 통

하지 않는 아이라고 여기면 어쩌지 싶어서 나도 모르게 그만 누군가가 신청한 곡이라고 거짓말을 둘러댔다. 이런 이유로 난 하드 록과 데스메탈을 좋아하면서도 그게 내 취향이라고 솔직히 밝히질 못하고 있다.

“그런 신청곡은 무시하면 되잖아. 아무도 모를 텐데, 그 시끄럽기만 한 곡. 노조미가 신청곡을 틀어주니까 더 신나서 자꾸 신청하는 거 아냐?”

“아니 뭐, 그래도 가끔인데 어때.”

멋진 곡인데 유코가 듣기에는 ‘시끄럽기만 한 곡’인가보다. 그렇다고 하니 괜히 마음이 복잡하다. 하지만 이 자리에서 “멋지잖아!” 반박한다면 유코가 무안해할지도 모르고 괜히 분위기만 싸해질지도 모른다. 그래서 얼른 분위기에 맞춰 얼버무리고 말았다.

나는 언제나 이런 식이다. 친구들과 함께 노래방에 가면 애들이 분위기 깬다고 질색할까 봐 좋아하는 노래보다 유행하는 노래를 부르고, 좋아하지도 않는 아이돌 이야기에 맞장구를 친다.

자신의 의견을 말하는 사람이라면 좋아하는 걸 당당히 밝히겠지. 세토야마라면 “내가 그 곡 좋아하거든.”, “멋있잖아!”라며 주위 사람이 어떻게 생각하든 신경 쓰지 않고 말할 것 같다.

“점심시간 방송 같은 건 항상 제대로 듣지 않는데 말이지, 수요일에 노조미가 하는 방송만큼은 아주 강렬해서 어느새 듣게 된다니까.”

"맞아. 저절로 귀에 꽂힌 달까. 그런데 그런 곡은 대체 어떻게 찾아내는 걸까? 어떤 계기로 좋아하는 건지 모르겠어."

"그러게. 어떤 점이 좋은 걸까. 영어로 부르니까 가사도 전혀 모르겠던데."

옆에 있던 친구도 유코와 마찬가지로 의아해했다.

"대체 어떤 사람일까?"

"그런 곡 듣는 사람은 분위기도 칙칙한 거 아냐?"

친구들이 멋대로 상상하기에 나는 옆에서 억지웃음을 지으며 "그러게, 어떨까." 같은 말만 되풀이했다.

"뭐 어때, 사람마다 좋아하는 게 다 다른 거지."

한창 신나서 떠드는 유코와 애들의 대화에, 에리노가 끼어들었다. 모두의 시선이 에리노에게 쏠리면서 약간 어색한 분위기가 우리를 휘감았다.

"뭐, 그렇긴 하지만."

유코가 웃음기 사라진 표정으로 조금 머쓱해하면서 중얼거렸다.

"하지만 역시 궁금하잖아. 아무도 모르는 곡이니까."

"그렇긴 해도 다른 사람이 좋아하는 걸 웃음거리로 만드는 건 아니지. 유코도 네가 좋아하는 걸 남들이 비웃으면 기분 나쁘잖아."

그러더니 에리노는 "자, 이 이야기는 이제 그만!" 정리하며 대화를 끝맺었다.

역시 에리노다. 나는 절대로 할 수 없는 말이다. 모두 한창 열을 올리며 떠드는 데도 그 분위기에 주눅이 들거나 전혀 눈치 보지 않고, 자기가 하고 싶은 말을 그 자리에서 똑 부러지게 한다. 그리고 아무도 그 말에 이의를 제기하거나 불만을 드러내지 않는 건 에리노이기 때문이다.

살짝 미묘한 분위기가 흘렀으나 잠깐이었을 뿐, 6교시 시작을 알리는 종소리가 울렸을 때는 모두 최근 인기를 끄는 드라마 이야기며 개그맨 이야기에 빠져 있었다.

에리노와는 1학년 때 같은 반이 되면서 친해졌다.

늘씬한 몸매에 이목구비가 또렷하고 예쁜 얼굴을 한 에리노. 언뜻 인상이 까다로워 보였지만 막상 이야기를 나눠보니 무척 밝은 성격에 말도 잘 통했다.

에리노는 1학년 때 자처해서 학급위원을 맡아 반을 잘 이끌었다. 상대가 남학생이든 선생님이든 주눅 들지 않고 당당하게 자신의 의견을 상대에게 전하는 강인함도 있다. 체육 대회 종목을 정할 때나 학교 축제에 상연할 작품을 논의할 때도 에리노가 주도한 덕에 원활하게 진행되어 짧은 시간 안에 끝났다. 효율적인 방법을 제안하니 아무도 불평하지 않는다. 1학년 여름에는 학생회에 들어가더니 2학년이 되어서는 부회장을 맡고 있다. 지금은 모두 인정하며 선생님들에게도 학생들에게도 신뢰를 받고 있다.

나는 에리노와 정반대의 성격이지만 에리노와는 누구보다도 친하다. 수업이 끝나면 함께 놀러 가거나 쇼핑도 한다. 지금 쓰는 필통과 휴대폰 스트랩도 우정 아이템으로 같이 샀다.

에리노는 언제나 "같이 있으면 마음이 편안해져서 노조미가 좋아."라고 말한다. 나도 에리노와 함께 있으면 즐겁고 기분이 좋아진다. 정말이지 좋아하는 친구다.

하지만 때로는 항상 등허리를 꼿꼿이 펴고 당당하게 다니는 에리노가 무척이나 부럽다. 나의 나약함을 재확인하게 되고 그러다 보면 내가 싫어진다.

그리고 가끔이지만, 마음에 검은 안개가 낀 듯한 모호한 감정이 차오를 때가 있다.

예전에 내가 점심 방송에서 데스메탈을 틀었을 때, 교실로 돌아오자마자 애들이 모두 놀렸던 적이 있다.

"뭐야 그게, 깜짝 놀랐어."

"밥 먹을 때 그런 곡 틀지 말라고! 밥맛이 싹 달아나잖아."

갈라지는 쉰 목소리로 고함을 지르는 노래, 온몸에 느껴지는 중저음. 내가 좋아하는 곡 중 하나였다. 일본에는 거의 알려지지 않은, 갓 데뷔한 해외 밴드인데 누군가가 내가 튼 이 곡을 듣고 좋아하게 되기를 바랐다.

하지만 친구들의 반응이 상상을 초월할 정도로 곱지 않아서, 좋아하는 곡을 부정당한 기억이 아직도 생생하다.

"그, 그치만, 약간, 멋있지 않아?"

"아니. 전혀. 전혀! 뭐야? 노조미도 설마 그런 시끄러운 곡을 좋아하는 거야?"

만약 점심 방송 담당이 내가 아니라 에리노였다면, 멋있다고 말한 사람이 에리노였다면 모두들 반응이 달랐겠지. 아까처럼 "그렇긴 하지만…." 말하며 조금은 공감해 줬을지도 모른다.

왜 이렇게 상대의 반응이 다른 걸까. 이게 바로 나와 에리노의 차이다.

그런 차이가 절실히 느껴지면 부러움을 넘어서 질투가 솟구친다. 이런 감정에 휘둘리는 나 자신이 너무나도 싫다.

세토야마도, 분명 에리노 같은 타입이지 않을까. 그렇게 좋아하는 절친에게도 질투하는데, 잘 알지 못하는 세토야마한테는 더 말할 것도 없다. 함께 있으면 비참할 게 뻔하다. 감정을 솔직히 말하지 못하는 건 내가 나약한 탓이긴 하지만.

이런 잡념에 빠져 있는데 앞쪽에 앉은 에리노와 눈이 마주쳤다. 활짝 웃으며 손을 흔드는 에리노에게 손을 마주 들어 보이고는 머리를 힘껏 가로저어 흔들며 추한 질투심을 떨쳐냈다.

"미안, 노조미. 학생회실에 얼른 자료만 갖다 놓고 갈 테니까 신발장 있는 데서 기다려."

"응, 알았어."

수업이 끝나면 함께 쇼핑 가자고 약속한 에리노가 황급히 교실을 나가면서 말했다. 부회장은 회장보다 잡무가 많아서 바쁜 모양이다. 매일 뭔가 분주하게 학생회 일을 하고 있다.

"잠깐만, 노조미!"

큰 목소리로 나를 부르기에 얼굴을 들어보니 유코가 쿵쾅거리며 달려왔다.

"왜?"

"이번에 미팅할 건데 안 갈래? 같이 가줘, 부탁이야."

"미팅?"

눈앞까지 다가온 유코는 책상에 손을 짚고 몸을 쑥 내밀면서 머리를 숙였다.

미팅이라니 별일이다. 아니, 처음 있는 일이다.

"중학교 때 친구가 여자 친구를 사귀고 싶은가 봐. 어때? 노조미도 이제 슬슬, 뭐냐 그 전 남친은 잊고 새로운 사람을 만나야지?"

"아, 그게."

"부탁이야. 여자 쪽은 다 아는 애들로 모을 테니까. 응?"

그런 자리에 가 본 적이 없어서 뭘 하는 건지 궁금하긴 하지만, 모르는 남자애들하고 이야기하는 건 자신 없다. 보나 마나 분위기에 어울리지도 못할 게 뻔한걸.

하지만 유코가 눈앞에서 두 손을 모으고 부탁하는 모습을 보니 차마 거절하기가 어렵다.

선뜻 대답하지 못하고 유코를 바라보니 정말로 곤란한 표정이 고스란히 얼굴에 드러나 있다. 여기서 내가 거절하면 유코는 다른 애를 죽어라 찾아다니고 또 애절하게 부탁하겠지.

"…그럼, 알았어. 말이나 제대로 할 수 있을지 모르지만…."

마음이 약간 무거워졌지만, 경험 삼아 나가보는 것도 괜찮겠지. 유코는 내 대답을 듣더니 눈을 반짝이며 얼굴을 들었다.

"고마워! 멋있는 애 나올 거니까 기대해!"

"으, 으응."

"약속 정해지면 또 연락할게. 간다."

중학교 때 친구라는 남자애한테 알려주러 가는 걸까. 뛰어 들어올 때와 마찬가지로 요란스럽게 교실을 나가는 유코의 뒷모습을 바라보았다.

"미팅, 이라."

바로 나간다고 대답하다니, 후회가 밀려와서 혼잣말이 새어 나왔다.

모르는 남자애들하고 놀러 가는 모습을 상상하기만 해도 괜히 불안했다. 분위기 깨는 말을 하지 않도록 신경을 바짝 곤두세워야겠네. 같은 반 남자애들하고도 연락 사항 정도밖에 이야기를 나누지 않는 내가 제대로 대화를 이어갈 수 있을까. 남학생하고 놀러간 건 선배와 만났던 이후로 한 번도 없는데.

선배의 모습이 머릿속에 떠오르면서 아까 유코가 한 말이 되살아났다.

'전 남친은 잊고 새로운 사람을 만나야지.'

이제 전 남친, 이구나.

한 학년 위인 야노 선배와 사귄 건 일 년도 더 된 일이다.

선배와는 1학년 때 미화위원이 되어 같은 장소를 함께 청소하면서 가까워졌다. 선배는 남을 잘 챙겨주고 친절한 데다 잘 웃는 사람이었다. 복도에서 마주칠 때마다 인사하다가 문자와 전화로 연락을 주고받은 지 얼마 안 있어 선배에게 사귀자는 고백을 받았다. 1학기가 끝나갈 무렵이었다.

하지만 차인 사람은, 나였다.

"난 노조미가 뭘 생각하는지 통 모르겠어."

사귀기 시작한 지 겨우 3개월이 지났을 무렵이었다.

차인 건 슬펐지만 이제는 과거의 일이고 선배에게 미련은 없다. 다만 그 이후로 연애에 대해 소극적으로 변한 건 확실하다. 누군가를 좋아하거나 사귀었다가 또 같은 일을 겪기는 싫다. 상처받는 게 두렵다.

그렇지만 한편으로는 미팅에 나가는 것도 괜찮겠다 싶었다. 좋아하는 사람이 생기면 예전의 쓰라린 기억은 잊고 긍정적인 마음으로 잘해보려 애쓸지도 모른다. 어쩌면 새로운 일에 도전하는 것만으로도 변화가 있을지도 모르지.

"응, 괜찮을 수도."

밝게 소리 내어 억지로라도 긍정적으로 생각하면서 신발장이 늘어선 건물 현관으로 향했다.

신발을 갈아 신고 현관 앞에서 한 손에 휴대폰을 든 채 에리노가 나오기를 기다리는데, 낯익은 사람이 앞쪽에서 다가왔다. 야노 선배였다.

지금까지 학교에서 지나가는 모습을 멀리서 우연히 본 적은 있지만 이렇게 가까이에서 얼굴을 마주하는 일은 별로 없었다. 공교롭게도 조금 전 선배와의 일을 떠올렸던 터라 유난히 더 어색하다.

눈이 마주쳤지만 서로 부자연스럽게 시선을 피하고는 못 본 척 말없이 스쳐 지나갔다. 선배가 눈앞을 스쳐 지나갈 때, 나도 모르게 숨을 멈추고 말았다.

'지금은 축구부실에 있을 시간인데?' 의아했다가 이내 3학년은 1학기를 마지막으로 동아리 활동을 끝낸다는 사실이 떠올랐다. 그래서 운 나쁘게도 이렇게 딱 마주친 거로군.

선배의 머리가 예전보다 조금 자라 있었다. 머리카락 색도 약간 밝아진 듯하다.

게다가 선배 곁에는 여자 친구가 있었다.

작년부터 선배와 같은 반이었고, 나랑 사귀고 있을 때에도 두 사람은 사이가 무척 좋았다. 두 사람이 사귀기 시작한 건 선배가 나와 헤어지고 나서 한 달쯤 지났을 무렵이었다. 두 사람이 손을 잡고 걸어가는 모습을 보게 되었다. 여자 쪽에서 선배에게 고백해서 사귀게 된 거라고, 유코가 그랬던가.

두 사람에게 내 모습이 보이지 않을 때까지, 고개를 숙인 채 휴대폰 화면만 뚫어져라 바라봤다. 옆에 있는 선배의 새 여자 친구는 내가 예전에 선배와 사귀던 애라는 걸 알고 있을 터였다. 나를 어떻게 생각할까. 그런 상상을 하자 두 사람이 아직도 나를 바라보고 있을 것만 같아 얼굴을 들 수가 없었다. 이제는 완전히 모습이 사라졌겠다 싶을 정도로 시간이 지나고 나서야 겨우 어깨에서 힘을 뺐다.

숨을 내쉬면서 벽에 머리를 기대고 천장을 바라보았다. 선배가 스쳐 지나간 건 몇 분 사이에 일어난 일인데 급격히 피로감이 밀려왔다.

“다들 어떻게 하는 거야.”

아무에게도 들리지 않을 작은 목소리로 웅얼거렸다.

사귀다가 헤어지고 나서도 전 여친, 전 남친과 좋은 친구로 지내는 애들을 보면 다들 깔끔히 감정 정리가 되는 건지 놀랍기만 하다. 나는 인간관계를 그렇게 요령 있게 다루질 못한다.

어떻게 대해야 좋을지를 생각하기도 전에 행동이 어색해져서 시선을 피하거나 도망치기 일쑤다. 야노 선배나 그 여자 친구가 나를 어떻게 생각할지 떠올리면 얼굴이 화끈거려서 공기 중에 녹아 없어지고 싶어진다. 내가 남들 시선을 지나치게 신경 써서 그런 걸까.

애초에 사귈 때부터 선배 옆에 나란히 서기만 해도 긴장이 되어 말을 제대로 할 수가 없었고 선배와 함께 있는 모습을 친구들이 보는 일도 부끄러워서 그런 상황이 너무 싫었다.

헤어지고 나서 선배가 눈에 띄기만 해도 이렇게 불편해질 줄 알았다면 고백받았을 때 사귀지 말 걸 그랬다. 수도 없이 후회한다. 최악이다.

그러다가 문득, 오늘 받은 편지가 떠올랐다.

수신인 불명의 러브레터. 어떻게 해야 좋을지 머리를 싸매고 고민했지만…, 역시 이 편지는 못 본 걸로 하고 무시하자.

편지에 쓰인 말이 진실이든 거짓이든, 이름이 적혀 있지 않았으니 어쩔 수가 없다. 답장하고 나서 실은 잘못 전달되었거나 거짓말이라고 하면 너무 부끄럽고 비참해서 그 상처를 견뎌낼 자신이 없다.

진심이라고 해도, 만약, 진짜 만약이지만 세토야마 같이 눈에 띄는 사람과 사귀게 된다면 분명히 학교에서 주목받을 게 뻔하다. 그건 더 견딜 수 없다. 그렇다고 해서 거절하기도 조심스럽다. 세토야마에게는 미안하고 비겁한 방법이지만 무시하기로 결정을 내리자 마음이 약간 가벼워졌다.

결론을 내리고 긴장을 늦춘 순간,

"왜 그래, 세토!"

느닷없이 들려온 목소리에 깜짝 놀라 나도 모르게 움찔했다.

세토. 그게 세토야마의 애칭이라는 건 나도 알고 있다. 쭈뼛거리며 소리가 난 쪽을 바라보자, 세토야마와 그의 친구로 보이는 남학생 두 명이 신발장 쪽에서 나타났다.

세토야마는 넥타이를 살짝 느슨하게 풀고서 학교 지정 가방을 어깨에 메고 있었다. 세토야마는 셔츠 소매를 걷어 올리고 주머니에 손을 넣은 채로 친구를 향해 "뭐가?" 언짢은 듯 대답했다.

주위에 있던 여학생들은 몇 학년이든 상관없이 모두 흘낏거리며 세토야마를 보고 있는 것 같았다.

그건 그렇고 오늘은 왜 이렇게 평소 마주칠 일이 없는 사람들하고 자꾸 마주치는 걸까. 이과반 과정은 문과반 과정과 달라서, 우리가 수업이 끝나도 7교시가 또 있기 때문에 보통 하교 시간이 겹치지 않는다.

"왜 이렇게 기운이 없어? 뭔 일 있냐?"

"점심시간 때부터 갑자기 시무룩해서는 말이지. 너, 뭐 잘못 먹기라도 한 거 아냐?"

"아, 정말! 너네 왜 그러냐. 그냥 좀 가만 내버려 둬라."

세토야마는 말을 거는 두 남학생에게 귀찮다는 듯이 거칠게 소리쳤다. 기운이 없다기보다는 기분이 안 좋아 보였다. 점심시간부터 이상했다는 세토야마 친구의 말에, 나도 모르게 편지가 든 가방을 꽉 끌어안았다.

세토야마는 우울한 모양이다. 점심때부터. 그건 내가 편지를 받고 나서부터가 아닌가. 역시, 아무리 생각해도 편지 때문인 게 분명해.

책상 서랍 속에 뭔가 답장이 들어 있을 거라고 기대했을지도 모른다. 그런데 답장이 없어서 신경 쓰고 있는 거라면, 역시 그 편지는 진심인 걸까.

내가 선 쪽으로 걸어오는 세토야마와 그 친구들 눈에 띄지 않으려고 기둥 뒤로 슬그머니 몸을 숨긴 채 바닥을 내려다보았다. 날 알아채면 곤란하다. 세토야마의 친구들은 편지에 관해서는 모르는 눈치였지만 적어도 누구를 좋아하는지 정도는 알고 있을지도 모른다.

그들의 발소리가 점점 가까워지는 게 느껴졌다. 심장이 쿵쾅거리며 마구 뛰놀았다.

내가 여기에 있다는 걸 알아차리면 어쩌지. 제발 그냥 지나쳐 가기를, 그들의 눈에 띄지 않기를 바라면서 흘끔 세토야마를 쳐다봤다. 그러다가 딱 눈이 마주치는 바람에 0.1초 만에 시선을 휙, 돌렸다.

큰일이다. 큰일이야, 큰일. 분명히 날 알아봤을 거야.

눈을 깜빡이는 일도 잊고 다시 바닥을 내려다본 채 꼼짝 않고 있었다.

만약 이 편지가 정말로 내게 보낸 거라면 세토야마는 당연히 나를 알 테고 내가 답장하지 않는 데 불쾌할 터….

이런 데서 말을 걸어오기라도 하면, 아니 그보다 편지 이야기를 꺼내기라도 하면, 끝이다. 주위에는 다른 학생들도 많다. 내일부터 소문이 쫙 퍼질 게 틀림없다.

말 걸지 마! 이대로 지나쳐 가라고!

"왜 그래, 세토?"

내 쪽으로 다가오던 발소리가 바로 옆에서 멈췄다. 그 대신 세토야마의 모습을 찾는 듯한 친구의 목소리가 들려와 나도 모르게 진땀이 났다.

제발! 아무 말도 하지 말아줘. 답장할 테니까. 오늘은 어렵지만, 다음 주라든가, 아니 내일, 내일 꼭 답장할 테니까. 부탁이야, 말 걸지 말아줘. 제발, 이렇게 사람 많은 데서 러브레터 이야기는 꺼내지 마.

눈을 꽉 감고 마음속으로 끊임없이 외쳤다.

"너 말야…."

"미안, 기다렸지? 노조미."

내게 말을 걸려는 세토야마의 목소리에 흠칫하던 순간, 그 목소리를 싹 지우는 듯한 에리노의 목소리가 들려와 퍼뜩 얼굴을 들었다.

"에, 에리노. 왔어?"

에리노는 세토야마의 목소리가 전혀 들리지 않았던 모양이다. 나는 신발을 갈아 신는 에리노 옆으로 도망치듯이 냉큼 달려갔다.

고, 고마워. 에리노. 나이스 타이밍!

"미안해. 오래 기다렸지? 선생님한테 붙잡혀서."

"아니, 괜찮아. 배고파. 얼른 가자."

한시라도 빨리 이 자리에서 벗어나고 싶어서 빨리빨리, 다급하게 에리노를 재촉했다. 지금까지 이렇게 서둘렀던 적이 없다 보니, 평소와 다른 내 행동에 오히려 에리노가 놀란 듯 당황한 표정을 지었다. 세토야마에게 말 걸 틈을 주지 않으려고 에리노만 쳐다본 채 말을 계속했다. 세토야마 쪽을 등지고는 학교 건물 밖으로 나가려고 재빨리 걸었다. 등 뒤에서 "아는 애야?" 묻는 남학생의 목소리와 "…아니."라고 무뚝뚝하게 대답하는 세토야마의 목소리가 들렸다. 그때 세토야마가 어떤 표정을 지었는지는, 모르겠다.

재빨리 학교를 벗어나, 걸어서 10분 거리에 있는 가장 가까운 역인 긴테쓰나라선 신오미야역에 도착했다. 개찰구를 통과하자 마침 오사카난바행 준급행 전철이 들어오기에 바로 올라탔다. 혹시나 해서 주위를 둘러보고 세토야마와 그의 친구들 모습이 보이지 않는 걸 확인했다. 설마 또 맞닥뜨리지는 않겠지.

일단, 한숨 돌렸다. 큰일 날 뻔했다. 그때 에리노가 오지 않았으면 어떻게 되었을까. 겨우 안도하며 가슴을 쓸어내리고 나서야 계속 잰걸음으로 온 탓에 숨이 조금 차다는 걸 새삼 깨달았다. 에리노와 이야기를 주고받으며 왔는데도 도망치느라 급급했던 탓에 무슨 이야길 했는지 기억나지 않는다.

"아까, 세토야마였지?"

에리노가 전철 문에 몸을 기대면서 낮게 물었다. 세토야마의 이름을 듣기만 했는데도 살짝 긴장이 되어서 "아, 응, 그랬나?" 버벅대며 대답하고 말았다. 그런 나를 에리노가 흥미진진한 표정으로 들여다보면서 "너 혹시?"라며 싱글거리기 시작했다. 그 표정에 이상한 낌새가 느껴졌다.

"그래서 네가 평소랑 다르게 나한테 달려온 거구나?"

"그, 그래서라니? 무, 무슨 소리야? 전혀 상관없어."

에리노가 뭘 상상하는지 손바닥 들여다보듯이 안다. 내가 세토야마를 짝사랑한다고 믿는 게 분명하다. 좋아하는 남학생이 눈앞까지 다가오는 바람에 부끄러워서 자신에게 달려온 거라고 여기는 거다. 초조한 마음에 황급히 부인하자, 당황하는 모습이 오히려 더 수상쩍어 보였는지 에리노는 "또 그런다. 뭘 감추고 그래?"라며 웃었다.

그게 아니라 그냥 도망쳤을 뿐인데. 하지만 그걸 어떻게 설명해야 좋을지 몰라서 머뭇거리다가는 점점 더 오해를 살 듯했다.

"우아, 몰랐는걸."

"그, 그게 아니라니까. 오해야. 세토야마 좋아하는 거 진짜 아니라고."

"그래? 세토야마 멋있는데."

너무 강하게 부정해서일까, 에리노는 의아하다는 듯이 약간 고개를 갸우뚱거렸다. 그때 전철이 야마토사이다이지역에 도착해 스르륵 문이 열렸다.

"멋있긴 하지만 어떤 애인지도 모르고…."

에리노와 나란히 전철에서 내려 개찰구 쪽으로 난 계단을 올라가며 대답했다.

"뭐, 그렇긴 하지. 그렇지만 원래 다들 그런 거 아냐? 같은 반에서 친해지면 좋아하게 되고 그래서 사귀지만 생각했던 거랑 다르더라는 이야기도 자주 들리잖아."

"그럼 너는 만약 세토야마가 고백한다면, 사귈 거야?"

"아마, 사귀지 않을까? 멋있는 데다 나쁜 소문도 없으니까."

아하하, 하고 환하게 웃으며 대답하는 에리노를 보면서, 역시 에리노답다고 감탄했다.

내가 아는 경우만 해도 에리노는 서너 명의 남학생과 사귀었다. 계기는 항상 "고백받았으니까."라고 말하고는 했다. 하지만 몇 개월 지나면 "잘 안 맞았던 것 같아."라며 아무렇지도 않게 헤어졌다고 알려주었다. 언제나 그 말 그대로 받아들였지만 에리노에게는 생각했던 거랑 달랐다는 거겠지.

하지만 그건 에리노니까 상대에게 확실히 "안 맞는다."라고 말할 수 있는 거다. 나 같으면 생각했던 거랑 약간 다르다는 걸 깨달았다고 해도 내가 먼저 헤어지자는 말은 죽어도 꺼내지 못할 거다. 상처를 줄지도 모른다는 두려움에, 내가 나쁜 사람이 되고 싶지 않아서 결국 헤어지지 못하고 질질 끌며 만남을 이어갈 게 눈에 선하다.

"농담이야, 농담."

쇼핑몰로 가는 도중에 에리노가 당황한 목소리로 말했다.

"응?"

"괜찮다니까. 세토야마가 나한테 고백 같은 거 할 리가 없잖아. 그보다 절친이 좋아하는 사람이랑은 안 사귀지."

내가 아무 말 없이 생각에 잠겨 있자 낙심한 거라고 짐작한 모양이다.

그러고 보니 고백받는다면 사귀느니 어쩌니 그런 이야기를 하던 중이었지.

"아, 아냐, 아냐. 전혀 다른 생각하고 있었어. 그리고 진짜로 세토야마 좋아하는 거 아니라니까."

"정말?"

걱정이 되는지 의심하는 에리노에게 "아니야." 다시 한 번 못을 박았다. 에리노는 "그렇다고 해두지 뭐." 대답하며 알겠다는 듯이 어깨를 으쓱했지만, 실제로는 전혀 믿는 것 같지 않았다. 더 이상 부인했다가는 점점 더 꼬일 듯해 일단 거기서 그 이야기는 끝냈다. 에리노도 더 캐물을 생각은 없는 것 같았다. 오늘은 어떤 가게에 가서 뭘 살지 화제를 돌렸다.

낮에는 여전히 따듯한 날씨가 계속되었지만 점점 해 지는 시각이 빨라졌다. 좋아하는 단골 잡화점에 들렀다가 서점에서 신간 만화와 소설을 사고, 기왕 간 김에 문구 용품도 샀다. 마지막으로 스티커 사진을 찍고 패스트푸드점에서 해가 질 때까지 둘이서 수다를 떨었다.

어느새 다섯 시가 지나면서 주위가 꽤 어둑어둑해졌다. 기온이 뚝 떨어져 제법 쌀쌀하기까지 했다. 이제 그만 집으로 돌아가기로 하고 가게를 나오자 마침 회송 전철이 옆 선로를 통과하면서 휘익, 바람이 한바탕 우리 사이를 쓸고 지나갔다. 집 방향이 다른 우리는 역으로 들어가서 각자 다른 플랫폼으로 향했다.

에리노가 전철 타는 모습을 맞은편 플랫폼에서 배웅하고 나서 나도 그다음 들어오는 전철에 올라탔다.

창밖은 완전히 밤으로 바뀌었고 유리창에는 내 얼굴이 비쳤다. 조금 전까지 에리노의 오목조목하고 예쁜 얼굴을 봐서일까, 눈앞에 비친 내 얼굴이 여느 때보다 더 평범해 보였다.

특별히 이렇다 할 특징도 매력도 없는 얼굴이다. 못생긴 건 아니지만 귀엽다거나 예쁘다는 말을 들어본 적도 거의 없다. 굳이 장점을 찾아보라고 하면, 여드름 하나 없이 깨끗하고 흰 피부 정도. 키는 154센티미터로 작은 편이고 몸은 약간 통통하다. 어깨까지 내려오는 굵고 뻣뻣한 머리카락은 풀어놓으면 부스스해져 그걸 숨기려고 항상 똥머리를 한다.

이런 외모에 별로 불만은 없다. 다만 객관적으로 나를 들여다보니, 역시 이상하기 짝이 없다.

왜 나일까. 가방에서 세토야마가 보낸 러브레터를 꺼냈다.

답장하지 않았다고 낙심할 정도로, 이 편지는 진심으로 쓴 고백이었던 모양이다. 노트를 찢어서 쓴 구깃구깃한 이 편지가. 깨끗한 종이에 써야 더 진심이 느껴지지 않나? 잠깐 그런 의문이 들었지만 동시에 노트를 찢어서 쓸 정도로 절실했나 싶기도 했다.

'좋아해.'

이 세 글자를 전하는 데, 얼마나 용기를 낸 걸까.

어떤 심정으로 답장을 기다린 걸까.

누군가에게 고백해 본 적이 없는 나는 잘 상상이 되질 않는다. 단 세 글자뿐인 짧은 말에는 세토야마의 마음이 담겨 있는 거구나. 그제야 세토야마가 내게 보내는 호의가 그대로 전해져 가슴이 꽉 막히는 듯했다.

나는 내 마음을 이렇게 알기 쉬운 글로 누군가에게 전해본 적이 없다. 야노 선배와 사귈 때도 그랬다. 고백받기 전부터 선배에게 관심이 있었다는 걸 한 번도 선배에게 말하지 않았다. 헤어질 때조차 나는 내 감정을 솔직히 털어놓지 않았다.

세토야마는 친구들이 무슨 일 있느냐고 물을 정도로 기운이 없었다. 그 정도로 이 편지에 마음을 담았나 보다. 처음에는 편지를 받지 않은 척 무시하려고 했지만 그건 역시 세토야마에게 실례다. 또 스쳐 지나갈 때 말을 걸어오면 난처하기도 할 거고.

"역시 답장을 해야겠지?"

편지를 접고 창에 비친 밤하늘을 바라보며 중얼거렸다.

하지만 뭐라고 답장을 써야 좋을까.

소문으로 들은 이야기 말고는 세토야마에 대해 아는 게 없다. 이런 성격일 거라고 내 멋대로 판단하고서 왠지 모를 거부감을 느꼈던 게 사실이다. 그 감정은 지금도 여전해서 에리노가 말한 것처럼 "일단 사귀어본다."라는 선택지는 당연히 없다.

결국, 거절하는 답장을 써야 한다. 거절하는 건 내가 가장 하기 어려워하는 행동이지만, 편지라면 할 수 있을 것 같다. 어떻게든 답장을 써서 세토야마에게 전해줘야 한다.

그렇게 마음먹자 문득 중요한 데 생각이 미쳤다.

그래, 답장을 쓰는 거야. 세토야마에게 전해줘야 해.

… 그런데 답장을 어떻게 건네주지?

세토야마와는 반도 다를 뿐만 아니라 교실이 있는 건물도 다르다. 이과반 건물로 가는 건 이동 수업이 있을 때뿐이다. 수업이 없을 때 그리로 갔다가는 금세 남들 눈에 띌 게 분명하다.

아무도 없는 시간을 틈타 세토야마네 교실로 숨어 들어가 책상에 놓고 오는 건 어떨까. 아니지, 언제 누가 들어올지 모른다. 너무 위험하다. 만에 하나 누군가에게 들키기라도 하면 완전히 수상한 사람이 되는 거다. 세토야마를 스토킹한다고 오해받을 거야. 직접 전해주는 건 더 자신 없다. 스스로 눈에 띄는 행동을 하면 안 되지.

어쩌면 좋담. 좋은 방법이 전혀 떠오르질 않았다.

일주일을 기다리면 이동 수업일이다. 그날 세토야마의 책상 서랍 안에 편지를 넣어놓을 수는 있지만 세토야마가 그때까지 기다려 줄지….

오늘처럼 우연히 마주쳤을 때 말을 걸어올지도 모른다. 게다가 그때까지 세토야마는 계속 풀이 죽어 있을지도 모른다.

생각지도 못한 큰 문제에 부딪혀, 답장을 뭐라고 써야 할지 궁리할 상황이 아니었다. 머리를 싸매고 고심했다.

– 고마워

주위를 두리번거리며 아무도 없는 걸 확인하고 나서 살금살금 이과반 건물 현관에 있는 신발장 쪽으로 다가갔다. 어젯밤 머리를 짜내 고민한 끝에, 답장을 쓴 편지를 신발장에 넣어놓는 쉬운 방법을 선택했다.

세토야마의 신발장이 정확히 어디에 있는지는 모르지만 이과반 학생들이 어느 신발장을 사용하는지는 알고 있다. 실례인 줄 알지만 닥치는 대로 하나씩 문을 열고 실내화에 써진 이름을 확인해서 세토야마의 신발장을 찾아내는 거다. 의무적으로 실내화에 이름을 쓰게 한 교칙이 이렇게 도움이 될 줄은 몰랐다.

신발장을 찾아다니는 모습도, 세토야마의 신발장에 편지를 넣는 모습도 혹시 누군가가 보게 된다면 금세 또 이런저런 소문이 돌 게 뻔하다. 그래서 평소에는 8시 반쯤 등교하지만 오늘은 7시 반이 조금 지난 이른 시간에 학교에 도착했다.

서두른 보람이 있었는지 학교에는 아직 누구의 인기척도 느껴지지 않았다. 이대로라면 누구에게도 수상쩍은 모습을 들키지 않은 채 성공할 수 있을 듯하다. 몇십 개째 신발장을 열어보다가 마침내 세토야마의 실내화를 발견하자 심장이 갑자기 뛰고 위마저 쿡쿡 아팠다. 입을 오므리고 숨을 내쉰 다음 가방에서 편지를 꺼냈다.

너무 긴장해 약간 떨리는 손으로 세토야마의 실내화 위에 가만히 편지를 올려놓았다. "좋았어." 낮은 소리로 내뱉고는 신발장 문을 닫았다. 그리고 잽싸게 몸을 뒤로 돌린 다음 밖으로 빠져나왔다.

전속력으로 복도를 빠져나와 아무도 없는 우리 반 교실로 들어선 순간, 미끄러지듯이 그대로 바닥에 주저앉았다. 뛰어와서인지, 아니면 긴장한 탓인지 심장이 엄청난 기세로 뛰며 피가 온몸을 타고 돌아, 속이 다 울렁거렸다.

건넸다….

완전히 건넸다, 건넸어!

실제로는 신발장에 넣어놓고 왔을 뿐이지만 그런 건 아무래도 좋으니까.

얼굴이 시뻘겋게 달아올랐다는 걸 스스로 느낄 정도로 열감 때문에 얼굴이 화끈거렸다. 후아, 몇 번이나 심호흡을 되풀이하고 나서 내가 쓴 답장을 다시 한 번 돌이켜보았다.

세토야마가 적은 세 글자만큼 임팩트가 있진 않았지만, 나도 짧은 문장으로 썼다. 만약의 경우를 생각해서 내 이름은 쓰지 않았다. 혹시라도 세토야마가 편지를 어딘가에 떨어뜨리고 누군가 주워서 내용을 펼쳐본다거나 누군가가 세토야마와 함께 이 편지를 발견하면 안 되니까.

답장이라고 할 수 없을 듯한 내용이지만, 괜찮겠지? 역시 뭔가 다른 말을 쓰는 게 좋았으려나. 게다가 찢어서 쓴 노트 말고 편지지에 쓸 걸 그랬나 싶기도 하다.

그 한마디를 적는 데 쓴 시간은 3시간. 덕분에 새벽 2시가 넘어서야 잠자리에 들었다. '마음은 기쁘지만 미안해.' 이런 식으로도 써 봤지만 아무래도 마음에 들지 않았다. 애초에 '좋아해.'라는 말뿐이지 딱히 '사귈래?'라고 한 건 아니니까 내가 먼저 거절하기도 우습다. 그렇다고 해서 고맙다고 말하는 것도 역시 이상한가?

'아, 정말….'

그렇게 수도 없이 고민했는데도, 더 좋은 답이 있지 않았을까 싶었다. 지금이라면 아직 늦지 않았다. 아까 넣어둔 편지를 다시 가져오면 된다. 아직 아무도 학교에 오지 않았을 것이다. 머리를 싸매고 한참을 골몰히 생각하다가 '아 몰라. 됐어!' 고개를 저으며 마음을 굳혔다. 더 이상 고민해 봐야 결국 똑같은 생각만 되풀이할 뿐이다.

바닥에서 몸을 일으켜 내 자리로 돌아가 앉았다. 어제 늦게 자기도 했고 아침에는 일찍 일어나느라 수면 부족이니 반 친구들이 올 때까지 조금 쉬자. 아직까지 요란하게 울려대는 심장도 진정시켜야 한다. 책상에 머리를 대고 천천히 호흡을 가다듬으면서 내 가슴에서 나는 소리에 귀를 기울였다. 눈을 감으니 왠지 머리가 어질하고 모든 게 꿈처럼 느껴졌다.

그 편지는 비좁은 신발장 안에서 세토야마를 기다리고 있다. 세토야마가 학교에 올 때까지 얼마나 남았을까. 그 애가 신발장을 열고 편지를 발견하는 모습을 상상하자 또다시 심장이 펄떡거렸다. 그 편지를 본 세토야마는 어떻게 반응할까. 어깨가 축 늘어질까, 아니면 답장을 보고 기뻐할까.

또 답장이 오기라도 하면 어쩌지. 그런 일은 있을 리가 없다. 확실히 거절한 건 아니지만 그 한마디에 담긴 의미가 뭔지는 분명 전해질 테니까.

고민하고 또 고민한 끝에 편지를 쓰고, 일찍 일어나 손이 떨릴 정도로 긴장해서는 편지를 세토야마가 있는 곳에 갖다 놓고 왔다. 마치 내가 세토야마에게 러브레터를 보낸 듯해 웃음이 나왔다.

'고마워.'

그렇게 썼을 뿐이지만 의미로는 에둘러 거절했다. 그런데 왜 이렇게 오래 고민하고 세토야마 생각만 나고 심장이 빨리 뛰는 걸까.

그건 분명히, 어떤 내용이든 처음으로 내 마음을 내 의지로 상대에게 전하려고 했기 때문일 거다.

세토야마도… 이런 기분이었을까.

마구 날뛰던 심장이 가까스로 진정되자, 아아 정말 편지를 세토야마에게 전해줬다는 사실이 새삼 와닿으며 큰일을 해낸 듯한 성취감에 뿌듯하기까지 했다. 동시에 쓰윽, 의식이 멀어지는 감각이 나를 덮쳐왔다.

쪽지로 오가는 대화

- 그거, 무슨 뜻이야?

아무 일 없이 일주일이 지나가길래 그만 방심했다. 완전히 긴장을 늦추고 말았다.

수요일 4교시, 이동 수업이 시작되고 나서 바로 이상한 낌새를 알아차렸다. 오늘도 책상이 텅텅 비어 있고, 대신에 종이 한 장이 지난번과 똑같이 셀로판테이프로 고정되어 있었다.

내가 답장을 적었던, 한 장의 스프링 노트 뒤에 이어서 쓴, 한 마디. 이름은 적혀 있지 않았지만 상대는 한 사람밖에 없다. 이 책상 주인, 세토야마다.

"왜 이런…."

머리를 싸맨 채로 들릴 듯 말듯 혼잣말을 내뱉었다.

왜 답장이 또 있는 거야. 게다가 이게 뭐람, 이 내용은 뭐지.

세토야마의 신발장에 편지를 넣어놓은 지 일주일이 지났다. 이삼일 동안은 얼굴을 마주치면 내게 뭐라고 말을 걸지 않을까, 무슨 일이 일어나지나 않을까 싶어 마음이 안정되질 않았다. 교실까지 찾아올지도 모른다는 생각에 쉬는 시간 내내 긴장했다.

하지만 다행히 아무 일도 일어나지 않았고 일주일이 지났다. 그래서 그렇게 답장 보내길 잘했다고, 이제 끝났다 싶어 안심하고 있었는데.

세토야마의 편지를 다시 읽어보았다.

'무슨 뜻이야?'

당황스럽다. 나야말로 이 질문에 똑같이 되묻고 싶다. 이마에 손을 짚으며 하아, 하고 한숨을 쉬었다.

의문형으로 쓰였으니 또 답장을 해야만 한다. 하지만 뭐라고 쓰지? 펜을 꽉 쥔 손이 전혀 움직이지 않는다.

'좋아해.'라고 하기에 '고마워.' 대답했다. 내가 세토야마를 좋아한다면야 '나도 좋아해.'라고 답장을 했겠지.

하지만 그렇게 하지 않았다.

왜냐하면 '고마워.'라는 한마디가 솔직한 내 심정이어서다. 그 이상도 이하도 아니다. 내가 고백하고 상대에게 그런 대답을 들었다면 '무슨 뜻이야?'라고 묻지는 않았을 거다.

조금 더 내 마음을 헤아려 주면 좋잖아. 아니지, 내 욕심일까.

아아, 뭐라고 답하면 좋을지 전혀 떠오르질 않는다. '말 그대로인데.'라고 해버릴까. 아니지, 내가 생각해도 그건 재수 없다. '무슨 의미야?' 솔직히 되물을까. 하지만 의문형으로 보내면 또 대답이 돌아올 텐데. 그건 피하고 싶다.

뭐라고 답을 한들 또 뭐라고 반응이 있을 것만 같다.

시계를 보니 어느새 몇십 분이 지나 있었다. 매주 이런 편지를 받았다가는 수업에 집중할 수가 없을 거다. 지난주 수업 내용도 전혀 기억나지 않는다. 그렇지 않아도 수학 B는 잘하는 과목이 아닌데, 이러다가는 진짜 진도를 못 따라갈지도 몰라. 다음 달 말에 기말고사도 있는데.

그렇다고 직접 대답을 들으러 오기라도 하면 곤란하니까 뭔가 써서 보내야 한다.

일주일 전에 하던 고민을 또 하고 있다.

아아, 머리가 지끈거린다….

결국, 오늘도 수학 공식이 전혀 머릿속에 들어오지 않는 채로 수업이 끝나고 말았다.

"그럼 오늘도 부탁해, 에리노. 미안하고."

"괜찮다니까. 어서 다녀와."

여느 때처럼 책과 가방을 에리노에게 맡기고 세토야마에게 받은 편지를 주머니 속에 감춘 다음 자리에서 일어났다.

수업을 듣는 둥 마는 둥 하고는 내내 뭐라고 답장을 쓸까 고민했지만 한 글자도 떠오르지 않았다. 할 수 없다. 방송실에서 천천히 생각하자. 세토야마는 오늘도 답장이 없으면 실망할까. 일단 세토야마가 돌아오기 전에 교실을 벗어나야겠다는 생각에 허둥지둥 나왔다.

방송실로 들어가 방송을 시작했다. 오늘 첫 곡은 최근 여학생들 사이에서 인기 있는 여성 가수가 짝사랑의 애절함을 노래한 곡으로 틀었다.

도시락을 꺼내 반찬을 집어 먹으면서 세토야마가 보낸 편지를 바라보았다. 고맙다는 인사에 그 의미를 묻다니, 아까는 세토야마의 마음을 눈곱만큼도 이해하지 못했다. 그러나 혼자서 방송실에 앉아 가만히 생각해 보니, 어쩌면 세토야마는 절실한 걸지도 모른다.

세토야마라면 얼마든지 나보다 훨씬 예쁜 여자애를 선택할 수 있다. 기다리고 있으면 많은 여학생이 좋아한다고 고백할 텐데. 지금까지도 여러 번 고백받은 걸 알고 있다.

그런데도 나를 좋아한다니. 이해할 수가 없다.

아니, 그보다도 우선, 문제는 이거다. 지금은 답장을 써야 한다.

'고마워.'라는 말에 감사 이외에 다른 뜻은 없다. 그런데도 '무슨 뜻이야?'라고 물었다는 건, 그 답장으로는 수긍이 안 된다는 거겠지. 그렇다면 내 생각을 전부 확실히 글로 써서 전해야 한다.

'그거 말고는 딱히 할 말이 떠오르질 않아서.'

'달리 뭐라고 말하길 바랐어?'

둘 다 까칠하기 짝이 없다. 그렇다고 솔직하게 '네 마음이 기뻐서.'라고 쓴다 해도 세토야마가 원하는 말은 아닐 것 같다. 오히려 괜히 기대하게 만들지도 모른다.

으흠, 어떻게 할까. 생각을 거듭할수록 점점 더 모르겠다.

…아니, 잠깐만.

한참을 답장에만 신경을 빼앗기다가 번뜩 한 가지 의문이 떠올랐다. 내 답장은 지난번과 같은 방법으로 세토야마에게 전해주면 되는 걸까. 하지만 그다음은? 만약 세토야마가 또 내게 답장을 쓴다면 그건 어떻게 받아야 하지?

이번처럼 일주일 후 이동 수업 시간까지 기다려 주면 좋겠지만 그러지 않을 가능성도 있다. 또 일주일이나 안절부절못하고 긴장해서 지내는 건 정말로 사양하고 싶다. 가능하면 다음 답장으로 끝내고 싶지만 만약의 경우를 생각하면 답장 쓸 때 세토야마의 편지를 받을 방법도 적어주는 게 좋겠지.

그렇다고는 하나 그것도 그리 쉽게는 아이디어가 떠오르지 않는다. '일주일 후 수요일, 같은 방법으로 답장해 줘.'라고 쓸까? 하지만 그때까지 기다리지 못하고 찾아올 가능성도 있을 테고, '말은 걸지 마.'라고 쓰면 아무래도 상처받겠지.

세토야마가 어떤 행동을 할지 예측할 수 없다.

답장할 내용과 더불어 편지를 받을 방법까지 고민하는 동안에 점심 방송 시간이 끝났다.

어깨를 축 늘어뜨린 채 방송실 문을 여는데 문득 입구 옆에 있는 작은 상자가 눈에 들어왔다.

학생들이 메시지나 신청곡을 접수하도록, 골판지로 만든 신청곡함이다. 전에 상자 안을 들여다봤을 때, 신청곡이 적힌 종이 한 장이 들어 있었는데, 두 달도 더 전에 넣어둔 거였다. 또, 다른 방송반 친구들은 아무도 확인하지 않는 듯했다. 열쇠로 잠겨져 있진 않아서 보려고 마음만 먹으면 누구나 열 수 있다.

하지만 방송실 자체가 학생들 대부분이 존재조차 모르는 작은 방이다. 옆에는 선생님들이 창고로 사용하는 빈방이 있고 그 안쪽으로 난 계단도 지나다니는 사람이 별로 없다. 연결 복도에서 가장 먼 데다가 이 계단 가까이에 있는 교실은 학생 수가 줄어든 이후 전부 비어 있다. 계단을 사용하더라도 학교 건물 중앙 쪽과 반대쪽으로 지나다니는 것이 더 편리하다.

오랜만에 신청곡함을 집어 들고, 매직테이프로 붙여 놓았던 상자 뒤쪽 뚜껑을 열었다. 물론 안은 텅 비었다.

…여기에, 받으면 되겠는데?

– 너에 관해 잘 몰라서…

왜, 나인 거야?

P.S. 답장은 방송실 앞에 놓인 신청곡함에 넣어줄래?

다음 날, 또 일찍 학교에 가서 답장 쓴 편지를 세토야마의 신발장에 넣었다. 신발장이 어느 위치에 있는지는 대충 기억하던 참이라 쉽게 찾았지만, 편지를 넣을 때는 긴장이 되었다.

신발장 안에 편지를 넣고 서둘러 교실로 돌아왔다. 교실 안으로 들어와 문을 꼭 닫고서야 겨우 숨을 들이쉬었다. 지난번보다 재빨리 넣고 오기는 했지만 이런 일을 여러 번 반복하다가는 정신적으로 지쳐서 쓰러지고 말 거다. 게다가 잠도 제대로 못 자서 수면 부족도 계속될 거고.

흐트러진 숨을 가다듬고 천천히 내 자리로 돌아와 앉았다. 그리고 지난번처럼, 세토야마에게 쓴 문장을 다시 떠올려 보았다. 이번에도 충분한 대답이 되지 못한 것 같지만 나로선 그게 최선이다.

내가 쓴 편지를 보고 세토야마는 뭐라고 답장을 보내올까? 내 답장에 이어서 세토야마가 글을 적고, 그 종이가 다시 내게 되돌아온다. 둘이서 쪽지를 이어 써나간다. 마치 서신을 주고받는 듯하다. 아니, 이런 건 교환 일기라고 해야 하나.

조용한 교실에서 꾸벅꾸벅 졸다가 문이 열리는 소리에 눈을 떴다.

"어머, 노조미 안녕!"

에리노가 나를 보고 놀란 모양이다. 아직 8시 10분밖에 되지 않아 학교 건물에는 오가는 사람이 별로 없다. 에리노의 목소리도 여느 때보다 더 크게 들렸다.

“오늘도 일찍 왔네, 어쩐 일이야?”

“안녕. 넌 항상 일찍 오는구나.”

“학교에서 머니까 어쩔 수 없어.”

에리노는 학교에서 조금 떨어진 지역에 살고 있다. 집에서 가장 가까운 역까지는 버스로 다닌다는데 운행 횟수가 아주 적어서 항상 첫차를 타고 학교에 온다.

에리노는 자신의 책상에 가방을 올려놓고 내 앞자리 의자에 앉았다.

“참, 조금 전에 신발장 앞에서 세토야마 만났어.”

“…어?”

뜻밖의 이름에 놀라서 어깨를 움칫거리자 에리노가 수상쩍다는 듯이 씨익 웃었다.

“혹시 너 요즘 일찍 오는 게 세토야마랑 뭔가 관계있는 거 아냐? 지금껏 아침에 세토야마랑 마주친 적이 없었는데, 마침 그런 날 너도 일찍 학교에 오다니. 뭔가 수상한걸?”

“아, 아냐! 절대 그런 거 아니라니까…! 진짜로! 세토야마랑 관계없다고!”

당황해서 아니라고 했지만, 부인하면 할수록 역효과가 나고 있다는 걸 에리노가 슬그머니 웃는 표정을 보고 알 수 있었다.

“괜찮아. 비밀로 해줄게.”

정말로 아니라고 한 번 더 말하려는데 “여어, 안녕!” 외치며 남학생 둘이 교실로 들어왔다. 남녀를 불문하고 친구가 많은 에리노는 인사만 하고 마는 나와 달리, 들어온 남자애들에게 "그러고 보니까 말이야." 말을 붙이며 다가갔다. 오해를 풀 타이밍을 완전히 놓치고 말았다.

그런데 참! 왜 세토야마가 이렇게 이른 아침에 학교에 온 거지? 에리노는 지금까지 등교할 때 세토야마를 본 적이 없다고 했다. 평소에는 더 늦은 시각에 온다는 거겠지. 그런데 왜 하필이면 '오늘', '이른 아침'에 학교에 와 있는 걸까.

혹시 답장을 기다리고 있었나?

지난주 책상에 편지를 넣어둔 다음 날 답장이 왔으니까 오늘도 그럴 거라고 생각한 걸까.

신발장에 편지를 넣는 모습을 세토야마에게 들켜도 상관없긴 하지만… 아니다, 역시, 너무 부끄러워서 안 돼! 상상만 해도 아찔하다.

큰일 날 뻔했잖아! 여유 있게 아주 이른 시각에 학교에 오길 잘했어!

휴우, 가슴을 쓸어내렸지만, 만약 또 답장을 쓰게 되면 다음에는 학교에 조금 더 빨리 오는 게 좋겠다. 편지니까 세토야마랑 이야기할 수 있는 거지, 얼굴을 맞대고 이야기할 용기는 없다. 바로 눈앞에서 세토야마가 말하면 뭐라고 대답해야 좋을지 몰라서 패닉 상태에 빠질 게 뻔하다.

야노 선배에게 고백을 받고 당황해서는 고개를 푹 숙이고 있었던 때처럼. 옆에 있는 선배와 무슨 이야기를 해야 할지 몰라 선배의 말에 호응조차 해주지 못했던 때처럼. 그리고 이별을 통보받았을 때처럼. 듣기만 하고 아무 말도 하지 못할 게 분명하다. 내 단점이다.

그렇게 생각하니 세토야마가 편지로 고백해 준 건 천만다행이다. 하지만 이제 앞으로 어떻게 할 것인지, 어떻게 될 것인지가 문제다.

8시 30분이 지나자 교실이 꽤 소란스러워졌다.

"좋은 아침!"

다시 내 쪽으로 온 에리노와 마주 앉아 어제 본 텔레비전 프로그램이며 만화 이야기를 하는데 유코가 다가왔다. 오늘도 유코는 활기가 넘친다.

"안녕. 오늘은 목소리가 더 큰 거 아냐?"

"아하하, 좋은 아침, 유코!"

"매일 행복하니까."

가슴을 펴고 자신만만하게 대답하는 유코에게 에리노가 "뭐야 그게."라며 웃었다.

"아, 노조미! 아직 좀 더 있어야 하지만, 날짜 정해졌어."

수업 끝나면 시간을 비워두라고 덧붙이기에 무슨 말을 하는 걸까 싶어 살짝 고개를 갸우뚱거리자 어이없다는 듯이 유코가 나를 보며 말했다.

"미팅 말이야, 미팅."

그러고 보니 그런 말을 했었지. 세토야마가 보낸 편지 생각으로 머리가 꽉 차서 미팅은 까맣게 잊고 있었다.

"노조미, 미팅 가? 왜?"

"그거야, 남자 친구를 사귀고 싶어서겠지."

나를 보며 의아한 표정으로 묻는 에리노를 향해 유코가 대답을 가로채며 말했다. 유코는 내가 미팅 나가겠다고 한 게 남자 친구를 원해서라고 해석한 모양이다.

에리노가 이번에는 내게 대답을 종용하듯이 "정말?" 진지한 표정으로 물었다.

뭐라고 대답하면 좋을까. 유코가 가자고 해서라고 대답하면 유코가 강제로 권한 것처럼 보일지도 모른다. 하지만 남자 친구를 사귀고 싶다고 오해받은 채로 있다가는 앞으로 미팅이 있을 때마다 가자고 할 텐데 그것도 곤란하다.

뭐라도 대답할지 이리저리 머리를 굴리고 있는데 에리노가 "가지 마." 말하며 말렸다.

"상대가 누구든 상관없는 건 아니잖아? 안 가도 돼, 노조미."

"어? 아, 그게…."

너무 걱정스러운 듯이 하는 말에 그만 버벅거리고 말았다. 어쩌면 내가 세토야마를 좋아한다고 생각하기에 말리는 건지도 모른다. 누가 권하면 거절하지 못하는 내 우유부단한 성격을 너무 잘 알고 있어서 걱정해 주는 거다.

"유코, 억지로 데려가려는 거 아냐?"

"무슨 말이야, 그렇지 않아. 뭐야 노조미, 미팅 나가고 싶지 않은 거야?"

에리노의 말에 유코가 약간 기분이 상했는지 입술을 뾰족하게 내밀었다.

"아니, 그런 건…."

"노조미, 확실히 말하라고."

이번에는 에리노가 조금 화난 말투로 말했다.

확실히 말하라니, 뭘 말해야 하는 거지? 유코는 유코 나름대로 날 생각해서 가자고 한 거고, 에리노가 날 걱정하는 마음도 잘 안다. 두 사람 다 약간 오해하고 있긴 하지만, 그런 건 별문제가 아니다. 어떤 이유에서든 "가겠다."라고 말한 건 나다.

"응, 그게…." 다시 한번 중얼거리고 나서 에리노에게 천천히 이어 대답했다.

"괘, 괜찮아. 유코가 가자고 한 건 맞지만 가고 싶지 않은 건 아니니까. 미팅은 어떤 건지 좀 궁금하기도 했고."

하지만 걱정해 줘서 고맙다는 말도 마지막으로 덧붙였다.

"…뭐, 그럼 다행이지만."

"거봐! 에리노는 노조미를 너무 과잉보호한다니까."

에리노는 별로 동의하지 못하겠다는 표정으로 어이가 없다는 듯이 어깨를 으쓱했다.

그 모습을 보고 유코가 밝은 목소리를 냈다. 깔깔 즐거운 듯이 웃으며 말하니까 에리노도 그만 풋, 웃음을 터뜨리면서 "그야 당연하지. 내 귀엽고 귀여운 노조미니까."라며 농담으로 맞받았다.

약간 미묘해졌던 분위기가 유코의 호쾌한 웃음으로 풀어졌다.

"자, 그럼 시간이랑 장소 정해지면 다시 알려줄게."

수업 시간을 알리는 예비 종이 울리자 일어서서 자기 자리로 가는 유코와 에리노의 뒷모습을 보며 휴우, 가슴을 쓸어내렸다. 언제나 그 자리의 분위기를 살피면서 무난한 말밖에 하지 못하는 나는, 상대에게 딱 부러지게 자신의 의견을 말하는 에리노의 성격이 부럽기만 하다.

하지만 에리노가 솔직하게 말할 때 가끔 가슴이 덜컥 내려앉는다. 눈앞에서 언쟁이 벌어질 것 같으면 정말이지 어찌해야 할지를 모르겠다.

이성적인 에리노와 감성적인 유코 사이에는 방금 그랬듯 약간 위태로운 분위기가 감돌 때가 있다. 그럴 때마다 나는 당황스럽다. 그래도 두 사람은 사이가 좋으니 내가 마음을 졸이지 않아도 될 듯하다.

가장 큰 문제는 아무 말도 하지 못하는 나, 아닐까.

- 전부터 관심이 있었어.

자기 주관이 뚜렷해서 멋있더라.

이렇게 말하니까 좀 오글거리네.

신청곡함에 넣는 거, 정말 괜찮아?
방송반 애들이 보는 거 아냐?

혹시나 싶어 수업을 모두 마치고 사람들 눈을 피해 몰래 방송실 앞에 놓인 신청곡함을 보러 갔더니, 접힌 스프링 노트 한 장이 들어 있었다. 이번에도 내가 답장 쓴 노트에 세토야마가 이어서 답장을 써 보냈다. 돌아가는 길에 몇 번이나 다시 보고, 집에 돌아와서도 책상에 앉아 몇 번이고 몇 번이고 세토야마가 보낸 글을 바라보았다.

'좋아해.'라는 쪽지 한 장으로 시작된 대화. 처음에는 단어만으로 된 애매한 대화였다. 하지만 지금은 제대로 된 대화가 이어지고 있다. 무슨 뜻이냐고 물어보길래 내가 대답하고, 거기에 세토야마가 또 답장을 보냈다.

종이에 이어지도록 쓰인 글을 순서대로 바라보니 세토야마와 이야기를 나누고 있다는 사실이 실감 났다. 그리고 지금까지와는 약간 다른 감정이 싹트는 걸 깨달았다. 기쁘기도 하고 즐겁기도 한, 그런 감정 말이다. 처음에는 마음이 복잡하기만 했는데 신기하다.

무심히 서랍에 넣어두었던 첫 편지를 꺼냈다. 노트 한 귀퉁이를 찢어 쓴, 게다가 구깃구깃한 러브레터.

찢어진 노트 조각에 적힌 세토야마의 글씨는 절도가 있었고 크게 쓱쓱 써 내려간 필체였다. 붓글씨를 배운 걸까. 무척 반듯하다. 약간 둥그스름한 내 글씨와 나란히 놓고 보니 조금 더 크게 쓰여 있어 확실히 남자가 쓴 글씨구나 싶었다.

하지만 처음에 받은 '좋아해.'라는 쪽지 속 글씨는 매우 정성 들여 쓴 듯했다. 그래서 오히려 글씨가 약간 딱딱하다. 종이는 곁에 있던 것 중에 적당한 걸 골라 집은 모양이지만 글씨를 쓸 때는 역시 긴장한 건지도 모른다.

'전부터 관심이 있었어.'

이렇게 말했지만, 세토야마가 나 같은 애에게 관심 갖게 된 이유를 모르겠다. 전이라니, 대체 언제부터지? 뭔가 계기가 될 만한 일이 있었나? 이야기를 나눠본 적도 없는 것 같은데. 상대가 세토야마라면 기억 못 할 리가 없다.

게다가 '자기 주관이 뚜렷해서 멋있더라.'라니. 대체 누굴 말하는 건지 불안해질 정도로 나에게는 어울리지 않는 말이다. 스스로 그렇게 생각한 적이 없다. 오히려 정반대다. 친구들에게 늘 맞추기만 하는데, 도대체 나의 어떤 모습을 보고 멋있다는 걸까. 그런 말을 듣는 사람이 되고 싶은 마음이야 항상 있지만.

그래도 세토야마가 결코 농담하는 게 아니라는 걸 안다. 오늘도 바로 답장을 해줬으니까. 내 반응을 기다리고 있었던 거다.

처음 편지를 받았을 때보다도 세토야마가 보여준 마음이 기뻤다.

그렇긴 하지만….

"사귀는 건 못, 하지."

소리 내어 말하고는 스스로 고개를 끄덕였다.

지금까지 주고받은 편지에는 확실하게 쓰이지 않았지만 세토야마는 분명 '사귀기'를 원하는 거다. 하지만 상대도 나에 관해 잘 알지 못할 게 틀림없다. 분명하다.

뭔가 착각하는 걸 거야. 서로 잘 모르는 관계에서 사귀는 건 절대 좋지 않다. 잘 알지 못한 채 사귀면 순탄치 못할 거라는 건 야노 선배와 사귀면서 뼈저리게 느꼈다.

"아… 어쩌면 좋지?"

호오, 자그맣게 숨을 내쉬고 마지막으로 한 번 더 편지를 읽어보았다.

'좀 오글거리네.'라는 한마디에 귀엽다는 느낌을 지울 수 없다. 세토야마가 이런 말을 할 이미지는 전혀 아니었는데. 지금까지 항상 자신감이 넘쳐서 긴장하거나 불안해하는 일은 없을 거라고만 생각했다. 내 멋대로 그렇게 믿었을 뿐, 실제로 세토야마가 어떤 사람인지는 전혀 모른다.

오늘은 여느 때와 같은 시각에 전철을 타고 학교로 갔다. 도중에 수도 없이 나오는 하품을 참느라 혼났다. 아침에는 평소와 다름없이 일어났지만 잠을 늦게 잔 탓에 졸음이 쏟아졌다.

게다가 아직 세토야마에게 줄 답장을 못 썼다. 새벽 2시가 채 못 되어, 더는 못 견디고 포기한 채로 잠자리에 들었지만, 이불 속에서도 편지 생각으로 머릿속이 가득 차 좀처럼 잠이 오질 않았다.

학교 근처 역에서 내려 걸어가는데 느닷없이 내 앞으로 느긋하게 걸어가는 세토야마의 뒷모습이 보였다. 순간적으로 걷던 속도를 늦춰 세토야마의 눈에 띄지 않도록 살짝 고개를 숙이고 걸었다.

오늘은 왜 같은 전철을 탄 거야.

"어이, 세토!"

갑자기 내 뒤쪽에서 세토야마를 부르는 커다란 목소리가 들려와 당황해서 앞에 걸어가는 누군가의 그림자 뒤로 숨었다. 목소리의 주인은 내 옆을 쌩하니 지나 세토야마에게 달려갔다.

"어, 어쩐 일이냐 너, 오늘 일찍 왔네?"

"엄마가 아침부터 잔소리를 해대서 후다닥 나왔지 뭐야. 넌 항상 같은 시간이구나."

"할머니가 워낙 일찍 일어나는 분이라 맨날 깨우거든."

두 사람의 목소리가 커서 세토야마가 늘 이 시간에 전철을 탄다는 사실을 알았다. 나도 늘 같은 시간에 이 길을 지나가는데 지금까지는 전혀 알아차리지 못했다. 우리는 몇 번쯤 스쳐 지나갔을까.

그다음에는 1교시가 끝나고 나서 세토야마를 보았다. 이동 수업이 있는지 교과서와 필통을 손에 들고 우리 교실 앞을 친구와 걸어가고 있었다. 문과반 건물에서 이과반 애들이 걸어가는 일은 드문데. 오늘은 뭔가 특별한 수업이라도 있나.

"웬일로 갑자기 이과반 남학생들을 다 쳐다보고 있어?"

복도 쪽을 가만히 바라보는데 유코가 불쑥 눈앞에 얼굴을 내밀었다.

"어, 아니, 좀처럼 없던 일인데 웬일인가 싶어서."

"뭐야 뜬금없이. 매주 지나가잖아. 아마 음악 수업일걸?"

전혀 몰랐다.

5교시에는 창밖으로 운동장에서 축구를 하는 세토야마가 보였다. 금요일 이 시간은 아마 체육 시간인가 보다.

신경 쓰지 않으면 의외로 사람의 모습은 눈에 잘 들어오지 않는다. 지금까지 거의 안 보이던 존재라고 생각했는데, 그렇지도 않았다. 오늘만 해도 벌써 몇 번이나 마주쳤다. 세토야마는 꽤 가까이에 있는 존재였는지도 모른다.

하지만 어째서, 이렇게 갑자기, 세토야마의 모습이 자꾸 눈에 띄는 걸까. 편지를 받고 나서 나도 조금은 세토야마를 의식하게 된 걸까.

지금도 운동장을 흘끔 돌아보기만 했을 뿐인데 세토야마를 바로 찾았다. 이과반 남학생 중에서 세토야마가 가장 활발하게 뛰어다녔다. 더구나 무척 잘하는 것 같다. 조금 전에도 골을 넣었다.

"구로다, 구로다 노조미!"

"네, 네에?!"

"자, 네 쪽지 시험지."

선생님에게 이름이 불려 황급히 자리에서 일어나 교단으로 나가서 답안지를 받아 들었다. 예고 없이 치른 영어 쪽지 시험이었다. 시험을 잘 봤는지 몰라 불안했는데 살짝 점수를 확인해 보니 97이라는 숫자가 매겨져 있었다. 틀린 문제는 실수로 단어 스펠링을 잘못 썼다.

"전 학년에서 구로다 노조미가 1등이다. 영어 공부 열심히 했구나."

"고, 고맙습니다."

바로 앞에 서 있는 선생님이 큰 소리로 칭찬하자 반 아이들이 가벼운 탄성을 질렀다. 쑥스러워서 고개를 살짝 숙이고는 자리로 돌아왔다. 기쁘지만 주목받는 건 부끄럽다. 하지만 97점인데다 학년 1등이라는 말을 들으니 무척 뿌듯하다.

영어는 가장 좋아하는 과목이고 가장 자신 있다. 다만 다른 과목은 전부 잘하지 못한다. 항상 평균 점수 근처에서 왔다 갔다 한다. 그중에서도 가장 자신 없는 과목은 수학이다. 매번 아무리 애써도 겨우 낙제를 면할 정도다. 그렇기에 영어에서 높은 점수를 받으면 나도 잘하는 게 한 가지는 있구나 싶어서 정말 기쁘다.

다시 창밖을 바라보니 이과반 남학생들이 여전히 축구에 온 힘을 쏟고 있었다.

축구는 잘 모르지만 그런 내 눈에도 세토야마가 단연 뛰어나 보였다. 어디에 있어도 바로 알아챌 정도로 두드러졌고, 나도 모르게 어느새 세토야마를 눈으로 좇고 있었다. 정말로 못 하는 스포츠가 없다는 소문이 맞나 보다. 분명 지금은 동아리 활동을 하지 않는 모양이던데 어쩌면 중학교 때까지 축구를 했는지도 모르겠다.

세토야마는 마치 마술을 부리듯 공을 자유자재로 가지고 놀다가 골을 넣었다. 그 순간, 옆에서 육상 경기를 하던 이과반 여학생들이 "꺄아!!" 환호성을 질렀다. 그 여학생들 가운데 몇 명은 세토야마에게 호감을 갖고 있겠지.

"굉장한 걸 봤어!"

수업이 모두 끝나고, 종례 시작 전에 주스를 사러 갔다 온 유코가 소란스럽게 교실로 뛰어 들어오면서 외쳤다. 함께 갔던 친구도 흥분한 상태였다.

"무, 무슨 일이야?"

"고백하는 현장을 직관했지 뭐야!"

유코는 자리에 앉아 이야기를 나누던 나와 에리노에게 다가와 두 손으로 책상을 탁, 소리 나게 짚더니 눈을 반짝반짝 빛내며 말했다.

"연결 복도 옆에서 고백하는 장면을 목격했어."

"진짜?"

에리노도 어느새 바짝 다가앉았다. 나도 속으로는 신경을 곤두세우고 귀를 기울였다. 다른 사람이 고백하는 장면을 목격하다니 그다지 흔한 일이 아니니다.

"게다가 상대는, 무려 세토야마라고."

깜짝 놀라 몸이 움찔했다. 여기서 세토야마의 이름이 나오다니, 마음의 준비가 되어 있질 않았다. 그런 내 모습을 봤는지 에리노가 내게 의미심장한 눈짓을 보내왔다.

"아, 보는 내가 다 가슴이 두근두근했다니까."

"그래서 어떻게 됐어?"

에리노는 아무래도 결말이 제일 궁금했던 모양이다. 나를 신경 쓰는 거겠지.

"그게 또 굉장했어. 후배 여학생이었는데 말이야, '좋아해요!' 돌직구로 고백하니까 세토야마가 늘 그랬듯이 바로 거절했거든. 그랬더니 '이유가 뭐예요?'라면서 걔가 묻더라. 꽤 훅훅 밀고 들어오더라고."

"바로 그 자리를 피해주려고 했는데 너무 궁금해서 지켜봤지 뭐니."

유코와 또 한 친구가 호들갑을 떨며 계속해서 말했다. 또 다른 친구는 이대로 둘이 사귀는 건가 싶었다고 했다.

그렇게 저돌적으로 고백하다니 정말 대단하다. 거절당하고는 그 이유를 묻는 태도도 놀랍고. 나였다면 바로 도망쳤을 텐데. 애초에 고백조차도 못하겠지만.

우와, 감탄하면서 "대단하네."라고 중얼거렸다.

"그런데 세토야마 진짜 멋있더라. 자기 좋다는 여학생한테 '관심 있는 사람이 있어서 안 되겠어.' 그렇게 이유를 말하면서 딱 잘라 거절하더라고."

"꺄아!" 유코랑 그 옆에 있던 친구들이 일제히 날카로운 비명을 질렀다. 그 비명에 "헉!" 내 얼빠진 목소리는 감쪽같이 묻히고 말았다.

"뭐? 세토야마가 좋아하는 사람이 있다고? 그거야말로 빅뉴스잖아!"

에리노도 놀랐는지 몸을 앞으로 쑥 내밀었다. 유코는 "거봐, 내가 뭐래."라며 자랑스레 말했다. 옆에 앉아 있던 반 아이들도 "그게 무슨 소리야?" 궁금해하며 모여들었다. 나는 지금 당장 여기서 빠져나가고 싶었다.

관심 있는 애가 있다는 둥, 어째서 그런 말을 확실히 하는 거지? 세토야마가 말한 '관심 있는 사람'이 나라고 생각하니 얼굴이 굳어져 제대로 웃을 수가 없었다. 만약 그 사실이 들통나면 다들 어떻게 생각할까. 게다가 세토야마의 고백을 거절했다는 게 알려지면 날 눈엣가시로 여길지도 모른다. 상상만 해도 오싹하다.

"그래도 그 후배 여자애는 물러서지 않았지만. 예쁜 데다 자신감이 있는 거 같아."

"우와! 강하네."

에리노가 감탄하듯이 말했다. 에리노가 그렇게 말할 정도면 정말 대단한 거다.

"정말 대단했다니까. '지금 사귀는 게 아니라면 일단 저하고 사귀는 건 어때요?'라고 묻더라고. 하지만 '그렇게는 안 돼.' 세토야마가 대답하더라. 이건 뭐, 너무 멋있지 않니?"

'좋아하는 사람이 있어. 그건 네가 아니니까 미안하지만 안 되겠어.'

그런 세토야마의 마음이, 유코에게 듣기만 해도 전해져 왔다. 얼마나 솔직하고 순수한 사람인가. 직접 목격한 유코랑 애들이 흥분할 만도 하다.

"결국은 그 후배 여자애가 울었는데, 세토야마가 '미안.' 말하더니 그대로 가버리더라. 괜히 위하는 척하는 자상함 같은 건 눈곱만큼도 보이지 않는 게 또 어찌나 멋있던지. 나 세토야마 팬이 될 것만 같아!"

그저 두루뭉술하게 거절하지 않고 확실하게 자기 의사를 밝힌다. 괜스레 기대할 만한 여지를 일절 주지 않는 세토야마의 말과 행동에 차갑다거나 심하다고 생각하는 사람도 있을 것이다. 울고 있는 여자애를 내버려 두고 그냥 가버렸으니. 적어도 그 후배 여학생은 상처받았을 테니까. 하지만 세토야마는 분명히 그런 거 신경 쓰지 않을 거다. 남들이 어떻게 생각하든 상관없다. 다만 자신이 믿는 대로 행동할 뿐이다.

나도 그런 세토야마가 멋있다고 생각했다.

'좋아해.'

'무슨 뜻이야?'

'전부터 관심이 있었어.'

멍하니 세토야마에게 받은 편지 내용을 떠올렸다. 거짓 없는 말들. 그 말들에 대해 적당히, 애매하게 답장을 썼던 나 자신이 부끄러웠다.

사귈 마음이 없다면 편지를 주고받는 건 여기서 빨리 끝내는 게 좋다. 질질 끌면서 기대하게 만드는 상황을 이어가서는 안 될 일이다.

- 고마워.

하지만 역시 난
세토야마에 대해 잘 모르기도 하고.
미안해.

신청곡함은 방송부원 말고는 아무도 안 보니까
괜찮아.

주말에 수도 없이 답장을 생각하고 몇 번이나 새로 고쳐 쓴 편지를 꼭 움켜쥐었다. 내게 호감을 보여준 건 정말 기쁘니까 되도록 세토야마에게 상처를 주고 싶지는 않다. 하지만 기대하게 할 만한 모호한 말은 쓰지 않았다. 이게 지금 내 솔직한 심정이니까.

이른 아침에 학교로 가서 두리번두리번 주변을 살피다가 위치를 기억해 둔 세토야마의 신발장 안에 편지를 쑤욱, 넣었다.

이번에는 스프링 노트를 찢어서 쓰지 않고 작은 봉투와 세트로 된 메모지를 골랐다. 진지하게 생각하고 쓴 답장이라는 게 조금이나마 전해지면 좋겠다. 분명 이게 마지막 편지가 될 거다.

"약간 아쉽긴 하지만."

혼자 복도를 걸어가다가 불쑥 속마음이 튀어나와서 피식, 웃었다.

만약 세토야마와 사귀기라도 한다면 매일 마음이 진정되지 않겠지. 모두 나를 흥미진진하게 지켜볼 테고 둘이서 나란히 걷는 건 긴장되고 당혹스러워서 정신이 혼미해질지도 몰라. 이야기조차 제대로 나누지 못할 테고.

하지만 편지를 주고받는 동안은 꿈을 꾸는 듯했다.

난처하고 힘들었으며 굉장히 고민도 많이 했지만, 이 편지 교환이 끝난다고 생각하니 왠지 약간 쓸쓸하다. 잠깐이지만 의외로 즐기고 있었나 보다. 아주 조금, 세토야마에게 관심이 생겼다.

하지만 이제, 이걸로 끝.

끝…인 거지.

편지를 손에서 떠나보내고 나니 조금 냉정해지고 불안감이 스쳤다.

또 답장을 보내오거나 그런 일은 없을 거야. 그도 그럴 것이 확실히 '미안해.'라고 썼으니까 세토야마가 다시 내게 할 말은 아무것도 없을 거다.

지금까지 줄곧 그렇게 생각했다. 그런데 세토야마는 다시 답장을 보냈다.

설마. 설마 또….

친구부터 시작해도 좋아

– 이제부터 날 알아가면 되잖아.

나랑 사귀자.

사귀면 나를 알게 될 거야.

방송부원은 볼 수 있구나^_^

안 되지, 그건.

왜 이렇게 흘러가는 걸까.

답장이 올지도 모른다고 예상은 했다. 확률은 꽤 낮을 거라 짐작했지만, 그래도 혹시나 싶었다. 그래서 월요일, 답장을 보낸 날 여러 번 다른 사람들 눈을 피해 방송실 신청곡함을 들여다보았다. 나처럼 신발장에 답장을 넣을까 봐 내 신발장을 열어 볼 때는 행여 누가 볼세라 조심했다. 세토야마와 마주치기라도 하면 곤란할 것 같아서 만일을 대비해 전철도 평소보다 하나 더 빠른 편으로 탔다.

그래서 수요일인 오늘도 이동 수업을 하는 이과반 교실로 가자마자 책상 안을 맨 먼저 찾아보았다.

그리고 발견한 노트 조각. 무슨 말이 쓰여 있을지 두근두근하며 열어보니 이런 내용이다.

왜?! 왜, 이 타이밍에 사귀자고 하는 거야? 나는 확실하게 '미안해.'라고 말했잖아? 그걸로 대답이 안 된 거야? 내 답이 뭐가 잘못된 걸까.

'나랑 사귀자.'

"…으윽."

편지를 바라보고 있자니 얼굴이 화끈거린다. '좋아해.'라고 쓴 첫 번째 편지를 받았을 때보다 더, 말에 무게가 실려 있다. 팔꿈치를 괴는 척하면서 새빨갛게 물들었을 얼굴을 가렸다.

설마… 이런 말을 들을 줄이야.

세토야마는 이 말을 쓸 때 부끄럽지 않았나? 받아 든 내가 이렇게 부끄러운데. 내 심장 소리가 요란하다.

뺨에 손을 대고 노트 조각을 바라보았다.

첫 번째 편지처럼 약간 또박또박 쓴 세토야마의 글씨.

월요일부터 오늘까지 이 답장을 생각했는지도 모른다. 지난번에는 바로 답장을 보내더니 이번에는 월요일 아침에 답장을 쓰고나서 오늘까지 아무 일도 없었다. 게다가 신청곡함이 아니라 책상 안에 들어 있었다. 신청곡함에 넣어두면 내가 더는 확인하지 않을지도 모른다고 생각한 걸까?

'이제부터 날 알아가면 되잖아.'

이제부터 알아가면 된다고 해도…. 알려고 사귄다는 발상은 도저히 할 수 없다. 사귀게 되면 학교 안에 소문이 쫘악, 퍼질 텐데. 그렇지만 '역시 안 되겠어.'라든가 '안 맞는 것 같으니 헤어지자.' 이런 말을 내가 할 수 있을 리가 없다.

게다가 세토야마가 헤어지고 싶어 할 가능성도 있다. 야노 선배와 똑같은 이유로. 더는 그런 기분 맛보고 싶지 않아.

상대가 세토야마라면 아이들의 이목이 집중될 테고, 헤어졌을 때 느낄 비참함도 몇 배 이상 클 거다.

3주 동안 내내 우울한 마음으로 지내다가 또 점심 방송 시간이 되었다. 음악을 틀어놓는 동안 쪽지랑 눈싸움하는 일이 일과가 되었다.

"정말로 사귀고 싶은 거야…?"

물어봐도 당연히 대답은 돌아오지 않는다.

이런 기분으로 방송하고 있을 거라고, 세토야마는 상상도 못하겠지.

…아니 그보다.

세토야마는 내가 오늘 방송을 담당한다는 걸 알고 있으려나.

방송을 시작할 때 "구로다입니다." 먼저 이름을 말하며 인사하고 있지만, 이 편지를 보면 내가 방송부원이라는 걸 알지 못하는지도 모른다.

'방송부원은 볼 수 있구나.'

내가 방송부라는 걸 알고 있다면 이렇게 말할까? 어쩌면 내 이름, 모르는 거 아냐?

아니, 설마. 그건 아니겠지. 아니지, 아닌…가?

그러고 보니, 고백할 때부터 지금까지 받은 편지에 내 이름이 적혀 있던 적은 없다. 이름을 모를 거라고는 상상도 하지 못했지만, 어쩌면 그럴 수도 있겠다. 아닌 게 아니라, 둘이 이야기해 본 적도 없고 그 어떤 접점도 없다. 이름을 모른다고 해도 전혀 이상하지 않은 상황이다. 내가 세토야마의 이름을 알았던 건 세토야마이기 때문이다. 세토야마 외에 이과반에서 이름을 아는 사람은 한 명도 없다.

하지만 이름도 모르는 사람을 좋아하다니, 있을 수 있는 일인가. 아니, 점심 방송을 진지하게 듣는 사람은 없을 테니 내가 방송부원이란 걸 모를 가능성도 얼마든지 있다.

한참을 생각했지만 내 이름을 아는지 모르는지, 그런 건 지금 아무래도 상관없다. 궁금하긴 하지만 우선 지금은 그건 제쳐두자. 지금, 직면한 문제는, 세토야마에게 보낼 답장이다.

'거절하는 수밖에 없잖아….'

단도직입적으로 사귀자는 말을 들었으니 예스인지 노인지는 대답해야만 한다. 무슨 일이든지 좋고 싫음을 확실히 딱 잘라 말하는 건 잘 못하지만 여기까지 왔으니 이미 그런 말할 처지가 아니다.

"좋았어."

작은 목소리에 힘주며 결심하고는 세토야마의 편지 아래에 평소보다 조금 더 정성을 들여 '미안해. 사귈 수는 없어.'라고만 적었다. 이렇게까지 확실히 거절하다니 글자로 썼을 뿐인데도 마음이 아프다.

야노 선배와 사귀게 된 계기는 고백을 받아서다. 태어나 처음으로 누군가에게 좋아한다는 고백을 들은 터라 가슴이 떨려서 나도 모르게 고개를 끄덕이고 사귀었다. 하지만 그렇게 한 선택은 잘못이었다.

세토야마는 그런 식으로 행동하지 않는다. 얼굴을 마주한 채 고백해 온 여자애에게도 자기 나름대로 성의를 다해 대처했다. 상대 여학생이 울더라도 자신의 마음을 확실하게 전하는 사람이다. 세토야마를 본보기로 삼아, 나도 상대의 반응을 살피느라 진짜 내 마음과 다른 대답을 하지는 말자.

하고 싶은 말은 아무리 고민해도 바뀌지 않는다.

다시 한번 "좋았어!" 외치며 마음을 굳게 다잡아 답장을 쓰고는 종이를 접어 주머니에 넣었다.

마지막 곡이 끝나자 점심 방송을 마무리하는 멘트를 하고서 전원을 껐다. 오늘은 평소보다 조금 일렀나 싶어 시계를 보면서 문을 연 순간.

"으앗!"

소스라치게 놀라는 소리가 들리면서 쾅, 누군가와 부딪히고 말았다.

"죄, 죄송합니…다."

교무실 옆이라 별로 사람이 다니지 않는다는 사실에 방심해서 복도 쪽에 주의를 기울이지 않았다. 당황해서 얼굴을 들자 눈앞에 세토야마가 놀란 표정으로 나를 보고 있었다.

왜, 왜, 이런 데에?

"아, 아니… 미, 안."

세토야마도 어지간히 당황했는지 눈길을 피하며 "그럼." 한 마디만 남기고 바로 뒤돌아섰다. 허둥지둥 이 자리에서 도망치듯이 교무실 쪽으로 걸어갔다.

"아, 여기 있었구나, 세토!"

너무 놀라 사고가 정지한 듯 멍한 채로 서 있는데 등 뒤에서 한 남학생의 목소리가 들려왔다. 세토야마와 내가 동시에 돌아보았다. 복도 끝 계단에서 막 내려온 남학생이 세토야마에게로 달려왔다. 나를 앞질러 갈 때 잠깐 눈이 마주쳤다. 그러고 보니 얼마 전 신발장 앞에서 세토야마와 함께 있던 남자애다.

"한참 찾았잖아. 여기서 뭐…, 어? 너! 얼굴은 왜 빨개졌냐?"

"아, 빨개지긴 무슨. 거참 시끄럽네."

"뭐? 왜 그렇게 허둥대고 그래. 무슨 일인데?"

친구는 세토야마가 당황해하는 모습을 보며 낄낄대고 웃었다. 세토야마는 친구가 하도 웃어대자 귀찮다는 듯이 손으로 친구를 뿌리쳤다.

두 사람의 모습을 뒤에서 가만히 바라보고 있는데 세토야마가 갑자기 뒤를 홱, 돌아 나를 보았다. 예기치 않은 상황에 화들짝 놀라 몸이 움찔했다. 세토야마의 얼굴을 보자 이번에는 가슴이 쿵쾅거리며 뛰었다.

세토야마의 얼굴이 마치 저녁노을처럼 발갛게 물들어 있었다. 약간 거리를 두고 서 있는 내게도 아주 잘 보였다. 손을 들어 얼굴을 감추려 했지만 그래도 다 가려지지 않을 정도로 귀까지 빨개져 있었다.

앞으로 걸어가는 세토야마의 뒷모습에서 눈길을 거둘 수가 없었다. 세토야마도 저렇게 얼굴이 빨개지는구나. 이런 모습은 진짜 뜻밖이었다.

나도 얼굴이 화끈 달아올라 양손으로 뺨을 감쌌다. 왜 그렇게 빨개진 거야?

뭐야, 그 얼굴. 왜 그런 얼굴을.

의외의 면을 봐서 그런지 숨이 막혔다.

묘한 감정이 뭉게뭉게 피어올라 가슴을 죄어왔다. 심장이 꽉 조여드는 듯 괴롭다. 그런데 조금도 싫진 않았다.

지금 세토야마는 어떤 표정을 하고 있을까?

멀어져가는 세토야마의 뒷모습을 바라보면서, 한 번 더 뒤돌아보지는 않을까 내심 기대했다.

… 그런데 왜, 이런 데 있었던 걸까.

궁금해하면서 문 앞에 놓인 신청곡함을 흘끗 쳐다보았다. 혹시나 싶어 상자를 집어 들고 흔들어 보았더니 버스럭버스럭, 안에 뭔가 들어 있는 소리가 났다.

얼마 전에 이 상자에서 세토야마의 편지를 꺼냈다. 그 밖에는 아무것도 들어 있지 않았고, 요 며칠 사이에 누군가가 뭔가를 넣었다고는 생각하기 어렵다. 상자 뒤쪽 뚜껑을 열고 안에 든 종이를 꺼냈다.

조그맣게 접힌 스프링 노트 쪽지.

왜 가슴이 두근거리는 건지 스스로 물어보면서 그 쪽지를 천천히 펼쳤다.

― 미안, 내가 너무 성급하게 앞서나갔어.
아니, 진심이지만!

하다못해 친구부터 시작해도 좋아.

나를 잘 몰라서 거절하는 거라면
단념할 수 없어.

날 알아갔으면 좋겠어.

'뭐야, 이게.'

나도 모르게 풋, 웃음이 터졌다. 왜 여기에 와 있던 건지 이상하다 했더니 역시 편지를 넣으러 온 거였구나. 아까 이동 수업 시간에 이미 편지는 받았는데, 일부러 점심시간에 연달아 편지를 넣으러 오다니. 꽤 초조했나 보다. 글씨도 급하게 쓴 듯 흐트러져 있다.

새빨개진 얼굴과 이 편지. 두 가지가 겹쳐져 떠오르면서 마음 속이 뒤숭숭했다. 왠지 자꾸 웃음이 났다.

'너무 성급하게 앞서나갔어.'라는 사과와 '진심이지만.'이라는 너무도 솔직한 말.

서둘러 쓴 글자와 절박한 마음이 고스란히 묻어나는 말에, 그동안 세토야마에게 가졌던 이미지가 또 조금 바뀌었다.

분명 난 세토야마를 잘 알지 못한다. 알고 싶은 마음도 없었다. 알려고도 하지 않았다. 하지만.

'단념할 수 없어.'

솔직하다. 뭐든지. 고백을 받으면 딱 잘라 거절한다. 그리고 자신이 좋아하는 사람에게는 거침없이 다가간다. 자신의 마음이 시키는 대로 솔직히 행동하는 사람인 모양이다.

왠지 귀엽네.

'친구부터 시작해도 좋아.'

친구라니, 어떤 관계를 말하는 걸까. 가끔 이야기를 나누는 남학생이 있긴 하지만 친구라고 부를 만한 사람은 없어서 그 이미지가 또렷이 그려지질 않았다.

여자 친구들끼리 하듯이 연락처를 교환하고 별것 아닌 대화를 주고받거나 학교에서 마주치면 말을 걸기도 하고 복도에 서서 이야기를 나누면 되는 걸까. 에리노나 유코랑 하는 일을 세토야마로 상대를 바꿔서 한다고 상상해 보는 순간, 그건 못 하겠다 싶었다.

다른 애들 앞에서 사이좋게 이야기를 나누다니, 사귀는 거나 별반 다를 게 없다. 분명히 이상한 소문이 돌 게 뻔하다. 게다가 무슨 이야기를 해야 할지도 모르겠다.

친구로 지내기도 너무 어렵다.

하지만 조금은… 세토야마에게 관심도 있다. 내가 모르는 모습을 조금 더 보고 싶다. 세토야마를… 알고 싶다.

아까 내가 쓴 답장을 주머니에서 꺼내 펼쳐보았다. '미안해.'라고 쓴 편지. 이걸 전해주면 세토야마와 이어져 있던 연결 고리가 끊어지겠지. 그럼 더는 세토야마를 알 기회도 없어진다.

"결국… 이런 답장을 보내는 것도 주변 사람이나 분위기에 휩쓸리고 마는 건가."

꽁꽁 뭉쳐서 버릴까 했지만 그러면 세토야마가 보낸 편지도 쓰레기가 되고 만다.

한참 동안 쪽지를 바라보다가 내가 답장으로 쓴 부분만 쭈욱,

찢어냈다. 그리고 세토야마의 글씨만 남은 종이를 깔끔하게 접어 주머니에 넣었다.

— 친구부터, 라면.

하지만 소문나는 건 싫으니까
지금은 만나서 이야기하지는 말고,
편지로만 대화해도 괜찮아?

내가 보내는 편지는 앞으로도
네 신발장에 넣어둘게.

뭐 하나 궁금한 게 있는데,
내 이름, 알아?

다음 날도 아침 일찍 학교로 가서 세토야마의 신발장에 몰래 집어넣었다.

어제 받은 노트 쪽지에 이어서 쓰려고 했지만 찢은 종이에 쓰는 건 실례일 듯해 결국 편지지를 사용했다. 옅은 핑크빛이 도는 편지지는 마치 지금 내 마음 같다.

아침부터 가슴이 요란스럽게 뛰었다.

딱히 사귀는 건 아니다. 단지 친구. 심지어 편지만 주고받는 친구. 괜히 그런 조건을 덧붙여 기분을 상하게 하는 건 아닐까 걱정도 되었지만, 지금 나에게는 이게 최선을 다한 솔직한 심정이니까 역시 뺄 수는 없었다.

편지를 주고받는다고 세토야마를 알 수 있는 건지 아닌지도 잘 모르겠다. 하지만 이대로 끝내는 것보다는 낫다.

주목받는 게 싫기도 하지만, 주위에서 놀리면 세토야마를 알기도 전에 내가 도망치고 싶어질지도 모른다. 편지만으로 교류하는 쪽이 긴장하지 않고 느긋하게 대답을 생각할 수 있다.

조금씩 세토야마를 알아가고 싶다. 천천히, 주위 신경 쓰지 않고. 만약 세토야마가 그러길 원치 않는다면 그건 어쩔 수 없는 일이다.

아직도 또각또각 심장 뛰는 소리가 들렸다.

그 편지에 세토야마는 뭐라고 답장을 보내올까. 마지막에 의문형으로 쓴 까닭은, 내용에 언짢은 마음이 들더라도 답장을 쓸 거라고 생각해서다. 뭐든지 좋으니까 반응이 있어야 할 텐데.

세토야마는 그날 중으로 답장을 보내왔다.

방과 후 신청곡함에는 손바닥보다 작은 크기의 새 노트가 한 권 들어 있었다. 상자 투입구에 넣기 좋은, 마침 딱 맞는 크기의 노트를 일부러 고른 걸까. 본 기억이 있는 걸 보니 오늘 매점에서 판매하기 시작한 노트일지도 모른다.

겉장을 넘기자 첫 페이지에 세토야마의 글씨가 보였다.

- 알겠어!

앞으로 잘 부탁해.

이름이야 당연히 알지^^

마쓰모토 에리노잖아!

2장

노란, 거짓말

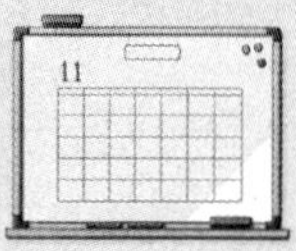
11

어긋난 타이밍, 잘못된 시작

- 지난번 노트 봤어?

대답 기다릴게.

수요일 이동 수업 때 세토야마가 노트를 잘라서 적어놓은 메모를 발견했다. 그 메모를 본 순간, 약 일주일 동안 끊임없이 고민하던 문제가 내 등 위로 묵직하니 올라앉은 듯했다.

그럼요, 봤죠. 심지어 그날 바로 노트를 꺼내서 내용을 확인했는걸요. 그래서 답장을 못 하는 거라고. 세토야마가 이런 상황을 알 리 없다. 내가 무시하고 있거나, 아니면 노트를 발견하지 못했거나, 둘 중 하나라고 생각하겠지.

'마쓰모토 에리노잖아!'

나는 에리노가 아니야. 이제 와서 그걸 어떻게 말하지?

'친구부터 시작한다면야.'

이딴 답장을 보내놓고서 새삼스럽게 '편지가 잘못 전달됐어.'라고는 도저히 말할 수 없다. 그렇다고 모른 척하고 이대로 편지를 주고받는 건, 더더욱 할 수 없다.

어쩌다 이렇게 된 걸까.

세토야마가 보낸 편지에는 처음부터 받는 사람 이름이 없었다. 그때 물어봤어야 했다. '나한테 보낸 거 맞아?' 만약 제대로 확인했더라면 이런 상황이 벌어지지 않았을 텐데. 왜 아무런 의문도 갖지 않고 편지를 주고받았을까.

지금 생각해 보니 처음 편지를 받은 날, 세토야마가 신발장 앞에서 내게 말을 걸려고 했던 건 내가 에리노의 친구이기 때문이었어. 에리노를 눈여겨보고 있었다면 늘 같이 다니는 나를 알고 있다고 해도 이상할 게 없다. 그때 세토야마는 에리노에 관해 뭔가 묻고 싶었던 게 분명하다.

방송실 앞에서 부딪혔을 때 그렇게 얼굴이 빨개진 까닭도 단지 내게 편지를 들켰다고 생각해서였구나.

"최악이군."

불쑥, 아무에게도 들리지 않을 정도로 작은 목소리가 튀어나왔다.

종소리에 화들짝 놀라 얼굴을 들자 선생님이 "자, 그럼 오늘은 여기까지!" 말하며 분필을 내려놓았다. 어느새 오늘도 1교시가 끝나고 말았다. 노트를 받고 나서 도통 어떤 수업도 제대로 듣지를 못하고 있다.

"너 요즘 왜 그래?"

하아, 땅이 꺼지도록 한숨을 쉬자 에리노가 걱정스러운 표정으로 물었다. 너무 고민하느라 몸까지 무거울 지경이다. 하지만 그렇다고 말할 수는 없다.

"잠을 좀 못 자서 그런가."

어물쩍 둘러대고 애써 웃음을 지어 보였다.

그날부터 에리노의 얼굴을 똑바로 볼 수가 없다. 세토야마와 주고받은 노트가 떠올라 그만 시선을 피하고 말았다. 자리에서 일어나 방송실로 가려고 급히 나가다 말고는 발을 멈추고 흘낏 뒤를 돌아보았다. 조금 전까지 내가 앉아 있던 자리에는 내 가방을 챙기고 있는 에리노가 앉아 있다.

… 난 왜 이렇게 멍청한 걸까!

시간을 되돌릴 수 있다면 얼마나 좋을까.

그런 현실 도피를 꾀하면서 방송실에서 도시락을 먹었다. 요즘은 에리노와 함께 있으면 기분이 자꾸 가라앉는다. 방송실에서 누구도 신경 쓰지 않고 혼자 있는 동안에는 마음이 안정되고 편하다. 우울한 마음이 조금이라도 떨어져 나가면 좋을 텐데. 그런 바람으로 오늘은 다른 날보다 더욱 격렬하게 연주하는 하드 록을 틀었다.

오늘 받은 쪽지와 아직 세토야마만 글을 적어놓은 작은 노트를 꺼내 들여다보았다.

'알겠어! 앞으로 잘 부탁해.'

이 답장을 쓸 때 세토야마는 기뻤을까. 기분이 좋았을까. 나 편한 대로 쓴 일방적인 답장이었는데도 세토야마는 받아들였다. 그 정도로 좋아한 거겠지. 좋아하는 거겠지. 에리노를.

에리노라면 수긍이 간다. 아무런 의문도 들지 않는다. 애당초 이상하다 싶었다. '그' 세토야마가 나를 좋아한다니.

세토야마가 에리노를 좋아하게 된 계기는 모르지만, 내게 그 구깃구깃한 러브레터를 남긴 이유를 이제야 알 것 같다. 매주 이동 수업이 끝나면 에리노는 내가 앉았던 자리에서 내 책과 가방을 정리해 교실로 가져다준다.

세토야마는 교실로 돌아와서 그 모습을 본 거겠지. 나는 방송을 해야 해서 수업이 끝나기가 무섭게 교실을 빠져나오니까 세토야마와 스친 적이 없다. 수업이 끝나고 난 다음 상황을 보면 누구라도 그 자리에서 수업을 받은 사람이 에리노라고 생각할 게 틀림없다.

"어떡하지…."

책상에 엎드려 혼잣말을 내뱉었다.

이럴 줄 알았으면 편지를 무시할 걸 그랬다. 처음 받은 러브레터라서 약간 들떴나 보다. 세토야마의 그 표정과 태도가 나를 향한 거라고 생각하니 속으로는 기뻤다. 실제로 지금, 오해했다는 사실과 오해하게 만들었다는 상황이 당황스럽고 고민되지만, 한편으로는 실망하고야 말았다.

"나, 완전 최악이야…."

일주일 내내 똑같은 생각만 맴돌고 있다.

하지만 언제까지나 도망치고 있을 순 없다. 그래서 매일 수도 없이 결심하고는 답장을 쓰려고 펜을 들었지만, 도저히 쓸 수가 없었다.

한참 있다가 노트를 탁, 덮었다. 맞다. 노트에 쓰려고 하니까 더 못 쓰는 거다. 세토야마가 에리노와 주고받으려고 마련한 노트에 '내'가 글을 쓸 수는 없으니까.

그럼 어떻게 하면 좋을까. 고민하다가 오늘 받은 쪽지를 손에 들고 차분히 답장을 썼다.

– 미안. 착각했어.
난 에리노가 아니야.
이 노트도 돌려줄게. 미안해.

가슴이 아프다. 따끔따끔 마음이 쓰라려서 괜스레 울고 싶어졌다.

새 노트 안에 쪽지를 끼워 넣었다.

"미안해."

들릴 리가 없는데 작은 목소리로 중얼거렸다. 이걸 보면 세토야마가 너무 속상하지 않을까.

마음속으로 또 한 번 '미안해.' 사과했다.

도시락을 정리하고 평소보다 조금 빨리 점심 방송을 마쳤다. 교무실에 열쇠를 반납하고 시간을 확인하니 5교시 수업이 시작하기까지는 시간이 조금 남아 있었다.

바로 신발장 쪽으로 걸어갔다. 벌써 일주일이나 기다리게 했으니 답장은 빠른 편이 좋다. 오늘 이 편지를 책상에 넣어둔 걸 보면 이제나저제나 답장을 기다린 게 분명하다. 무엇보다 나 자신도 더는 도망치면 안 된다. 시간이 지나면 지날수록 말하기 힘들어질 테니까.

입을 앙다물고 노트를 남이 볼세라 꼭 끌어안고서 잰걸음으로 복도를 걸어갔다.

아직 점심시간이라 복도에는 애들이 몇 명 있었지만, 신발장 근처에는 아마도 별로 없을 거다. 운동장에서 놀던 아이들이 돌아오기에는 아직 이르고 지금에서야 운동장으로 나가는 사람도 없을 테니까. 타이밍이 잘 맞으면 무사히 신발장에 넣을 수 있다.

인기척이 없는 걸 확인하면서 살금살금 발소리를 죽이고 이과반 신발장을 들여다보았다. 아무도 없기를… 간절히 바랐지만 내 소망은 믿을 수 없을 정도로 보기 좋게 박살 났다.

누군가 있었다. 심지어 그냥 누군가도 아니다. 내 목적 지점인 바로 그 자리에 떡하니 서 있는 사람.

대체 왜! 여기 있는 거야!

자신의 신발장을 들여다보고 있는 세토야마의 모습에 너무 놀라 기절하는 줄 알았다. 순간적으로 몸을 숨겼지만, 심장이 터질 듯 격하게 뛰어서 그 소리가 세토야마에게까지 들릴지도 모르겠다는 생각이 들었다. 귀 언저리에서 이제껏 들어보지 못한 심장 박동 소리가 쿵쾅쿵쾅 울렸다.

왜, 대체 왜, 지금 여기에 세토야마가 있는 걸까. 타이밍이 너무 안 좋다.

손에 들고 있던 노트를, 만일에 대비해서 도시락 주머니에 재빨리 집어넣었다. 아무래도 세토야마를 마주한 채로 '지금까지 편지를 주고받은 사람은 사실 나야.' 고백할 용기가 없다. 눈앞에서 질타를 받을지도 모른다고 생각하니 두려울 뿐만 아니라, 세토야마가 속상해하는 모습을 보면 어떻게 대처해야 할지 난감해서다.

이, 일단 이 자리를 뜨는 수밖에 없다. 정말 미안해.

마음은 아프지만, 주위에 휩쓸리면서 내 의견을 똑바로 이야기하지 못하는 우유부단한 나로서는 이 상황에 맞서기가 너무 힘들다.

얼른 발길을 되돌리려는데 뒤쪽에서 "저기!" 외치며 나를 불러 세우는 듯한 목소리가 들려 엉겁결에 멈춰 섰다. 살그머니 뒤돌아보니 그곳에는 세토야마가 서 있었다.

"너… 그…."

"무…무슨 일, 인데?"

내게 말을 걸기에 목구멍이 꽉 조여와서 목소리가 떨렸다. 그러고 보니 세토야마와 이야기해 보기는 처음이다.

세토야마는 잠깐 망설이는 듯하더니 "아!", "그러니까." 이런 소리를 연거푸 냈다. 무슨 말을 하려는 걸까. 나는 정신이 하나도 없었다. 긴장되어 몸이 굳어졌지만, 마음을 단단히 먹고서 세토야마가 다음 말을 하길 기다렸다.

"잘 지내?"

그런 내게 세토야마는 뜻 모를 질문을 던졌다.

… 뭐지? 이게.

"응…."

잘 지내지 못하지만 일단 적당히 대답했다. 세토야마는 여전히 어색한 표정을 지으며 또다시 "으응.", "아!"를 되풀이했다. 뜻밖의 질문을 받고 무의미한 공백이 흐르는 동안 마음이 조금 진정되었다. 세토야마는 어색해하다가 침울해졌다가 다시 결심한 듯이 진지해졌다가, 자꾸 표정이 바뀌었다.

내게 뭔가 말하고 싶은 거겠지. 그 말을 어떻게 꺼내야 할지, 어떤 말로 해야 할지 고민하는 거다.

표정을 감추질 못하네.

지난번에 새빨개진 얼굴도 그렇지만 친구가 '점심때부터 갑자기 기운이 없네.'라며 했던 말을 떠올려 봐도 세토야마는 감정이 얼굴에 고스란히 드러나서 알기 쉬운 사람이다.

"저기, 친구…는? 저기, 그, 학생회…."

"…아, 응."

놀라서 어깨가 움찔, 떨렸다. 당황스러워하는 모습을 감추지 못하고서 이번에는 내가 "으응.", "아!"를 되풀이했다.

"에리노… 말이지?"

"어, 응. 마, 맞아. 뭔가 그, 그 편지라든가."

편지에 관해 알고 있기에 세토야마가 무슨 말을 하는 건지 너무도 잘 알지만, 만약 내가 몰랐다면 갑자기 이런 말을 해봐야 그 의미를 못 알아들을 게 아닌가.

"으음, 그러니까…."

이, 일단… 지금은 어떻게 대답하는 게 좋을까. 알고 있다고 해야 하나, 아니면 모르는 척하는 게 나을까.

"아, 그렇지만… 아니, 그… 약간 그 애가, 궁금해서… 답장이 없어서, 아니 그게 아니라!"

얼른 대답하지 못한 채 망설이고 있는데, 세토야마가 말을 버벅거리며 허둥대기 시작했다. 편지에 관해서는 말하면 안 된다는 걸 떠올린 거겠지. 비밀로 하자고 약속한 건 아니지만. 전혀 내색하지 않고 자연스럽게 말하기는커녕 오히려 스스로 무덤을 파고 있다.

절박해 보였다, 그만큼. 답장이 오지 않아 안절부절못하고 있는 거겠지. '편지가 잘못 전달됐어.' 솔직하게 털어놓으면 세토야마는 어떤 표정을 지을까.

초조해하는 모습. 뺨을 붉게 물들인 모습. 신경이 쓰인 나머지 무작정 답을 기다리고만 있을 수 없어서 안절부절못하는 모습. 내가 진실을 밝히면 세토야마의 이러한 모습이 전부 사라지고 일그러진 표정으로 바뀔지도 모른다.

거기까지 생각이 미치자 가슴이 너무도 아팠다.

세토야마가 웃는 얼굴이면 좋겠다. 기뻐하면 좋겠다. 감정이 그대로 드러나는 사람이니까 상처받은 표정보다는 웃음 가득한 모습이면 좋겠다. 세토야마에게는 분명 그게 더 어울릴 테니까.

지금 세토야마에게 사실대로 말하지 않으면 잘못이라는 건 잘 안다. 하지만….

미안해, 미안해.

마음속으로 수없이 되뇌었다.

"지금, 에리노, 바쁜 것 같아… 아마도 조만간 답장할 거야."

"…그, 그래? 아니, 뭐, …그렇구나. 다행이야!"

떨리는 목소리로 웃어 보이자 세토야마는 얼굴에 꽃이 핀 듯이 활짝 웃었다. 나는 스스로 알아챌 만큼 부자연스럽게 웃고 있는데, 세토야마는 그런 날 알아차리지 못하고 있다.

"자, 그럼 이만. 고마워."

세토야마는 조금 전까지 초조해서 안절부절못하더니 지금은 기뻐서 어쩔 줄 몰라 하는 게 다 드러날 정도로 환히 웃고는 발길을 돌렸다. 당장 노래라도 부를 듯이 밝은 표정이다. 자신에게 솔직한 사람은 다른 사람의 거짓말을 알아차리지 못하는 걸까. 아니면 남이 거짓말한다고는 상상하지 못하는 걸까. 가벼운 발걸음으로 사라져가는 세토야마의 뒷모습을 보이지 않을 때까지 지켜보면서 그런 생각이 떠올랐다.

몰래 감추었던 노트를 꺼내 체념에 가까운 한숨을 뱉어냈다.

"…내가 이렇게 한심한 사람이었나…."

세토야마는 지금 나와 이야기한 일쯤은 바로 잊어버리겠지. 에리노 생각으로 머릿속이 꽉 차 있으니까. 분명 내 이름은 모르고 에리노 옆에 있는 애, 정도로 인식하고 있을 거야. 내 눈앞에서, 내 눈을 보고 이야기를 하면서도, 조금도 나를 보고 있지 않았다.

당연한 일인데 가슴이 따끔따끔 아팠다.

우선 현재 상황만 생각하자. 앞으로 어떻게 해야 할까. 그리고 답장을 어떻게 쓸까. 지금은 그것만 생각하자.

– 미안.

편지를 전해줄 타이밍을 놓쳐서.

어제 집에 돌아와서는 뭐라고 답장을 쓰면 좋을지 온 힘을 다해 생각했다. 에리노라면 뭐라고 쓸까. 분명 질문을 받은 말에 얼버무리지 않고 대답할 거야. 그 정도밖에 알 수 없어서 결국 무뚝뚝한 답장을 쓰고 말았다. 애초에 지금까지 주고받은 대화는 에리노답지 않았지만.

세토야마가 눈치채지 못한 것 같아 다행이다.

아침 일찍 학교에 와서 세토야마의 신발장에 노트를 넣는 일도 예전만큼 긴장되지 않았다. 그동안 익숙해져서 그런 건지, 진짜 상대가 내가 아니어서인지는 잘 모르겠다.

"이런 거짓말, 오래가지 못할 거 잘 알면서…."

세토야마의 신발장을 탁, 닫고는 혼잣말로 중얼거렸다.

그래, 계속될 리가 없어. 언젠가는 들통나고 말 거야. 그렇지만 알면서도 이미 거짓말을 하고 만 이상, 뒤로 물러설 수는 없다. 기왕 거짓말하기로 마음먹은 바에야 할 수 있는 일은 다 해야 한다는 결론에 이르렀다.

자업자득이니까 언제까지나 우물쭈물하고 있을 수만은 없다. 편지를 주고받다가 에리노에게 실망해서 좋아하는 마음이 식어버리지 않도록 해야 한다. 에리노인 척하는 사람이 사실은 나지만, 세토야마에게는 에리노이니까.

그리고 가능하면 에리노가 진짜로 세토야마를 좋아하게 되면 좋겠다. 그러면 나는 사실을 말할 수 있다. 정말 간사한 생각이다.

세토야마는 거짓말에 속았다는 데 상처받을지도 모른다. 화낼지도 몰라. 내게 화내는 건 당연하고 나는 미움받아도 어쩔 수 없다. 그럴 만한 짓이라는 걸 잘 알고 있다.

하지만 에리노랑 잘된다면… 지금 사실대로 털어놓기보다 어쩌면 세토야마에게 상처 주지 않고 넘어갈 수도 있다.

그런데 에리노가 세토야마를 좋아하게 하려면 어떻게 해야 하지? 내가 뜬금없이 에리노에게 세토야마와 사귀라고 권하기도 우습고, 세토야마에 관해 잘 모르니까 뭐라고 말해야 할지도 모르겠다. 게다가 에리노는 내가 세토야마를 좋아하는 줄 알고 있다.

어떻게 하면 좋지? 너무 어려운 문제다.

아아, 머리를 짜내면서 일단 지금은 할 수 있는 일을 하기로 했다. 우선, 에리노가 되어서 세토야마와 편지를 주고받자, 아니 교환 일기를 계속 쓰자. 너무 친해지지 않으면서도 좋아하는 마음이 식지 않도록 조심해야 해. 그리고 에리노가 한 오해를 하루빨리 풀어야 한다. 그사이에 행여라도 에리노에게 남자 친구가 생기지 않게 해달라고 빌었다.

– 아, 다행이야!

그러고 보니 이 노트
어떻게 받았어?

– 방송부원인 친구가 가져다줘.
학생회인 내가 신청곡함을 들여다보면
수상쩍어 보일 테니까 :)
그 애 말고는 아무도 신청곡함을 보지 않는대.

어제 노트를 돌려주자 그날 중으로 세토야마에게 답장이 왔다. 오늘 아침에 또 교환 일기를 써서 보냈으니까 분명 세토야마는 이미 답장을 써서 신청곡함에 넣었을 거야.

점심을 먹고 나서 잠깐 방송실에 신청곡함을 보러 가볼까. 유코와 에리노, 다른 친구들과 책상을 붙이고 둘러앉아 도시락을 먹으면서도 내내 답장만 생각했다. 만약 교환 일기를 꺼내는 모습을 세토야마가 본다고 해도 에리노의 친구라는 구실이 있다.

이번에는 어떤 답장을 보내올까. '나'와 주고받는 것도 아닌데 내 답장에 세토야마는 어떤 표정으로, 어떤 느낌으로 편지를 써 내려갈까 상상만 해도 마음이 진정되질 않았다.

"노조미, 듣고 있어?"

"응? 아, 미안."

불현듯 이름이 불려 깜짝 놀라자 유코가 "얘, 왜 이러니?" 물으며 웃었다.

"미안, 미안. 무슨 이야긴데?"

"미팅 이야기. 잊은 거 아니지? 갈 수 있지?"

"아아, 응. 이번 화요일이잖아, 문제없어. 다들 가는 거야?"

나와 유코만 간다면 2대 2로 긴장이 될 것 같아서 옆에 있는 친구에게도 물어보았더니 "나도 갈 거야." 두 친구가 대답했다. 유코가 나중에 에리노에게도 가자고 했지만, 단칼에 거절당했다고 한다.

유코를 포함한 세 사람은 "어디로 가는 거야?", "옷은 뭘 입지?" 신이 나서 수다를 떨고 있다. 남자애들은 누가 오는 건지 유코에게 몇 번이나 물었지만 유코는 "와 보면 알아." 거드름을 피울 뿐이었다.

누가 오는지 궁금하지 않다면 거짓말이지만 일단 하루를 즐겁게 보내면 되겠지.

"에리노는 왜 안 가?"

"모르는 남자애들이랑 놀러 가는 거 번잡하고 싫어."

들떠 있는 모두 앞에서 단호박으로 대답하는 에리노에게 나는 그만 대답이 곤궁해졌다. 다른 애들은 모두 신경 쓰지 않는 듯해 다행이야. 다른 애들은 에리노에게 '왜 꼭 그렇게 말할까?' 의문은 갖지 않는다. 역시 대단하다고 감탄할 뿐이다. 내가 에리노를 동경하는 까닭은, 마음속으로 에리노와 똑같이 생각하는 부분이 있어서인지도 모른다.

"참, 나 오늘 자료 나르는 거 부탁받았는데."

에리노가 깜짝 놀라며 얼굴을 들어 시계를 보더니 황급히 자리에서 일어섰다.

"뭔데? 학생회 일?"

"응응. 선생님이 복사해 준 자료가 있어서 학생회실로 옮겨야 하거든. 저기, 누가 좀 도와주지 않을래?"

"에에… 학생회실 멀잖아. 쉬는 시간 다 끝나버릴 텐데."

유코랑 다들 얼굴을 마주 보면서 우물쭈물 거절했다. 하긴 이제 교무실에 갔다가 학생회실로 자료를 옮기면 점심시간이 다 끝날 거다. 모두 남은 휴식 시간을 느긋하게 보내고 싶겠지.

"내가 도와줄까?"

내가 제안하자 에리노가 "고마워!" 대답하며 안심한 듯이 웃었다. 교환 일기 노트를 가지러 갈까 했지만 그건 수업 끝나고 방과 후에 가면 된다.

"유코랑 애들은 너무 솔직하다니까."

"아하하. 근데 학생회실, 난 처음 가봐."

"그래? 하긴 그런 데야 학생회가 아니면 갈 일이 없지 뭐."

입을 삐죽 내미는 에리노를 밝은 표정으로 달래면서 교무실로 향했다. 안으로 들어가 선생님에게 가니 부탁한다며 발밑에 있던 골판지 상자 두 개를 가리켰다.

선생님은 상자를 휘익, 가볍게 들어 올렸지만, 막상 받아 드니 앞으로 꼬꾸라질 듯 무거웠다.

"…무거…."

"진짜 무겁다. 노조미 괜찮겠어?"

에리노는 익숙한지 성큼성큼 걸어갔다. 무거운 자료를 옮기는 일쯤은 일상다반사인 모양이다. 무거운 건 똑같을 텐데 분명 들어 올리는 요령 같은 게 있나 보다 싶어서 웃었다.

이런저런 이야기를 하면서 걸어가는 에리노 뒤를 기를 쓰며 쫓아갔지만, 너무 무거워서 말할 여유도 없어지고 숨까지 차올랐다. 꽤 중노동이다. 학생회실이 대체 어디 있는 거야, 빨리 이

짐을 내려놓고 싶다. 그런 와중에 에리노가 연결 복도 쪽으로 가고 있다. 그 앞쪽에는 이과반 건물밖에 없다.

"학생회실이 이과반 건물에 있어?"

"응. 여기 3층."

3층이라는 말에 현기증이 났다. 이 무거운 짐을 들고 3층까지 올라가라고? 왜 교무실은 1층이야? 왜 엘리베이터가 없는 거지?

휘청거리는 몸을 가누며 이과반 건물로 들어가 계단을 올라갔다. 아직 2층도 못 올라갔는데 벌써 숨이 차고 발밑이 불안하다. 그래도 어떻게든 힘을 내 발을 앞으로 내디디면서 학생회실로 향했다.

"…들, 어줄까?"

계단을 겨우겨우 올라가고 있는데 머리 위쪽에서 목소리가 들려왔다.

"어?"

머리가 돌아가지 않는 상태에서 얼굴을 드니 마침 2층과 3층 사이에서 세토야마가 불쑥 얼굴을 내밀었다. 왜 하필 이럴 때 세토야마가 나타나는 거지? 타이밍이 나빠도 너무 나빠서 울고 싶다. 짐도 무거워 죽겠는데.

물론 세토야마는 내가 아니라 에리노에게 말을 걸었다. 안색을 살피는 듯한, 세토야마답지 않은 태도는 내가 '지금은 편지로만 대화하자.'라고 썼기 때문이다.

어떡하지, 어떡하지. 아아, 그 편지를 받은 날부터 '어떡하지.'라는 말을 입에 달고서 매일 같이 고민만 하고 있다. 아아, 어떡하면 좋아. 세토야마가 무심코 편지 이야기를 꺼내는 게 아닐까 생각하니 어질어질하다.

우선 이 자리를 잘 넘겨야 해서 흘끔 에리노에게 시선을 돌렸다. 에리노는 세토야마를 올려다보면서 무슨 말인지 못 알아들은 듯 고개를 갸우뚱거렸다.

"아, 무거워 보여서…."

"응? 아아, 괜찮아. 고마워."

에리노가 단번에 거절하는 모습을 보니 위가 따끔따끔 아팠다.

에리노는 그대로 계단을 올라가 세토야마의 옆을 아무렇지도 않게 스쳐 지나갔다. 세토야마는 멍한 표정으로 우두커니 서 있었다.

"노조미, 서두르지 않으면 점심시간 다 끝난다."

"어, 응. 알았어."

흘끔흘끔 세토야마를 보면서 에리노의 뒤를 쫓아갔다.

미, 미안해. 완전히 남처럼 구는 에리노의 태도에 세토야마는 아마도 큰 충격을 받았겠지. 어떻게든 세토야마가 기운을 차릴 만한 답장을 써야겠다고 마음속에 메모했다. 그리고 또 한 번 '미안해.' 마음속으로 말하며 머리를 깊숙이 숙였다.

세토야마, 에리노는 잘못이 없어.

"아까."

"응?"

학생회실에 도착할 때까지 아무 말도 없던 에리노가 안으로 들어가 상자를 책상에 내려놓고는 나직하게 중얼거렸다. 저린 손을 쥐었다 폈다 하면서 돌아보니 "분명 우연이야."라고 말했다.

"뭐가?"

무슨 말인지 몰라 되묻자 어색해하는 얼굴로 나를 쳐다보았다. 에리노가 이런 표정을 짓다니 별일이네.

"세토야마 말이야."

"응?"

세토야마의 이름에 나도 모르게 약간 큰 목소리가 튀어나왔다. 하지만 곧바로 의미를 이해하고는 작은 목소리로 "아아." 대답했다.

"아직도 오해하는 거야? 정말 아니라니까."

아하하, 밝게 말했지만 에리노는 여전히 웃지 않았다. 내가 세토야마를 좋아한다고 믿어서 아까 세토야마의 태도를 보고 내가 어떻게 생각했을까 걱정하는 게 분명하다.

세토야마에 관한 이야기를 할 기회가 없어서 아무것도 말하지 못했지만 이제 확실히 오해를 풀어야만 한다.

"진짜?"

"진짜야, 진짜."

웃으며 말했지만, 어딘가 찜찜하다.

"그럴 리가 없잖아."

에리노가 눈치채지 못하도록 밝게 웃어 보였다. 언제나 이렇게 다른 사람의 이야기에 맞춰 적당히 웃기만 하는 나. 지금 하는 말은 거짓말이 아닌데도 왜 이런 기분이 드는 걸까.

"너무 인기가 많아서 그런 마음도 안 들어. 구름 위에 있는 사람 같은걸. 내가 에리노 같이 예쁘다면 또 모를까."

"그런 게 어딨어!"

"게다가 접점도 없으니 좋아할 리가 없지."

따끔따끔, 가슴에 작은 바늘이 마구 꽂힌다. 사실인데도 말할 때마다 가슴이 찌릿찌릿 아프다.

이상하네, 그럴 리가 없는데.

이상한 첫 대면

- 역시 그랬구나!
  혹시 점심시간에 좋아하는 곡을
  틀어달라고 해도 돼?

- 수요일이라면 가능해.
  듣고 싶은 노래 있어?
  가요든 팝송이든
  뭐든지 틀어줄 거야.

- 진짜?
  데스메탈도 괜찮을까?

사실은 전에 점심시간 방송 때
한 번 데스메탈이 흘러나왔던 거 알아?
내가 엄청 좋아하는 곡이라 흥분했지 뭐야.
그런 곡 자주 틀어주면 좋겠는데.

- 어? 진짜?
데스메탈, 나도 굉장히 좋아해.
아무한테도 말 안 했지만.
낮에 들었다는 게 두 달 전쯤 나온 그건가?
그 곡, 엄청 멋있지?

- 진짜?! 약간 의외인걸.
전에 틀어줬던 곡도
마쓰모토 네가 신청한 거였구나!

다들 데스메탈에 관심이 없으니 말하기 어렵지.
그래서 그 곡을 들었을 때,
이 학교에도 데스메탈을 좋아하는 애가 있구나,
신이 났어.

…저지르고 말았다. 난 왜 이렇게 멍청한 거지?
겨우 며칠이 지났다고, 에리노인 척해야 하는 걸 그새 깜빡하고는 내가 하고 싶은 말을 쓰다니. 답장을 가지러 갔다가 그 길로 애들이 잘 다니지 않는 층계참 벽에 기대어 교환 일기 노트의 페이지를 넘겼다. 그리고 '마쓰모토'라는 이름을 본 순간, 나로 돌아왔다.

가만히 생각해 보니 학생회실로 물건을 옮기던 날, 이과반 건물에서 세토야마가 말을 걸었을 때 보인 에리노의 태도를 오해하지 않게끔 말을 잘 맞춰 변명해야겠다고 생각했던 일도 까맣게 잊고 있었다.

헉, 너무도 한심한 나 자신한테 질려서 한숨이 나왔다. 다행스러운 건 세토야마는 신경 쓰지 않는 모양이다. 답장을 봐서는. 게다가 에리노였다면 굳이 나중에 변명하거나 그러지 않을 것 같다. 결과가 좋으면 그걸로 충분하다는 말은 이럴 때 하는 거다.

하지만 설마 세토야마가 데스메탈을 좋아할 줄이야. 게다가 전에 내가 틀었던 곡은, 일본에는 거의 알려지지 않은 마니아들이나 좋아할 법한 그룹의 연주다. 데스메탈을 좋아하는 데다 예의 그 곡을 아는 사람을 만나다니 너무나 기뻤다. 분명 세토야마도 같은 감정이겠지. 글을 보기만 해도 세토야마의 웃는 얼굴이 눈에 선하다. 세토야마도 틀림없이 기뻐하는 듯하다. 나와 같은 이유로, 똑같이.

좋아하는 걸 좋아한다고 솔직히 이야기하는 일이 이렇게도 즐거운 일인 줄 몰랐다.

교환 일기 노트를 탁, 덮고 주머니에 숨겨서 교실로 돌아왔다. 오는 동안 입가에 자꾸만 웃음이 떠올라 손으로 가리면서.

"아, 노조미 왔다!"

교실로 들어서자마자 한껏 들뜬 유코의 목소리가 들렸다. 켕기는 게 있어서일까. 노트가 든 주머니를 손으로 쥐어서 가리고는 무심코 한 발 뒤로 물러섰다.

"왜, 왜 그러는데?"

"왜라니? 어디 갔었어? 벌써 간 줄 알았네."

유코가 바짝 다가오기에 한 발 더 물러섰다.

"설마. 종례 시간이 남았는데."

"노조미, 휙, 갑자기 어디론가 가버려서 걱정했잖아. 오늘 미팅이야. 미팅."

미팅이 오늘이라는 게 이제야 생각났다. 하지만 눈치채지 못하도록 "걱정 마." 말하며 웃어 보였다. 애써 여러 가지 준비하면서 마련해준 자리니 기대하는 것처럼 행동하지 않으면 미안하다.

유코를 위해서라도 즐겁게 보내야지. 상대가 어떤 애들인지 모르지만 유코의 친구라니까 나쁜 애들은 아닐 거야.

짧은 종례가 끝나고 바로 유코를 포함해 넷이 함께 역으로 가서 나라 방면으로 가는 전철을 타고 긴테쓰나라역에서 내렸다. 역 근처 패스트푸드점과 패밀리 레스토랑은 이미 학생들로

북적거렸다. 햄버거 가게 입구에서 마침 나가는 사람들과 교대하듯이 안으로 들어가 자리에 앉았다. 약간 출출해서 네 명이 큰 감자튀김 하나를 주문하고 각자 좋아하는 음료수를 골랐다.

그리고 모두 궁금해하던 질문이 나왔다.

"여기서 만나기로 한 거야? 우리 학교 애들이라고 했지?"

"맞아. 약간 늦는다네. 역 앞 패밀리 레스토랑에서 만나기로 한 건데 사람이 너무 많아서 이리로 온 거야."

"어, 그렇구나."

오늘 만나는 남자애들도 우리랑 같은 학교라고? 유코랑 다른 애들 대화를 듣고서야 알았다. 모두 같은 학교에 다니는데 미팅이라니 어쩐지 좀 이상하다. 당연히 다른 고등학교 남학생들이라고 생각했다.

"장소도 알려줬고, 아마 한 시간 정도 있으면 올 거야."

"같은 학교에, 모두 다 한 시간 늦는다니… 혹시 이과반?"

"앗, 눈치챘어?"

"…뭐?"

빨대에 입을 대고 멍하니 있다가 '이과반'이라는 말에 나도 모르게 큰 소리가 튀어나왔다. 다른 손님들의 시선이 일제히 내게 쏠려서 당황해 손으로 입을 틀어막았다.

"왜 그래, 노조미?"

"어, 그러니까, 상대가 이과반 애들, 이라는 거야?"

"말 안 하려고 했는데, 맞아. 이과반."

저, 정말 이과반 남자애들이 나온다고? 그렇다면….

"누가, 오는데?"

"그건 비밀! 기대해!"

생글생글 웃는 유코는 더 이상 아무것도 알려주지 않았다. 모르는 편이 즐겁지 않냐며 친구들의 기대치를 점점 높여갔다. 나는 차츰 불안해졌다.

설마 세토야마가… 오는 건, 아니겠지?

세토야마만 아니면 이과반이든 뭐든, 누구든지 상관없다. 세토야마가 있느냐 없느냐, 그 사실만 확실하게 알고 싶다.

이과반은 두 학급밖에 없지만, 80퍼센트 이상이 남학생이다. 인원수로 말하면 꽤 많으니까 세토야마가 미팅에 나올 확률은 낮다. 게다가 세토야마는 에리노를 좋아한다. 좋아하는 애가 있으면서 미팅에 나오지는 않을 거다.

마음속으로 몇 번이나 되뇌면서 빨대를 지근지근 깨물었다. 상대가 이과반이라는 걸 알았다면 절대로 오지 않았을 텐데. 제발 세토야마가 오는 일은 없기를. 아니, 세토야마가 오지 않는다고 해도 세토야마의 친구가 올지도 모르잖아. 상관없기야 하겠지만 가능하면 그 상황도 피하고 싶다. 뭐가 어떻게 될지 모르는 일이다. 불안하기 짝이 없다.

또각또각, 시간이 흐를수록 집으로 돌아가고 싶었다. 하지만 이제 와서 그럴 수는 없으니까 빨대 끝만 뭉갰다.

"여기서 나가면 어디로 갈 거야?"

"누가 나오는지 말해봐!"

다들 그런 이야기를 하며 분위기가 달아오르는 가운데, 나 혼자만 아무 말 없이 앉아 있었다.

배가 아프다고 하고 돌아갈까…. 하지만 그러면 분위기가 깨질지도 몰라. 그래도, 그래도!

"아, 왔다, 왔어."

유코의 목소리에 모두 일제히 고개를 들었다.

가게 입구에는 우리와 같은 학교 교복을 입은 남학생 네 명이 우리 쪽을 보고 있었다.

그중 한 명이 유코에게 가볍게 손을 흔들었다.

그리고… 그 옆에는 틀림없이, 세토야마다.

귀찮다는 듯한 표정으로 보건대, 좋아서 미팅에 나온 게 아니라는 걸 알 수 있었다. 하지만 어떤 이유이든 미팅은 미팅이다. 에리노를 좋아한다고 그렇게나 솔직하고 거침없이 고백했으니, 이런 자리가 싫으면 거절했을 터였다. 그런데, 왜!

"잠, 잠깐만. 세토야마잖아? 유코, 아는 애였어?"

친구가 유코에게 귓속말로 물었다.

"그럴 리가! 요네다라는 애가 중학교 동창인데, 누가 나올 건지는 이과반이라는 것밖에 몰랐어. 나도 지금 놀랐는걸."

두 사람이 소곤소곤 나누는 이야기가 들렸다.

"요네다가 세토야마랑 친하다는 건 알았지만 설마 오늘 데리고 올 줄이야. 게다가 다른 두 사람도 꽤 느낌 좋은데?"

"오늘을 계기로 이과반 남학생들과 친구 정도는 될지도 모르겠어."

유코도 요네다라는 남학생 말고는 모르는 모양이다.

그 정도로 접점이 없는 이과반과 문과반이건만… 그런데 왜 편지를 받고 나서 세토야마와 마주치는 일이 자꾸만 생기는 걸까. 지금까지 한 번도 이야기를 나눠본 적이 없었는데!

일단 가게를 나와 모두 모인 자리에서 유코와 한 남학생이 이야기를 시작했다.

이제 어디로 갈지 상의하는 거겠지.

약간 흥분한 친구들과도 아무 이야기 못 하고, 안절부절못한 채 불편하기가 이를 데 없다. 세토야마는 무슨 생각을 하고 있을까. 흘끔 엿보려고 고개를 들어 올리는 순간 세토야마와 눈이 마주쳤다.

'아!' 뭔가 말하려는 듯 입을 연 세토야마는 다시 여학생들을 차례로 쳐다보았다. 그리고 에리노가 없어서 실망했는지 약간 어깨를 떨군 듯 보였다.

내가 에리노의 친구라는 건 세토야마의 머릿속에 들어 있을 거다.

"자, 그럼 갈까?"

세토야마가 말을 걸어올지 몰라서 바짝 긴장하고 있었는데 마침 유코의 경쾌한 목소리가 들려와 안도감에 가슴을 쓸어내렸다.

"어디로 가?"

"노래방!"

노래방이라면 말을 하지 않아도 되겠지. 노래 부르는 건 좋아하지 않지만 모두 모여 앉아 밥을 먹는 상황보다는 훨씬 낫다. 유행하는 곡 몇 개 정도는 부를 수 있으니까 그렇게 넘어가자. 적당히 노래 부르고 그다음에는 모두가 노래 부르는 걸 듣고 있으면 된다.

남학생들과 이야기하는 세토야마의 뒷모습은 어쩐지 귀찮아하는 듯 보였다. 하지만 이 자리에 에리노가 있었다면 어떻게 되었을까.

몇 분 걸어가다가, 음료 무제한 조건으로 한 시간에 280엔 하는 노래방으로 들어갔다. 안내받은 방은 약간 좁아서 여덟 명이 들어가자 꽉 들어찼다. 맨 나중에 들어가 구석 자리에 얌전하게 앉으려고 했는데 유코가 "여기 여기! 이리로 들어와!" 재촉하는 바람에 도망칠 수도 없는 한가운데 자리를 잡고 앉았다.

게다가 어쩐 일인지 세토야마의 옆자리다. 여러 가지로 너무 운이 없어서 머릿속이 뒤죽박죽이다. 부러워하는 시선을 보내는 친구와 지금 당장 자리를 바꿔주고 싶다.

"우선 자기소개라도 할까?"

"그거 좋겠다. 자, 그럼 나부터! 요네다라고 해!"

유코가 제안하자 마주 앉아 있던 남학생이 바로 자신의 이름을 말했다. 유코의 중학교 때 친구라고 하는데, 늘 세토야마 옆에 함께 있던 남학생이다. 굉장히 친한 사이겠지. 짧은 머리에 구릿빛으로 그을린 피부. 밝고 대화하기 쉬워 보이는 분위기를 풍긴다.

"요네라고 불러줘."

그렇게 말하더니 가슴을 쭉 폈다. 요네다라서 '요네', 세토야마는 '세토'라고 부르는구나. 남학생들의 애칭은 왠지 귀여운데? 내가 남자였다면 '구로'라고 불렸을까. 이 와중에 별생각을 다하네.

요네다가 간단히 자기소개를 마치자 시계 방향 순으로 돌아가며 모두 자기 이름을 밝히고 인사했다.

"아 난, 구로다 노조미야."

"응? 구로다? 방송부원?"

내 차례가 되어 이름을 말하자 끝에 앉아 있던 남학생이 놀라며 물었다. 약간 지적인 분위기를 풍기는 남자애다. 아는 애였나? 머리를 굴려봤지만 본 적이 없다. 하지만 상대는 나를 아는 것 같았다.

"너, 아는 애야?"

"아니, 전혀. 그렇지만 왜, 그 록 음악 틀어주는 점심 방송 말이야, 항상 구로다라고 소개하는 여학생이 진행하잖아?"

"아! 그 엄청 파격적인 곡만 틀어주는."

유코에게도 한 번 그런 말을 들었지만 정말 음악으로 내 이름이 사람들의 기억에 남았을 줄이야. 게다가 파격적인 곡…이라니.

"그거, 네 취향이야?"

"아, 그… 그게 아니라…."

"신청곡이래. 굉장하지? 나도 잘은 모르지만, 인기 있어?"

유코가 날 대신해 대답하고 이야기를 흥미로운 분위기로 이끌었다. 말을 꺼낸 남학생은 정말로 록을 좋아하는 건가 싶었지만, 그들도 인상에 남은 것뿐인 듯 내가 틀어준 곡을 이야기하면서 깔깔대고 웃었다.

익숙해져 있기는 하지만 역시 좋아하는 곡을 무시당하는 건 꽤 상처가 된다.

"신청한 사람이 친구잖아!"

옆에서 하는 말에 "어?"라고 되묻자 세토야마가 "친구가 신청한 거지?" 다시 확인하듯 물었다.

"어, 으응… 그게."

"신청곡 넣는 박스인지 뭐 그런 게 있는데, 거기에 넣으면 틀어준대."

"노조미는 착해서 다 틀어주거든. 그래서 매주 신청하는 모양이야."

말을 제대로 못 하는 나를 대신해 친구가 설명하자, 거기에 대고 나는 "아, 그게, 그러니까." 우물쭈물 변명같이 중얼거렸다. 애들한테 그렇게 설명한 사람은 나지만, 세토야마와 교환 일기로 주고받은 대화를 떠올리며 여기서 어떻게 행동하면 좋을지 있는 힘을 다해 머리를 굴렸다. 세토야마는 에리노가 데스메탈을 무척 좋아하며 방송부원인 친구에게 곡을 틀어달라고 부탁해 점심 방송 때 듣는 걸로 알고 있다.

그렇다는 건, 세토야마는 지금 유코와 친구들이 말하는 '곡을 신청하는 누군가'가 에리노라고 믿는 게 분명하다. 그런 세토야마에게는 지금 이 상황이 어떻게 보일까. 분명 에리노를 비웃는 걸로 보일 게 뻔하다.

내 인상도 그다지 좋지 않겠지.

그런 생각에 쭈뼛쭈뼛 옆을 보니 세토야마가 미간을 찌푸리고 가만히 노려보듯이 나를 쳐다보고 있었다. 날카로운 시선에 살짝 진땀이 났다.

"이, 이제 노래라도 부를까? 아니면 뭘 좀 먹을래?"

당황해서 옆에 있던 메뉴판을 집어 들며 모두에게 묻자 "어, 나 약간 출출한데 먹어도 돼?" 앞에 있는 요네다가 선뜻 대답해주었다. 요네다는 명랑한 성격이라 분위기 메이커인지도 모르겠다. 덕분에 지금은 최근 유행하는 영화에 대한 감상으로 화제가 바뀌었다.

다만 옆자리에 앉은 세토야마는 그 대화에 어울리려는 기색이 없는 데다 계속 나를 보는 듯한 느낌이 들어 나도 대화에 끼어들 수가 없었다.

일단 오늘을 어떻게든 넘겨야 한다.

차례로 노래를 부르는 친구들을 웃으며 바라보다가 누군가 건네주는 터치 패널을 받아 부를 수 있는 최신곡을 예약하고 무난하게 노래를 불렀다. 웃으면 그 자리의 분위기가 식지 않는다. 모두 즐거워하고 있다는 걸 알기에 의식적으로 더 많이 웃었다.

예상했던 것보다 다들 편하게 놀아서 좁은 방 안에는 웃음소리가 끊이질 않았다. 모두 음료수를 가지러 가거나 화장실에 가느라 밖에 나갔다 들어오기를 반복하는 사이에 세토야마와 자리가 떨어졌다. 지금은 다른 여자애가 세토야마 옆에 앉아서 꽤 즐거운 듯이 이야기를 나누고 있다.

요네다는 자주 우스갯소리도 하고 성대모사도 하고 있다. 세토야마가 그런 요네다에게 호흡을 맞춰 농담을 던지면 웃음을 불러일으키면서 분위기가 한층 더 달아올랐다. 요네다에게 다소 날카로운 말을 건네거나 불평을 해도 그런 말조차 모두를 웃게 했다.

세토야마에게 친구가 많은 이유를 알겠다.

누구에게나 태도가 변함없으며 꾸미지 않고 있는 그대로 자신을 내보인다. 그리고 정말로 즐거운 표정으로 웃는다. 겉과 속이 다르지 않고 한결같다는 말은 세토야마 같은 사람을 가리키는 거겠지.

세토야마를 보고 있으니 그저 헤헤, 웃기만 하는 나 자신이 한심하다. 왠지 있어도 그만 없어도 그만인 존재같이 여겨졌다.

비참한 기분을 떨쳐버리기라도 하듯 머리를 양옆으로 흔들고 있는데 누군가 터치 패널을 눈앞으로 쑥 내밀었다.

"이번에는 노조미, 노래해!"

"어, 고마워. 뭘 부를까. 이제 더 부를 게 없는데."

"또 그런다. 있잖아, 점심 방송때 틀어주는 곡 그거 부를 수 있지 않아?"

"아니… 그건, 좀…."

거의 말하지 않는 내게도 요네다가 스스럼없이 말을 걸어왔다. 하지만 그 이야기는 제발 좀 그만해 줘. 겨우 화제에서 벗어났는데.

애매하게 웃으면서 흘낏, 세토야마 쪽으로 시선을 돌려보니 뭔가 언짢은 표정을 짓고 있다. 역시 뭔가 화가 나 있다. 좋아하는 여학생의 취향을 부정하는 듯한 말을 들었으니 기분이 안 좋은 거겠지. 빨리 이 흐름을 끊어내야 할 텐데.

"그건 영어 가사인 데다 난 못 불러!"

"그럼 이건? 야노 선배가 좋아한다고 한창 들었던 노래."

"아… 아하하, 다 잊어버렸어."

느닷없이 야노 선배의 이름이 튀어나오는 바람에 말도 잘 나오지 않았다.

그러고 보니 그런 일도 있긴 했다. 이야깃거리가 많아지면 더 다양한 이야기를 나눌 수 있을 것 같아서 선배가 좋아한다는 가수의 앨범을 사서 듣고 이것저것 검색해 봤었다. 사실은 그 노래가 별로 좋아지지 않았지만.

수도 없이 들었던 터라 지금까지도 가사를 전부 외우고 있다.

“야노 선배라니, 남자 친구야?”

바로 요네다가 눈빛을 빛내며 물었다. 그냥 좀 넘어가 주지 않고서.

“아니, 그, 예전, 이야기야.”

주저하면서 대답하자 “선배랑 사귀었구나, 와아.”, “야노라면 한 학년 위의 그 선배?” 물으며 마이크를 들고 노래하던 남학생까지 말을 거들기 시작하는 바람에 무안해졌다. 하지만 그런 감정을 표정으로 드러낼 수는 없어서 적당히 웃으며 이 대화가 끝나기를 기다렸다. 아무 곡이나 바로 눌렀어야 했는데.

어느새 야노 선배의 이야기에서 남자 친구, 여자 친구 이야기로 옮겨갔고 연애관이라든가 그런 화제로 바뀌었다. 아무리 싫은 이야기라도 조금 지나면 끝난다. 잠시 멈췄던 노래도 다시 시작되고 유코가 아이돌 그룹의 귀엽고 발랄한 노래를 부르자 모두 일어나 함께 춤을 추기 시작했다.

“주스 좀 가져올게.”

빈 잔을 들고 도망치듯이 방을 나왔다. 빈틈없이 모여 앉은 어둑한 방에서 나와 크게 숨을 들이켰다가 내뱉었다. 마음 탓인지 그 방 안은 산소가 부족하다.

전에 사귀던 사람 이야기를 다들 아무렇지도 않게 입에 올린다. 이런 일이 있었다, 이런 이유로 헤어졌다, 싸웠다 등등.

하지만 나는 그게 어렵다. 내 생각이나 감정을 말로 내뱉는다는 게 부끄럽고 상대가 없는 곳에서 마음대로 그 사람을 입에 올리는 일도 망설여진다.

다른 애들처럼 농담하듯 웃으면서 이야기할 수 있으면 좋을 텐데 말주변이 없기도 하고, 괜히 분위기만 가라앉을 것 같아서 더더욱 말하기가 어렵다. 한창 즐겁게 달아오른 분위기를 망치고 싶지 않다. 그런 생각에 말을 삼키고 만다.

그러니 선배와도 잘되지 않은 거겠지.

"저기, 야."

주스를 따르고 땅이 꺼지듯 한숨을 쉬는데 등 뒤에서 날 부르는 소리가 들렸다. 돌아보니 세토야마가 주머니에 손을 꽂은 채 불쾌한 얼굴로 서 있었다.

놀라서 유리잔 속에 든 주스를 조금 쏟고 말았다.

"너 말야."

'왜, 어째서.' 생각할 틈도 없이 세토야마의 무뚝뚝한 말투가 들렸다. 그렇게 생각해서인지 날 모멸하는 듯 느껴졌다.

"너, 항상 그런 식이야?"

지금까지 몇 번인가 세토야마의 얼굴을 보았다. 방송실 앞에서 부딪히기도 하고 신발장 앞에서 이야기를 나눈 적도 있다. 하지만 지금, 내 앞에 선 세토야마는 처음 보는 표정을 하고 있었다. 나를 한심하게 여기는 듯한, 깔보는 듯한, 그런 차가운 눈동자다.

얼어붙을 듯한 차가운 시선에 머릿속이 새하얘졌다. '그런 식'이란 게 뭘까. 왜 갑자기 그런 말을 하는 걸까. 뭐 때문에 화가 난 걸까.

아무 말도 못 하고 몇 초가 흘러간 게 세토야마를 더 짜증 나게 한 모양이다. 소리로 나오지 않는 혀 차는 소리가 내게만 들린 것 같다.

"점심시간에 하는 방송 때 틀어주는 신청곡이란 거, 마쓰모토가 신청한 거 아냐? 그런데 그런 식으로 얼버무리는 거야?"

아아, 역시 그거구나. 어떻게 설명해야 좋을까. 기를 쓰고 머리를 짜냈지만, 한마디도 떠오르지 않는다.

"친구가 좋아하는 음악을 남들이 그런 식으로 말하는데 왜 넌 실실 웃기만 하는 거야? 본인이 밝히지 않으니까 말하지 못하는 건지도 모르지만, 그래도 같이 웃는 건 말이 안 되잖아! 너 친구 아냐?"

강하게 질책해서 점점 더 뭐라고 대꾸할 수가 없었다.

"아… 그게…."

"게다가 아까부터 무슨 이야기든 다 어물쩍거리면서 넘기고 말이지."

날카로운 말이 내 머리 위로 떨어졌다. 탕, 둔기로 머리를 얻어맞은 듯한 충격에 나도 모르게 눈물이 나오려 했다.

안 돼, 울면 안 돼. 세토야마의 말이 다 맞으니까. 반사적으로 고개를 숙이고 이를 악물었다.

"그런, 게 아니…."

"눈, 보면서 말하는 게 어때? 넌 네 의견이 없는 거야?"

놀라서 어깨가 떨렸다.

나는 역시, 사람들한테 그런 인상을 주는구나. 상대에 맞춰서 적당히 넘어가는 애로 보이는 거야. 상대를 불쾌하게 하고 있어. 나도 자각은 있다. 그래서 생각한 걸 바로 말하는 사람이 부럽고, 그와 동시에 그만큼 두려워서 불편하다. 부럽고도 비참해진다. 세토야마처럼 생각한 걸 솔직히 말하는 사람이 보기에는 나 같은 성격은 짜증 나겠지.

세토야마의 말에 가슴이 찔려 아프고 숨이 막혀서 더더욱 아무 말도 하지 못하겠다.

세토야마는 그런 내 기분 같은 건 절대 모를 거다.

하지만 왜, 거의 이야기해 본 적도 없는 세토야마에게 이런 말까지 들어야 하는 걸까. 거의 첫 대면인데, 왜.

그건 에리노가 우리 사이에 있어서다. 에리노가 좋아하는 곡을 비아냥거리는 친구들의 말에 그저 분위기를 맞추면서 실실 웃기만 하는 나한테 화가 난 거다.

하지만 사실은, 그게 아니다. 사실은 내가 좋아하는 곡이다. 에리노가 좋아하는 곡이 아니다.

"어머, 노조미? 세토야마도, 무슨 일이야?"

문을 열고 나온 유코가 나와 세토야마를 보고는 갑작스레 큰 소리로 불렀다. 둘 다 깜짝 놀라서 유코 쪽으로 시선을 돌렸다.

"왜 그래?"

머리를 갸우뚱하며 다가오는 유코는 우리 사이에 흐르는 어색한 분위기까지는 눈치채지 못한 것 같았다.

"아, 으응. 아무것도 아니야. 그러니까 그, 화장실이 어딘지 몰라서 물어보던 참이었어."

"아아, 저기야. 저쪽."

순간적으로 아무렇게나 둘러댄 말에 유코는 웃으며 맨 끝 쪽을 손가락으로 가리켰다.

"진짜 넌 길치라니까. 주스 내가 갖고 갈까?"

"고마워. 세토야마도 고마워."

유코에게 유리잔을 건네주었다. 들키지 않아서 다행이라고 안심하면서 세토야마에게도 꾸벅 머리를 숙이고는 허둥지둥 화장실 쪽으로 걸어갔다.

지금 세토야마는 어떤 표정으로 날 보고 있을까. 또 얼렁뚱땅 넘어간다고 생각하겠지.

저린 가슴을 누르듯이 옷의 가슴께를 꾸욱, 움켜쥐고서 이를 악물고 화장실 안으로 들어갔다. 비로소 혼자가 된 순간 눈물샘이 터져 눈을 꼭 감았다. 그 순간 유코가 와줘서 다행이다. 계속 세토야마와 이야기하다가는 견디지 못했을지도 모른다.

빨개진 눈으로 모두 있는 방으로 돌아갈 수가 없어서 눈물이 멈출 때까지 심호흡을 반복했다. 천천히 숨을 들이마셨다가 천천히 내쉬었다.

괜찮아, 갑작스러운 일에 좀 놀라기는 했지만. 세토야마에게 그런 말을 들어서 충격받은 게 아니다. 세토야마가 한 말에 정곡을 찔렸기 때문이다. 그뿐이다. 세토야마가 '나'를 어떻게 생각하든 상관없지 않은가. 세토야마에게 미움받더라도 아무 문제없다. 에리노인 척하는 나는 빠르든 늦든, 언젠가는 미움받게 되어 있다. 애써 거짓 웃음을 보이는 일보다 훨씬 더 심한 짓을 하고 있다.

양손으로 얼굴을 감싸고 여러 번 심호흡을 되풀이했다. 그리고 수없이 나 자신을 타일렀다.

적잖이 상처 입은 내게, 그런 자격은 없다고.

내가 지금까지 봐온 세토야마는 에리노를 좋아하는 세토야마였다. 귀엽다고 느꼈던 표정도, 기뻐하며 웃던 얼굴도 에리노를 마음에 둔 세토야마였다. 오늘 본, 나를 보던 얼굴과는 전혀 달랐다.

그 사실이 속상하고 분하다니, 이상한 일이다.

당연히 세토야마는 나한테 아무 감정도 없는데.

방으로 돌아오자 분위기가 무르익은 채로 여전히 웃음소리가 끊이지 않고 있었다. 크게 울리는 음악 소리 때문에 다들 목소리가 평소보다 배 이상 커져 있어서 더 그렇게 느껴졌다.

세토야마의 모습이 시야에 들어왔지만 쳐다보지 않고서 요네다 옆자리에 앉았다.

"노래 부를래? 시끄러운 노래든 조용한 노래든."

"고마워."

요네다가 터치 패널을 내밀기에 이번에는 순순히 받아 들었다.

몇 곡인가 예약되어 있어서 곡이 겹치지 않도록 확인하고 난 다음 유행하는 곡 중에 부를 수 있는 노래를 찾았다. 후렴 정도는 아는 곡이 여러 개 있었지만, 처음부터 끝까지 부를 수 있을지는 자신이 없다. 유코한테 같이 부르자고 할까.

머리를 들어 유코의 모습을 찾는데 옆에 누군가가 와 앉는 바람에 푹, 소파가 흔들렸다.

"…저기."

옆에서 들려온 세토야마의 목소리에 약간 몸이 굳어졌다.

아직 뭔가 할 말이 더 있는 걸까. 아까 그 말로는 부족한 걸까. 하지만.

"왜?"

아무 일도 없었다는 듯이 웃으며 얼굴을 들자 세토야마는 조금 당황한 표정을 지었다. 무슨 말을 하려는 건지는 알 수 없다. 무슨 말을 하든 뭐 상관없다. 다만 이 자리에서 아까 그 이야기를 이어서 하게 되면 다들 신경 쓸 거다. 모처럼 다들 즐거운 시간을 보내는데. 그 상황만은 피하고 싶다.

"아, 노래 부를래? 여기!"

아까 일은 없었던 듯 최대한 자연스럽게 터치 패널을 세토야마에게 내밀었다. 그렇게 세토야마와의 대화를 피하면서 앞에 앉은 친구에게 말을 걸었다. 무슨 노래 부를까, 요즘 어떤 곡이 유행하고 있는지 이야기하면서.

세토야마는 아무 말 없이 어느 사이엔가 다른 자리로 옮겨갔다.

"아, 실컷 불렀네."

어느새 네 시간이나 노래를 불렀고 이제 바깥도 캄캄해졌다. 따듯했던 방에 있다가 밖으로 나오자 생각보다 날씨가 쌀쌀했다. 아직 코트를 입기에는 일렀지만 이제 몇 주만 지나면 겨울이 다가올 듯했다.

"이제 어떻게 할래?"

다들 이대로 헤어지기는 아쉬운 모양이다.

"밥 먹고 갈까?"

"아, 그게 좋겠다."

"음… 저기… 미안, 난 먼저 가볼게."

한창 분위기가 좋아 미안했지만, 그만 돌아가겠다고 말했다.

벌써 여덟 시가 되어간다. 볼일이 있는 것도 아니고 부모님에게 혼날 일도 없지만 이대로 세토야마와 함께 있다가는 너무 지쳐버릴 듯했다. 다들 꽤 친해졌으니까 나 한 사람쯤 먼저 간다고 해도 문제없지 않을까. 세토야마도 내가 없는 편이 즐거울 테고.

"뭐야, 노조미 가려고?"

이름도 모르는 남학생이 스스럼없이 내 이름을 불러서 웃던 얼굴이 약간 굳어졌다.

"나도 이만 갈게."

"응? 세토야마도 가려고?"

여자 친구들이 아쉬워했다. 조금 더 세토야마와 함께 있고 싶은 눈치였다. 당연히 더 남아서 놀 거라고 생각했기에 나도 놀라서 얼굴을 들었다.

"아, 그래? 하긴 시간이 벌써 이렇게 되었네."

"자, 그럼 두 사람 조심해서 가고!"

하지만 요네다와 다른 남학생은 시원스레 손을 흔들며 보내주었다. 세토야마는 언제나 일찍 들어가는 걸까. 여자애들도 아쉬운 듯이 나와 세토야마에게 손을 흔들었다.

모두와 헤어져 일단 둘이서 역 쪽으로 걸었지만, 이대로 세토야마와 함께 가야 하나. 우리 사이에 흐르는 이 미묘한 분위기를 나는 얼마나 더 견뎌야 하는 걸까. 하지만 목적지가 같으니 도중에 헤어질 수도 없는 노릇이다.

설마, 세토야마도 같은 타이밍에 돌아갈 줄이야. 왜 모두와 함께 가지 않는 걸까. 예상하지 못한 일이다. 뜻밖이다.

세토야마도 분명 불편할 거라고 생각하니 옆에서 걸어가도 되는 게 맞는지 몰라 일단 걷던 속도를 조금 늦춰 세토야마보다 한 발짝 뒤에서 따라 걸었다.

"왜 떨어져 걷는 거야?"

"아, 다리가, 짧아서, 그런가."

의아한 표정으로 돌아보며 묻는 세토야마에게 횡설수설하며 대답했다. 어이가 없다는 듯이 한숨을 쉬더니 왠지 내 보폭에 맞추듯 옆에서 나란히 걸었다.

역까지 함께 가자는 거겠지. 나를 싫어할 텐데도 내버려 두고 가지는 않으려나 보다.

호감을 보이는 게 아니라는 건 물론 알고 있다. 하지만 자상하다. 그 배려를 순순히 받아들이지 못하는 건 내가 켕기는 일이 있어서다.

아무 말 없이 걷는 우리 사이를 휘익, 가을의 찬 바람이 스치고 지나갔다.

역이 가까운 듯, 먼 듯하다. 묘한 감정을 느끼며 세토야마의 옆에서 걸었다.

"저기."

"어, 응."

"말이 지나쳤어."

세토야마가 갑자기 말을 꺼내서 놀라 얼굴을 들었더니 세토야마는 여전히 앞을 본 채 불쑥 한마디를 던졌다. 갑작스러워서 무슨 말인지 의미를 몰라 멍하니 있었다.

세토야마가 머리를 살짝 긁적거리며 말을 이었다.

"요네가 그냥 놀러 가자고 했거든. 속아서 미팅 자리에 나오게 된 상황이 좀 짜증 났어. 게다가 그 신청곡함에서 노트를 꺼내는 사람, 너지? 결국, 그, 내가 마쓰모토를, 그러니까… 좋아한다는 걸 아는 거잖아."

"…으, 응."

'좋아한다.'라는 말에 왠지 가슴이 시큰거렸다.

"가만히 생각해 보니까 우릴 도와주고 있는 건데 심한 말해서 미안하더라고. 너랑 마쓰모토가 일부러 감추고 있는 거면 내가 너를 탓할 이유가 없는데 말이야."

약간 아래로 시선을 떨어뜨리고 있는 모습에서 세토야마가 멋쩍어하고 미안해한다는 걸 잘 알 수 있었다.

뜻밖의 태도에 무심코 발걸음을 멈췄다.

"나, 장소도 가리지 않고 생각한 걸 바로 말하거든. 그러고 나서 너, 나한테 웃었잖아. 그제야 정신이 들었달까. 그 자리에서 할 말이 아니었는데, 나 참 형편없다 싶었어."

그러고 나서 세토야마는 얼굴을 들더니 내가 멈춰 서 있다는 걸 알아차리고는 뒤를 돌아보았다.

"미안해."

또 처음 보는 새로운 표정이다. 사람을 정면에서 똑바로 바라보는 진지한 눈동자. 지금까지 본 귀여움이나 두려움은 조금도 느낄 수 없었다. 눈을 피하지 못한 채로 우선 "아, 응." 작은 목소리로 간신히 대답했다.

상대가 이렇게 똑바로 나를 바라보며 이야기하는데 나는 아직도 제대로 말을 하지 못한다. 하지만 세토야마는 살짝 웃어주었다. 그러더니 "갈까?" 물으며 다시 내 옆에 와서 걸었다. 아까까지 불편하기 짝이 없던 세토야마의 옆은 단번에 편하고 따듯한 자리로 바뀌었다.

"그런데 너, 네 의견 제대로 말 못 하지?"

"그런, 편이지."

"하고 싶은 말은 조금 해보지 그래? 이야기하고 싶지 않은 것 같은데 주변에 맞춰주느라 웃기만 한 적도 있잖아. 불만도 말하라고. 보고 있으면 짜증 나거든."

너무도 직설적인 말이 따끔, 가슴을 찔렀다.

"하, 하지만 말하지 않아도 되는 일도, 있으니까."

"그런 식으로 말하면 만만하게 보일 수도 있어."

그건 확실히 그럴지도 모른다. 하지만 그 자리의 분위기를 망칠지도 모른다고 생각하면, 내 의견을 솔직히 말할 수 없다. 말하고 싶지 않다. 잠자코 있는 편이 좋다. 물론 세토야마나 에리노처럼 거리낌 없이 말하는 것도 좋긴 하지만.

"참, 너 이름 뭐야?"

"…구로다, 노조미."

아까 자기소개 때 말했는데.

"구로다구나. 그러니까 구로다, 조금 더 자기 의견을 말하는 게 좋아. 손해 본다구. 마쓰모토 이야기는, 뭔가 사정이 있을지 모르니까 그렇다 치고."

"어어…."

"너, 의욕 있는 거야?"

무슨 의욕을 말하는 거지?

진지한 표정으로 내게 말하는 세토야마를 쳐다보다가 참지 못하고 풋, 웃음을 터뜨리고 말았다. 미팅 자리에서는 화를 내더니, 신기하다. 지금은 날 걱정해 주고 있다. 솔직하고 생각한 대로 바로 행동하는 사람이라서 깐깐한 구석도 있지만, 무척 다정다감한 사람 같다.

"웃을 일이 아니라고."

큭큭, 웃음을 멈추지 못하는 내게 세토야마는 약간 쑥스러운 듯한 표정을 지어 보이더니 어깨를 움츠리고 어이없다는 듯 웃었다.

"전 남자 친구 이야기도 그래, 싫으면 싫다고 해."

"으응…. 하지만 다들 즐거워 보여서."

"진짜, 사람이 좋은 거냐, 아니면 그냥 겁쟁이인 거냐. 누구한테든 잘 보이고 싶은 건가?"

다른 사람의 약점을 거침없이 지적해서 자꾸 가슴을 후벼 파기는 하지만, 싫으면 표현하라든가 손해 본다든가 다 나를 위해 해주는 말이라는 걸 안다.

어째서 거의 첫 대면하는 나를 이렇게 신경 써주는 걸까. 미팅 때 실수를 저지른 데 대해 미안하다는 걸까. 아니면 내가 '에리노의 친구'이기 때문일까. 어쨌든 기분 나쁘지는 않다. 오히려 기쁘다. 아까까지 세토야마의 옆에서 도망치고 싶을 정도로 함께 있는 게 어색했는데, 신기하다.

둘이서 이야기하며 걸어가다 보니 어느새 역에 가까워졌다.

“넌 어느 쪽이야?”

“어, 난… 교토선. 너는?”

“난 오사카난바행이니까 다르네. 자 그럼 이만. 조심히 가.”

개찰구를 지나 플랫폼으로 내려가는 계단 앞에서 각자 가야 할 방향을 가리켰다. “그럼 이만.” 인사하고 몸을 돌렸는데 “아!” 갑자기 세토야마가 불렀다.

돌아보니 “너 말야.” 잠깐 뜸을 들이더니 웃었다.

나를 향해 처음 짓는 따듯한 웃음을 보고 심장이 쿵, 내려앉았다.

“만약 누가 뭐라고 하면 내가 대신 대답해 줄 테니까 가끔은 네 의견을 말하라고.”

한 발 나에게로 다가오더니 내 똥머리에 퐁, 손을 올렸다. 세토야마의 커다란 손이 내 똥머리를 포근하게 감쌌다. 느껴질 리 없는 따스한 온기가 온몸으로 전해져서 나는 몸이 굳어지기라도 한 사람처럼 꼼짝도 하지 못했다. 분명 입을 헤벌린 채 바보 같은 표정을 하고 있을 거야.

“자, 그럼 갈게.”

세토야마는 마지막으로 한 번 더 말하더니 뒤로 돌아 계단을 내려갔다. 그 뒷모습을 바라보면서, 무심코 세토야마가 만졌던 내 머리로 손을 가져갔다.

에리노를 좋아한다고 말했다. 나한테 화가 난다고 말했다. 하지만 사과하고 걱정해 주었다. 그리고 무엇보다, 웃어주었다. 나도 모르게 그만 기대하게 된다. 그 자상함도 웃음도 '나'이기 때문일지도 모른다고.

누구든 분명 세토야마는 그렇게 상대를 대하겠지.

그래, 누구한테든. 분명 그럴 거다. 쓸데없는 기대를 해서는 안 된다. 에리노에게는 훨씬 더 자상할 거야.

심장이 평소보다 빨리 뛰었다. 뛰는 가슴을 진정시키려고 어금니를 꽈악, 물었다. 지금까지 이렇게 남학생을 대해본 적이 없어서 당황하고 있는 거다.

눈을 꾹 감으면 세토야마가 '나'를 향해 보여주던 미소가 떠오른다. 해가 저물고 기온이 뚝 떨어져 쌀쌀하다. 그런데도 왠지 몸 안이 조금씩 따듯해진다.

뭔가 정상이 아니다. 그만 멈춰야 해.

더는 세토야마와 접점이 생기지 않도록 주의하는 게 좋겠다. 언젠가는 미움받을 거짓말쟁이니까… 나는.

거짓말의 색깔은 아마도 노랑

– 정말로 좋아하는구나, 그 곡.
데스메탈 이야기를 할 수 있을 줄은 몰랐어.

다음번에 틀어달라고 할게.

– 고마워.
참, 난 달콤한 음식을 참 좋아하는데
얼마 전에 역 앞에 생긴
케이크 가게에 가보고 싶어.

마쓰모토는 가본 적 있어?

꽤 비싸다던데 정말이야?

- 가봤어, 비싸더라!

케이크 한 조각에 600엔도 넘어.

하지만 맛있었어!

여자들은 분명 좋아할걸.

- 초등학교 4학년짜리 여동생이 있는데

이번에 사다 줘야겠네.

그리고 개랑 고양이가 있는데

마쓰모토는 키우는 동물 있어?

- 여동생이 있구나.

난 두 살 아래인 여동생이랑 다섯 살 아래인 남동생.

여동생은 중학교에서 관현악부 동아리 활동을 해.

난 음악을 못하지만.

개랑 고양이가 다 있구나. 좋겠다.

우리 집은 아파트라 키우지 못하거든. 부러워.

- 마쓰모토, 음악 못하는구나.

노래 듣는 걸 좋아해서 음악 과목도 잘하는 줄 알았어.

좋겠다, 동아리 활동.

난 초등학교 때부터 쭉 축구를 했어.

지금도 하고 싶긴 하지만.

마쓰모토는 학생회 일로 바쁘지?

- 축구 잘 어울리네.

그러고 보니 운동 신경 좋다는 얘길 들은 적 있어.

난 운동은, 뭐 그냥 그래.

학생회 일은 시기에 따라 다르지만,

동아리 활동까지 하긴 좀 벅차서.

하지만 기말고사가 끝날 때까지는 한가해.

- 기말고사라··· 아직 생각하고 싶지 않아.

나 이과 과목은 잘하는데 영어는 진짜 어려워.

굳이 외국어, 필요한가?

마쓰모토는 무슨 과목 잘해?

– 나는 어느 과목이나 비슷비슷해.

하지만 역시 이과 과목보다는 문과 과목을 잘하는 편이야.

시험 때까지 2주일쯤 남았네.

힘내자.

여러 번 대화를 주고받는 동안에 지금까지 몰랐던 세토야마를 차츰 알아갔다. 가족은 누가 있는지, 잘하는 과목은 뭔지. 세토야마는 축구를 좋아하고 여동생을 소중히 여긴다. 그뿐만이 아니다. 좋아하는 사람에게는 마음 써서 화제를 던져주는 자상함, 상대를 알려고 여러 가지를 물어보는 솔직함이 있고, 자신을 알려주려고 많은 걸 가르쳐준다.

세토야마에 대해 알지 못했던 점을 조금씩 알아갈수록 점점 그 애에 대한 이미지가 바뀌었다. 더 자유롭게 생각하는 대로 행동하는 사람인 줄 알았다. 나쁘게 말하면, 자기가 생각하는 바를 강요하는 사람으로 보였다. 하지만 알고 보니 그렇지 않았다. 진지하게 대하며 솔직하게 이야기해 주는 사람이다.

노트를 주고받으며 이야기하다 보니 내 대답이 '나'의 말인지 에리노를 가정한 건지 점점 알 수 없게 되었다. 어느새 세토야마의 답장을 기다리고, 세토야마가 보낸 편지를 읽고 기뻐하면서 답장 쓰는 시간을 즐기는 나 자신을 깨달았다.

게다가….

"여어, 구로다!"

"…아, 잘, 지냈어요?"

"하하, 그게 뭐야. 서먹서먹하게."

방과 후, 방송부 회의가 끝나고 신발장이 있는 현관으로 갔다가 마침 돌아가려던 세토야마와 우연히 마주쳤다. 웬일로 혼자 있나 했더니 오늘은 요네다랑 다른 친구들이 놀러 가서 혼자 돌아간다고 한다.

미팅하던 날 대화를 나누고 나서, 세토야마는 날 볼 때마다 말을 걸었다.

아침 등굣길에서 서로를 알아보게 되어 최근에는 매일 아침 "안녕!" 인사를 나눈다. 학교 안에서 스쳐 지나갈 때면 세토야마가 "여어!" 아는 체하며 손을 번쩍 치켜들기도 한다.

"응. 방송부 회의가 있어서."

"모처럼 만났는데 같이 갈까?"

같이? 학교에서 역까지, 같이? 나란히 학교를 나서자고?

세토야마는 긴장해서 말없이 가만히 있는 내게 "싫은 거야?" 약간 불만스러운 얼굴로 물었다.

"그, 그런 건 아니, 지만."

당황해서 얼른 고개를 가로저었다. 물론 싫을 리가 없다. 다만 세토야마와 함께 걸어가면 사람들 눈에 띌 게 뻔해 주저할 수박에 없다. 인사를 나누는 사이가 된 일만으로도 친구들이 "언제 그렇게 친해졌어?" 물으며 의아해한다. 분명히 이상한 오해를 하는 애들도 있을 거다.

세토야마는 그런 게 신경 쓰이지 않는 걸까. 에리노를 좋아하는데 나하고 이상한 소문이 나도 상관없는 걸까. 아마도 남들 말 같은 건 신경 쓰지 않는 모양이다. 내 감정을 전혀 이해할 수 없을지도 모른다.

"가자."

"…저, 세토야마."

그런 건 아니라는 말을 함께 돌아가는 데 동의했다고 생각했는지, 세토야마가 성큼성큼 앞서 걷기 시작해서 나는 황급히 쫓아가며 불렀다.

"어라, 세토?"

내 목소리에 세토야마가 돌아보았을 때, 세토야마를 부르는 여학생의 목소리가 들려와 나도 뒤를 돌아보았다. 한 여학생이 신발장 쪽에서 쓰윽, 얼굴을 내밀었다. 약간 붉은 기가 도는 갈색 머리칼은 볼륨감 있게 굽실굽실 말려 가슴께까지 길게 내려와 있었다. 이목구비가 또렷하고 예쁜 여학생이었다.

"역시 세토였군. 집에 가는 거야?"

"어."

세토라고 친근하게 이름을 부르는 걸로 봐서 아마도 이과반 여학생이겠지.

"역까지 같이 가자."

약간 떨어져 있어서인지, 여학생은 내 존재는 안중에도 없는 듯이 스쳐 지나가 세토야마의 옆에 섰다. 무척 자연스러웠다.

어깨를 나란히 한 두 사람의 뒷모습을 보자 가슴속에 검은 얼룩 같은 게 똑 떨어지더니 쫘악, 번져나갔다. 뭐지, 이 느낌은.

"안 돼. 나, 구로다랑 갈 거라서."

'두 사람은 역까지 함께 가는구나.'

잘 어울리는 두 사람을 뒤에서 바라보고 있는데 세토야마의 입에서 내 이름이 나왔다.

"구로다가 누군데?"

처음 듣는 이름에 여학생이 살짝 고개를 갸웃하자 세토야마가 돌아보면서 손가락으로 나를 가리켰다. 여학생도 내 쪽을 보았지만, 누구냐고 묻는 듯한 표정이다.

"어, 아니, 난, 괜찮아."

손을 흔들어 신경 쓰지 말라는 동작을 하자 세토야마는 의아한 표정을 지었다.

"왜?"

왜라니. 안면만 튼 정도인 나랑 돌아가기보다 친구랑 함께 가는 게 더 즐겁지 않아? 나하고는 가면서 대화도 잘 이어지지 않을 테니까.

"누구야? 여자 친구? 어느새."

"아니, 그냥 친구야. 아까 우연히 만나서 함께 돌아가려던 참

이야. 그러니까 미안. 구로다! 가자고."

"어? 아, 네."

"대답이 그게 뭐냐."

세토야마가 웃으며 걸어갔다. 무심코 대답하면서 따라가는 내 행동에 스스로도 조금 놀랐다.

"그래? 그럼 잘 가."

"어, 내일 봐."

슬쩍 뒤쪽으로 시선을 돌리니 여학생은 약간 실망하는 듯 보였다. 어쩌면 저 애는 세토야마를 좋아하는지도 모른다. 세토야마는 눈치채지 못하고 있는 걸까.

"괜찮아…?"

"뭐가?"

"나 신경 쓰지 말고 아까 그 친구랑 같이 가도 되는데."

"먼저 너랑 가기로 했으니까 너랑 가야지."

그런 의미가 아니지만 말해도 모를 테니 더 이상 말하지 말자. 게다가 약간 기쁘다고 할까, 뭐랄까….

"왜? 아직 하고 싶은 말이 있으면 하지 그래?"

"…아무것도 아니야."

"구로다는 말을 확실하게 안 하네. 그런 점, 나랑은 안 맞아."

사람을 앞에 세워두고 굳이 그렇게까지 말하지 않아도 될 텐데.

잠시 이야기를 나누면서, 역시 세토야마는 솔직한 사람이란 걸 다시금 확인했다. 힘든 건 힘들다고, 싫은 건 싫다고, 에둘러 말하는 법 없이 돌직구를 훅 날린다. 이렇게 표현하면 실례일지 모르지만, 솔직함이 지나쳐 고지식하다고 해야 할까. 감싸주는 듯하다가도 그렇지 않은 면도 있고, 어쨌거나 악의는 없는 걸 보면.

세토야마가 보기에는 자기 의사가 없고 늘 모호하게 대답하면서, 마치 둥둥 바람에 실려 가는 구름 같은 내 모습이 짜증 나겠지. 실제로 얼굴을 맞대고 몇 번이나 들은 소리다.

그런데 왜 나한테 말을 거는 걸까. 그게 너무나 의아하다. 힘들다든가 짜증이 난다고 대놓고 말한 사람치고는 나를 피하려 들지 않는다.

세토야마에게 그 이유를 물어보면 바로 솔직하게 대답하겠지. 하지만 나는 굳이 묻지 않았고 궁금증을 남겨둔 채 대화를 나눴다.

사실은 어느 정도 그 대답을 알고 있었다. 내가 에리노의 친구니까. 이유는 그뿐이겠지.

교문을 나와 역으로 걸어가고 있는데 오른쪽으로 운동장이 보였다. 동아리 활동을 하느라 시끌벅적한 소리가 들려왔다.

"아… 좋겠다!"

세토야마가 운동장을 뛰어다니는 학생들을 바라보면서 중얼거렸다. 그때 축구공이 날아와 골망을 뒤흔들었다. 축구부의 누군가가 골을 넣은 모양이다. 그 안쪽에서는 야구부원들이 높이 날아오른 공을 쫓아가고 있었다. 어느 동아리인지 달리기를 하는 모습도 보였다.

"어느 쪽? 축구?"

"응. 나, 축구부였어. 그래 봐야 고등학교 와서는 두 달도 채 못했지만."

그러고 보니 전에 체육 시간에 축구를 하고 있을 때도 세토야마는 굉장히 두드러졌다. 교환 일기에도 쓰여 있었지만 초등학교 때부터라고만 해서 고등학교에 와서도 축구부에 들어갔다는 건 몰랐다.

좋겠다고 한 건 자기도 하고 싶다는 거겠지. 축구가 싫어진 건 아닌 것 같다. 그런데 왜, 그만뒀을까. 게다가 단 두 달 만에.

부러운 듯한 시선으로 운동장을 바라보는 세토야마를 보니 물어봐선 안 될 것 같아서 "아, 그랬구나." 정도로만 대꾸하며 아무 말도 하지 않았다.

"…구로다, 넌 남한테 관심 없어? 그래서 그렇게, 애매한 대답만 하는 거야?"

"응? 무슨. 그렇지 않아."

"보통은 왜 그만뒀냐고 물어보는데 넌 그냥 넘어가잖아."

더 이상 참을 수 없어진 건지, 느닷없이 웃음을 터뜨리는 세토야마를 보니 지나치게 배려한 건지도 모르겠다. 이건 물어봤어야 하나 보다. 어렵네.

"음, 그런데 왜 그만둔 거야?"

"푸하하, 됐어. 관심 없으면 무리해서 물어보지 않아도 돼."

"그, 그런 뜻이 아니잖아. 궁금하니까 알려줘."

세토야마는 아하하, 입을 크게 벌리며 웃었다. 아무리 봐도 날 놀리고 있는 거다.

세토야마는 걸음을 멈추고 운동장으로 한 발짝 다가섰다. 나도 따라서 멈춰 섰다.

"나, 여동생이 있는데 말이지."

편지로 읽어 알고 있었다. '나'는 계속 모르는 척하면서 "그렇구나." 가볍게 대꾸했다.

"엄마가 안 계셔서 할머니랑 아버지랑 살고 있거든. 할머니가 다리가 안 좋아서 내가 집안일이라든가 여러 가지를 챙겨야 해서 동아리 활동할 형편이 안 되는, 뭐 그런 상황이야."

세토야마는 술술 아무렇지도 않게 말했다. 너무 자연스럽게 털어놓아서, 그 말을 제대로 이해하기까지 시간이 걸렸다. 세토야마가 집안일을? 남자 고등학생이 집안일을 도맡아 하다니. 나는 휴일에 장 보러 가는 정도밖에 집안일을 도운 적이 없다.

"계속하고 싶었지만 어쩔 수 없어서."

입가에는 웃음을 띠고 있었다. 하지만 눈동자 깊은 곳은 아주 쓸쓸해 보였다. 지금도 축구를 무척 하고 싶어 한다는 걸 알 수 있었다. 그런데도 도저히 안 되는 일이라고 어쩔 수 없이 포기한 모양이다.

세토야마가 자신의 감정을 억누르는 모습을 보고 있으려니 가슴이 저려 왔다. 그런 표정은 세토야마에게는 어울리지 않는다. 하지만 그 정도로, 어려운 일이겠지. 세토야마라고 해서 뭐든 다 생각한 대로 말하고 행동으로 옮길 수 있는 건 아니다. 참고 견디는 일이 있는 것이다. 생각해 보면 당연하다.

"…다시, 할 수 있을 거야."

나는 그런 세토야마를 격려할 수도 용기를 줄 수도 없다. 그래서 지금의 세토야마를 응원하고 안심시키는 말밖에 떠오르지 않았다.

"응?"

"또, 하면 돼. 지금은 무리여도 다시 시작하는 건, 가능하잖아. 그렇게 언젠가 계속할 수 있다면, 전부를 포기하지 않아도, 될 것 같아."

세토야마의 집안 사정을 잘 몰라서 위로가 될 만한 말은 하지 못했다. 다른 사람이라면, 아니 에리노라면, 이럴 때 어떤 말을 해줄까. 어떻게 말하면 세토야마를 웃게 할 수 있을까.

"너…."

약간 톤이 낮아진 세토야마의 목소리에 놀라서 어깨가 움찔했다.

역시… 말을 잘못 고른 걸까. 쭈뼛쭈뼛 눈치를 살피며 세토야마의 얼굴로 시선을 옮겼다. 하지만 세토야마는 나를 보며 놀란 표정을 짓고 있을 뿐 화를 내는 걸로는 보이지 않았다.

"아, 그러니까… 그런 식으로도 생각할 수 있지 않나, 해서."

"…그렇, 지."

횡설수설하며 대답하자 세토야마는 깊은 생각에 잠긴 듯, 어딘가를 바라보며 말했다. 딴생각을 하는 듯했다. 하지만 기분이 상한 것 같지는 않았다.

세토야마는 더 말하지 않고 역을 향해 묵묵히 걷기 시작했다. 왠지 묘한 분위기가 된 듯해서 영 불편했다. 내 탓일지도 모른다고 생각하니 마음이 무겁다. 역시 아무 말 안 하는 게 좋았을 뻔했다. 내가 모르는 사정이 있을지도 모르는데, 지금 하지 못한다는 게 문제인데, 앞날 이야기 같은 건 하지 말았어야 했다.

하지만 포기한 듯이 쓸쓸히 웃는 세토야마가, 조금이라도 더 웃었으면 했다. 가만히 생각해 보면 내 멋대로 생각했을 뿐이다. 화가 나지는 않았어도 마음속으로는 내게 실망해서 상대하기가 귀찮아졌을지도 모르겠다.

'어떡하지, 어쩌면 좋지.'

안간힘을 쓰며 머리를 짜내는데 세토야마가 "노트."라고 자그마하게 말을 꺼냈다.

"응?"

"너, 그 마쓰모토와 주고받는 노트, 가져다준다면서?"

"아, 어어, 응. 가끔은."

가슴이 마구 요동치면서 몸이 굳어졌다.

왜, 갑자기 그걸 확인하는 걸까. 게다가 그런 심각한 표정으로. 가만히 날 바라보는 세토야마의 시선에 불안과 공포가 밀려와 시선을 피하고만 싶었다. 하지만 그랬다가는 오히려 수상쩍어할지도 모른다. 가방을 꽉 쥐고 있는 손에 조금씩 진땀이 차올랐다.

"그렇구나."

"그게, 왜?"

"아니, 그냥. 구로다는 내가 마쓰모토랑 노트를 주고받는 거 알고 있었지 싶어서. 너도 수학 B 수업 들어?"

세토야마의 표정이 갑자기 환하게 바뀌었다. 당황해서 "응." 대답하며 고개를 끄덕이자 "소문내지 마."라고 하면서 내 똥머리에 손을 얹었다.

"그리고, 고마워."

"뭐, 뭐가?"

"아까 그 이야기."

손을 내 머리에 올려놓은 채, 다정한 음색으로 말했다. 고맙다는 인사를 들을 만한 말을 한 건지 자신은 없지만 적어도 기분을 언짢게 하지는 않았다는 데 안심했다.

"왠지 너, 처음 이미지하고는 다르네. 굉장히 이리저리 흔들리는 애인 줄 알았거든. 우유부단하고 누구한테나 잘 보이려는 그런 애 말이야. 자기 의견 하나 제대로 말하질 못하니."

세토야마는 자기가 웃으면서 엄청 실례되는 말을 한다는 걸 알고나 있는 걸까. 무심코 씁쓸하게 웃자 "칭찬이니까 좀 더 기빠하라고." 말하며 답답해했다.

"이제 곧 시험이네. 아, 싫다!"

교환 일기에서도 같은 말을 했다. 이제 2주일 정도 남았다. 가능하면 피하고 싶은 화제다.

"…그러게. 공부해야지."

"구로다, 넌 무슨 과목 잘해?"

"난, 영어. 하지만 영어 말고는 잘하는 게 없어. 다른 과목은 전부 못해."

내 대답에 세토야마는 "그래?" 되물으며 놀라는 표정을 지었다. 세토야마는 영어를 못한다고 했다.

"영어는 도무지 모르겠어! 외계어냐? 그거."

"…영어잖아."

"알아."

손으로 입을 가리고 웃자 세토야마도 즐거운 듯이 소리를 내어 웃었다. 아까까지 아무 말 없었다는 게 믿기지 않을 정도로 대화가 살아나서 눈 깜짝할 사이에 역에 다다랐다.

오사카난바행 준급행 전철에 올라타자 금방 야마토사이다이지역에 도착했다. 여기서 나는 갈아타야 한다.

"자, 그럼 이만."

인사하고 전철에서 내리려고 하자 세토야마가 "응, 잘 가." 등을 툭, 하고 가볍게 치면서 해맑은 웃음을 보였다.

"바이, 바이."

플랫폼에서 가볍게 손을 흔들자 세토야마는 어린아이처럼 크게 손을 흔들었다. 그러더니 문이 닫히고 전철이 떠나가는데도 내 모습이 보이지 않을 때까지 손을 흔들고 있었다.

얼마 전까지도 세토야마와 이야기해 본 적이 없었는데 지금은 이렇게 함께 하교하고 웃으며 이야기를 나누다니. 며칠 전까지만 해도 세토야마가 너무 불편하고 어색했는데 지금은 전혀 그렇게 느껴지지 않는다.

그 편지가, 처음부터 에리노의 손에 건네졌다면 이렇게 되지 않았겠지. 그 편지가 아니었더라면 설령 미팅에서 몇 마디 했더라도 지금처럼 이야기를 나누는 일은 없었겠지.

아까처럼 내 머리에 손을 얹는 일도, 분명 없었을 테고.

- 영어 쪽지 시험에서 낙제점 받았어.

아, 이건 최악이야.

주말에 할 숙제를 잔뜩 내줬어.

이런 거 알게 뭐람!

- 힘내!

하지만 숙제가 많으면

주말에도 놀러 가지 못하겠구나.

나는 친구랑 쇼핑하러 가.

- 쇼핑 즐거웠어?

난 결국 게임만 했어.
숙제 안 해서 엄청 깨졌지만^^

그러고 보니 너, 휴대폰 메일은 못 해?
폰 메일*이 편하지 않아?

문자라니, 할 수 있을 리가 없다.

교환 일기를 시작하고 나서 에리노가 쓰는 표현이나 말투를 관찰하게 되었고 그걸 참고해서 매번 에리노가 쓰는 것처럼 보이려고 애쓰고 있다. 잘 하고 있는 건지는 모르겠지만 지금까지 세토야마가 불신하는 기색은 없다.

하지만 문자라면 이야기가 다르다.

대화 속도가 훨씬 빨라진다. 뭐라고 답장을 쓸지 한참 고민할 수가 없다. 게다가 에리노의 메일 주소를 알려줄 수는 없는 노릇이고 그렇다고 내 주소를 알려주는 건 너무 위험 부담이 크다.

이건… 모른 척할 수밖에 없다. 마지막 두 줄은 못 본 걸로 하자. 아니, 못 봤다. 그래, 못 본 거야. '좋았어!' 혼자 멋대로 결정하

---

* 일본에서는 휴대폰 통신사에서 메일 주소를 제공한다. 전화번호를 몰라도 이 메일 주소만 알면 문자처럼 메시지를 주고받을 수 있다.

고는 고개를 끄덕이며 교복 주머니에 교환 일기 노트를 넣었다.

교환 일기를 쓰기 시작한 지 제법 날짜가 지났다. 늘 짧은 글이었지만 이 노트는 거의 매일 나와 세토야마 사이를 오가고 있다. 노트는 벌써 절반쯤 채워졌다. 처음에는 서로 상대를 배려하면서 조심스럽게 썼지만 최근에는 꽤 스스럼없는 말투가 되고 대화도 자연스러워졌다.

하지만 언제까지 이러고 있을 수는 없다. 에리노와 세토야마를 해피 엔딩으로 이끌어야 한다는 걸 그만 깜빡 잊을 뻔했다. 거짓말을 하고 에리노인 척하면서 두 사람이 잘되도록 하려던 거였는데.

언젠가는 끝내야 할 이 교환 일기를 내가 즐긴다는 걸 깨달았다. 그리고 끝을 상상하면 약간 쓸쓸해졌다.

몰랐던 사람을 알아가는 일이 이렇게 즐겁고 기쁜 일인 줄 미처 몰랐다. 지금까지 전혀 접점이 없었던 데다 나랑은 결이 맞지 않는 사람이라고 여겼었기에 한층 더 알고 싶어졌다.

"나, 뭐하고 있는 거니!"

가슴속에 가득 찬 찝찝한 기분을 토해내기라도 하듯 한숨을 쉬었다.

복도를 걸어가면서 창밖으로 시선을 돌리자 무척 쓸쓸해 보이는 나무들이 늘어서 있다. 바람이 사납게 불고 있는지 낙엽 한 장이 팔락팔락 춤추듯 흩날리고 있었다. 떨어지지도, 흘러가지도 못하고 빙빙, 허공에 머무는 모습이 마치 지금의 나처럼 보였다.

창틈으로 파고드는 바람에 몸을 부르르 떨면서 잰걸음으로 교실로 향했다.

"에리노, 지금은 누군가랑 사귈 마음 없어?"

교실로 돌아가자마자 그렇게 물었더니 에리노가 눈을 깜빡거리며 나를 바라보았다. 꽤 놀라운 질문이었던 모양이다.

"웬일이야? 노조미가 그런 말을 다 꺼내고 별일이네."

"아, 뭐. 그냥."

"어어, 뭐야 그게. 으음, 사귈 수 있다면 사귀고 싶지."

"조, 좋아하는 사람은, 없어?"

왠지 남에게 이런 이야기를 물어보는 건 부끄럽다. 붉어진 뺨을 숨기려고 고개를 숙이자 "왜 네가 부끄러워하는 거니?" 물으며 에리노가 웃었다.

"좋아하는 사람 없어. 누군가 고백해 준다면 사귈 텐데."

그 대답에 문득, 전에 에리노가 하던 말이 떠올랐다.

'고백이라도 받으면 사귈지도 모르지.'

세토야마에게 전부 털어놓고 세토야마가 다시 에리노에게 고백한다면 두 사람은 순조롭게 사귀지 않을까? 아주 간단하다. 내가 당장 교환 일기로 사과하기만 하면 된다. 오히려 서두르지 않으면 다른 사람이 에리노에게 고백할지도 모른다.

그런 마음이면서도 결심이 서질 않았다. 사실대로 털어놓으면 세토야마와 쓰던 교환 일기는 끝난다. 게다가 나는 세토야마에게 미움받겠지. 무의식중에 주머니 안에 든 교환 일기 노트를 교복 위로 만지작거렸다. 뭐라 설명할 수 없는, 말로 표현하기 어려운 복잡한 감정이 북받쳐 올라 눈물이 나올 것만 같았다.

"노조미?"

"어? 아, 응. 그렇구나."

걱정하는 에리노의 목소리에 황급히 얼굴을 들었다.

난 대체 무슨 생각을 하는 거니. 잘될 거라는 걸 알았으니 기뻐할 일이다. 더 이상 거짓말을 하지 않아도 되니까.

억지로 웃는 얼굴이 아마도 상당히 일그러져 있을 테지.

"아, 노조미! 에리노!"

우리를 부르는 소리가 들려 돌아보자 유코가 기뻐하는 표정으로 껑충껑충 뛰어왔다.

"무슨 일이야? 뭔가, 좋은 일이라도 있어?"

"아니, 뭐, 나름은?"

꽤나 좋은 일이 있었던 모양이다. 웃느라 가늘어진 눈꼬리에 입가가 한껏 올라가 있다.

"뭐, 내 일은 둘째치고. 그보다 에리노, 이번 일요일에 시간 있어? 영화 티켓이 생겨서."

"일요일? 안 되는데. 그날 언니랑 쇼핑 가기로 약속했거든."

"그래? 노조미는?"

언제나 여럿이 모여 노는 걸 좋아하는 유코가 에리노한테만 먼저 권하다니 웬일인가 싶었는데, 이번에는 나한테 물었다.

"아, 나는 시간 있지만, 내가 가도 괜찮아?"

"그럼. 괜찮으니까 묻는 거지. 같이 가."

"응, 알았어. 가자! 재밌겠다."

유코와 둘이 영화를 보러 가다니 좀처럼 없는 일이지만 같이 가기로 했다. 지금까지 유코와 단둘이 논 건 한두 번밖에 없다. 그것도 방과 후에 어딘가에 들렀다 갔을 뿐이다.

"나랑 요네다, 그리고 노조미랑 세토야마 이렇게 갈 거야. 연락해 둘게."

하지만 그다음 말이 이어지는 순간 귀를 의심하게 하는 이름이 들려와 몸이 굳어졌다.

"…뭐? 무, 무슨 말이야?"

"혹시 유코 너, 세토야마나 그 요네다라는 남학생 좋아하는 거 아냐? 들떠 있던 것도 그래서였어?"

"잠깐, 아니, 그게 아…!"

어떻게 된 일인지 되물었지만 내 말은 에리노의 질문에 묻혀 버리고 말았다. 에리노가 책상에 팔꿈치를 괴고 유코를 올려다보며 놀리듯이 웃자, 유코는 순간 얼굴을 붉혔다. 에리노의 예상이 적중한 모양이다.

아니, 그보다 왜, 거기에 세토야마가? 혹시 처음에 에리노에게 가자고 권한 건, 그쪽에서 에리노를 데리고 오라고 한 게 아닐까. 그런데 내가 가면 실망하지 않을까.

에리노가 가면, 그건 또 그것대로 난처하다. 둘이서 대화를 나누다가 교환 일기 이야기가 들통나면 큰일이다. 다행이다, 하지만 다행인 게 아니야!

"유코, 어느 쪽이야? 요네다지?"

"그게, 왜, 왜 그래! 아 몰라!"

내가 머리를 굴려 이런저런 생각을 하는 동안에도 에리노와 유코는 이야기를 이어가고 있었다.

그러게, 둘 중 누구인 걸까. 혹시 세토야마인가. 세토야마는 에리노랑 잘됐으면 좋겠다. 하지만 유코가 세토야마를 좋아한다면 응원하고 싶다. 에리노와 세토야마가 사귄다면 유코는 분명 슬프겠지. 그럴 경우, 나는 어떻게 행동하면 좋을까.

"왜 숨기는 거야. 응, 빨리 말해봐."

"아이 참… 요, 요네다."

에리노가 끈질기게 물고 늘어지자 유코는 얼굴을 빨갛게 물들이며 부끄러운 듯이 작은 목소리로 이름을 댔다. 세토야마가 아니라는 사실에 나도 모르게 안도가 되어 가슴을 쓸어내렸다.

요네다와는 중학교 때부터 친구라고 했다. 어쩌면 그때부터 짝사랑한 건지도 모른다. 늘 남자 친구가 있으면 좋겠다고 하더니 그건 요네다와 사귀고 싶다는 뜻이었나!

"역시! 좋네, 좋아!"

에리노가 흥분해서 외치자 유코가 입을 막으며 저지하려 했다. 물론 한발 늦었지만.

"어휴 정말! 누가 들으면 어쩌려고."

교실을 두리번두리번 둘러보면서 초조해했다. 하지만 에리노의 목소리보다 유코의 목소리가 더 크다. 유코가 이렇게 얼굴이 빨개지는 일은 좀처럼 보지 못했다. 하지만 너무 귀여워서 나도 킥킥거리며 웃었다.

"뭐야, 노조미 넌 또 왜 웃는 거야! 절대 말하면 안 돼, 일요일 날 괜히 신경 써준다거나 하면 화낼 거야."

"알았어. 안 그럴게, 알았다고."

가벼운 말투로 대답하자 유코는 붉게 물든 얼굴로 난처한 듯이 눈살을 찌푸렸다. 왠지 눈동자에 물기가 어린 듯이 보였다. 언제나 솔직한 유코는 이럴 때 반응도 무척 솔직하다.

…얼마나 좋아. 귀여워.

왠지 부러우면서 나까지 행복해졌다. 유코는 양손으로 가리듯이 얼굴에 대고 "아, 뭐야. 부끄럽게!" 중얼거렸다. 에리노는 그런 유코에게 "언제부터야?", "어디가 좋아?" 일부러 꼬치꼬치 캐물었다. 처음 보는 유코의 모습에 즐거운 모양이다. 아니면, 지금까지 자신에게 남자 친구가 생길 때마다 유코가 질문 공세를 퍼부었던 데 복수하는 건지도 모른다. 유코는 투덜대면서도 무척 즐거운 듯이 대답했다.

이대로 쉬는 시간이 끝날 때까지 유코가 시시콜콜 질문받겠지 싶었는데, 학생회에서 에리노를 호출하는 방송이 나왔다. 에리노가 아쉬워하며 교실을 나가는 모습을 보고 유코가 "아, 진짜!" 진이 빠진 시늉을 하며 책상 위에 엎드렸다.

"에리노 너무 짓궂은 거 아냐?"

"아하하, 하지만 나도 좀 놀랐는걸. 네가 그런 말 하는 건 처음이니까 이래저래 궁금하지."

"…별로 말하고 싶지 않았거든."

유코가 무심결에 속마음을 드러냈다.

"왜?"

"사실은… 요네다가, 어쩌면 에리노를 좋아하는 게 아닐까 싶어서."

약간 불안하다는 듯이 입을 삐죽거리면서 작은 목소리로 소곤소곤 말했다. 아까까지 얼굴을 붉게 물들이던 유코도 처음 보는 모습이었지만, 지금 자신 없어 하는 유코의 모습도 처음이다.

"왜? 요네다가 그렇게 말한 거야?"

"아, 그건 아니고. 노조미에게는 미안하지만, 요전번 미팅도 아까 영화도 '에리노는 못 오나?' 요네다가 물었거든."

그래서 에리노한테 먼저 물어본 거였구나.

어쩌면 세토야마를 위해서인지도 모른다. 하지만 유코에게 그 말을 할 수는 없다. 또 요네다가 세토야마의 마음을 모를 가능성도 있다. 에리노가 워낙 인기가 많으니까 조금 관심이 가는 것뿐일지도 모르고 조금 이야기해 보고 싶다거나 그런 가벼운 마음일지도 모른다.

하지만 유코가 말했듯이 요네다가 에리노를 좋아할 수도 있다. 그렇진 않을 거라고 말하는 게 좋았을지도 모르지만 요네다에 관해 아무것도 모르는 내가 유코를 위로해 준답시고 아무 근거 없는 말을 하는 건 무책임하다.

"나는 널 응원할게."

그렇게 말할 수밖에 없었다. 유코는 난처한 듯이 웃기만 했다.

- 즐거웠어.
우정 아이템으로 샤프펜슬을 샀어.
지금 그 펜으로 쓰고 있는 거야.

이번 주말에는 언니랑 외출할 거야.

- 난 일요일에 영화 보러 가는데.
귀찮아서 거절할까 했지만
보고 싶었던 영화라서

나 액션 영화 좋아하거든.

그렇게 맞이한 일요일은 구름 한 점 없이 푸르고 상쾌했다. 맑은 공기에 밝게 빛나는 햇살이 정말 기분 좋다. 오늘은 외출하기에 정말 좋은 날씨다.

만나기로 약속한 오사카난바역으로 향하는 전철 안에서 세토야마의 답장을 떠올렸다. 그러고 보니 오늘 볼 영화가 액션 영화랬지. 세토야마가 보고 싶다는 영화가 뭘까. 유코에게 무슨 영화를 보는 건지 물어볼 타이밍을 놓쳤다.

세토야마에게는 액션 영화가 어울리기는 한다. 로맨스 영화는 보다가 중간에 졸지 않을까? 나도 멋있는 액션 영화를 무척 좋아하니까 교환 일기로 그 이야기도 할 수 있으면 좋겠다. 가장 좋아하는 영화라든가, 최근에 본 영화 이야기. 하지만 에리노는 로맨스 영화를 더 좋아한다. 특히 외국 영화 말고 국내 영화. 그중에서도 무슨 영화가 좋다고 했더라? 에리노와 나눴던 대화를 떠올려 봤지만 생각나지 않았다.

창밖을 바라보는데 전철 유리창에 비친 나 자신과 눈이 마주쳤다.

내가 같이 간다는 건 유코가 요네다에게 말했다고 하니까 세토야마도 알고 있겠지만, 실망하지는 않을까. 유코가 기대하는 데다 기왕 가는 거 나도 즐겨야지 싶어서 한껏 모양을 냈지만 창에 비친 내 옷차림을 보고 지금 당장 집으로 돌아가고 싶어졌다. 다시 돌아가 옷을 갈아입고 나오고 싶을 정도로 자신이 없어졌다. 집을 나서기 전에 그렇게나 거울을 보고 확인했건만 막상 밖에 나오자 왠지 이상해 보였다.

평소에는 동그랗게 말아 올리고 다니던 머리를 풀어 내리고 정성 들여 드라이했다. 그리고 해본 적이 별로 없어서 잘된 건지 아닌지 모르겠지만 가볍게 화장도 했다. 눈꺼풀에는 옅게 핑크빛 아이섀도를 칠하고 입술에는 옅은 오렌지색 립글로스를 발랐다.

모두 에리노랑 같이 쇼핑 갔을 때 한눈에 반해서 샀는데 아깝기도 하고 막상 사용할 기회가 없어서 그냥 내버려 뒀던 화장품이다. 그리고 평소에는 거의 입지 않는 스커트에 재킷을 입고 아끼는 부츠를 신었다.

…왜 이렇게 잔뜩 멋을 낸 거야!

유리창에 비친 내게 무심코 물었다. 고른 건 나 자신이다. 알고 있다, 알고 있지만.

옷을 고르는 데 한 시간도 더 걸렸으며 머리를 매만지고 화장까지 하느라 두 시간이나 소비했다. 마치 데이트하러 가는 사람처럼 말이다. 야노 선배와 첫 데이트를 할 때도 이와 비슷한 행동을 했던 기억이 난다. 전날 수없이 옷을 입어봤다 벗었다 했으면서도 당일에 또 똑같은 일을 되풀이했다. 잡지에서 최근 유행하는 코디를 연구하고 매니큐어를 칠했으며 팔찌를 골랐다. 갖고 있는 구두와 가방 중에서 예쁘고 어울리는 걸 찾느라 무척 애먹었다.

왜 오늘도 그렇게 시간을 들였을까. 평소 에리노와 놀러 갈 때처럼 캐주얼한 차림으로 가는 게 좋았을지도 모르겠다. 나 혼자만 튀면 어쩌지. 너무 부끄럽다. 하지만 유코도 모처럼 밖에서 요네다와 만나는 거니까 분명히 예쁘게 차려입고 올 거야. 그렇게 믿고 싶다.

내가 이상한가, 이상하지 않겠지. 그런데 정말 괜찮은 걸까.

학생이 휴일에 놀러 나갈 때는 반드시 교복을 입으라는 법이라도 있으면 편했을 텐데. 아무리 고민하고 후회해도 이제 와서 되돌아갈 수는 없는 노릇이다. 포기하고 마음을 단단히 먹을 수밖에 없다. 어쩔 수 없는 일을 왜 깨끗이 단념하지 못할까.

역에 도착해 약속한 장소가 가까워질수록 심장 뛰는 속도가 빨라졌다.

오사카난바역 부근에 있는 백화점 입구 앞에서 만나기로 했는데. 약속 시간은 한 시 반으로 지금은 10분 전이다. 주위를 둘러보며 사람들 사이에서 친구들의 모습을 찾았지만 눈에 띄지 않기에, 구석 벽 쪽으로 가서 누구라도 먼저 오기를 기다렸다.

수많은 사람이 눈앞의 교차로를 건너는 광경을 바라보면서 혼자 기다리고 있자니, 혹시 시간을 잘못 알았나, 아니면 이번 주가 아니라 다음 주 일요일인 건 아닌가 불안해졌다. 긴장과 불안으로 심장 박동이 점점 더 빨라져서 숨이 차 올랐다.

마음을 진정시키려고 머리를 들어 푸른 하늘을 바라보며 작게 심호흡을 반복하면서 나 자신에게 일깨워 줬다. 긴장할 거 없어. 단지 들러리로 같이 영화를 보러 온 것뿐이야. 맞아, 그뿐이야. 아무것도 아니니까 그냥 평소처럼 하면 돼.

눈을 감고 몇 번이나 되뇌었더니 겨우 혈압이 평상시로 되돌아왔다. 음, 괜찮아.

"여어, 구로다!"

겨우 진정되었던 심장이 그 한마디에 느닷없이 큰 소리를 내며 맹렬한 속도로 뛰기 시작했다. 몸속에서 혈액이 콸콸 쏟아지기라도 하듯이 마구 흘러가는 게 아닐까.

천천히 고개를 들자 혼잡한 사람들 속에서 세토야마가 손을 들며 다가왔다. 디스트로이진에 옅은 핑크색 티셔츠와 흰색에 가까운 베이지색의 얇은 재킷을 걸치고 있었다. 신발은 검은색 운동화. 음악을 들으면서 왔는지 귀에는 이어폰이 꽂혀 있다. 어느 것 하나 특별히 멋있는 옷도 아닌데 세토야마가 입고 있으면 뭐든지 고급스러워 보였다. 멋있는 사람은 뭘 입어도 잘 어울린다.

나도 모르게 넋을 잃고 보는데 세토야마가 눈살을 찌푸렸다.

"구로다? 너 자냐?"

"어, 아, 아니… 조, 좋은 아침!"

"뭘 그렇게 더듬고 그래. 그리고 벌써 낮이거든."

당황하며 대답하자 세토야마가 어이없다는 듯이 웃는 바람에 나는 얼굴에 불이라도 난 사람마냥 달아올랐다. 게다가 힐끔힐끔 쳐다보는 세토야마 때문에 내 차림새가 이상한가 싶어 불안해졌다.

"사복 입으니까 분위기가 다르네. 귀여운데."

이런 말을 아무렇지도 않게 쓱, 하는 게 세토야마답다. 생각한 대로만 말하는 사람이니까 입에 발린 말은 아니겠지만 어떻게 반응해야 할지 난감하기만 하다.

"고, 고마워."

버벅거리며 대답하고는 나도 모르게 시선을 돌렸다. 내 얼굴을 보이고 싶지 않다. 분명히 엄청 빨개졌을 테고 무엇보다, 내가 어떤 표정을 짓고 있는지 나도 모른다.

견딜 수 없을 정도로 부끄러운데 입에서는 자꾸 웃음이 나오려 한다. 세토야마가 눈치채지 못하도록 기를 쓰고 입을 앙다물었지만 그러느라 분명히 더 이상하게 비뚤어졌을지도 모른다.

귀엽다는 말은 익숙하지 않으니까. 그뿐이다.

하지만 세토야마가 나를 보며 웃어줘서 안심했다. 에리노가 오기를 바란 게 아닐지 신경이 쓰였기에 세토야마가 무척 실망할지도 모른다고, 오늘 마지못해 여기에 오는 거면 어쩌나 걱정했다. 하지만 세토야마를 보니 그런 기색은 아니었다.

"아직 너만 온 거야?"

"아, 응."

세토야마는 주변을 가볍게 둘러보고 나서 이렇게 중얼거리며 내 옆에 나란히 섰다.

딱 붙어 서 있지도 않았는데 세토야마가 있는 왼쪽이 아무래도 신경 쓰여 죽겠다. 온몸의 신경이 왼쪽으로만 확 쏠린 듯했다.

"오늘, 영화 보는 거라며? 넌, 보통 어떤 영화를 봐?"

"어? 음… 뭐든지 보긴 하는데… 러브 스토리랑 호러는 별로 안 봐."

"그래? 여자들은 다 러브 스토리를 좋아하는 줄 알았는데. 나도 그건 별로야. 분명히 보다가 졸 거야."

역시. 그럴 줄 알았다.

"싫어하는 건 아니지만 일부러 골라 보지는 않아. 너는 액션 영화를 좋아할 것 같은데."

"맞아. 아무리 봐도 질리지 않거든."

'액션 영화를 좋아하는 이유가 그거였구나.'

살짝 웃음이 나왔다. 발라드를 들으면서도 잠이 드는 게 아닐까. 여기에 올 때까지 이어폰으로 듣던 음악은 아마도 데스메탈이겠지. 어떤 곡을 듣고 있었을까. 하지만 그 화제를 꺼낼 수는 없다.

그래도 더 알고 싶다. 더 듣고 싶다. 더 이야기하고 싶다.

"나, 나도 액션 영화를 제일 좋아해."

"정말? 뭐가 제일 좋아?"

내 이야기를 하는 건 긴장된다. 상대가 모르거나 싫어하면 어쩌나 신경이 쓰인다. 하지만 세토야마도 액션 영화를 좋아한다는 걸 나는 알고 있다. 용기를 내서 이야기하자 세토야마가 기뻐하는 표정을 지었다. 최근 본 영화 가운데 가장 좋았던 영화 제목을 말했더니 자기도 좋아한다며 눈을 빛냈다.

"그 영화는 그 장면이 진짜 멋있었지."

"맞아. 주인공 액션이 굉장하더라."

"맞아 맞아, 스토리는 영 아니지만 너무 멋있어서 그것만으로도 좋던걸."

게다가 감상도 대체로 똑같아서 대화가 잘 통했다. 이렇게 안색을 살피지 않고 이야기하기는 처음이지만 어느새 부끄러움도 긴장감도 어디론가 사라지고 없었다.

"뭐가 그렇게들 신났어?"

"우앗!"

갑자기 불쑥 얼굴을 내민 유코 때문에 나와 세토야마가 동시에 깜짝 놀라서 몸을 움찔했다. 이야기에 너무 빠져 있어서 그랬는지 옆으로 다가온 줄도 몰랐다.

유코 옆에는 요네다가 있었고 "세토랑 구로다, 언제 그렇게 친해진 거야?" 놀란 얼굴로 물었다.

"놀라게 하고 그래! 너희가 늦으니까 이야기하고 있었던 것뿐이야."

"5분도 안 늦었어. 영화 상영 시작까지 아직 시간 있는데 뭐 어때."

"자, 다 모였으니 가자고."

깡충깡충 뛰어갈 듯 경쾌하게 걸어가는 유코의 뒤를 셋이서 따라갔다.

유코는 무척 기대하고 온 모양이다. 옆쪽에서 뒤로 넘기며 땋은 머리만 봐도 여느 때보다 신경 썼다는 걸 알 수 있었고 줄곧 싱글벙글 웃고 있다. 평소보다 훨씬 예뻐 보였다. 혹시 요전번 미팅 때도 이런 분위기였을지도 모른다. 세토야마에게 온통 신경이 쏠려 있어서 몰랐지만.

요네다를 정말 좋아하는구나. 활짝 웃는 유코를 보기만 해도 나까지 오늘이 무척 특별하고 멋진 날처럼 느껴졌다.

만약 내가 야노 선배와 사귈 때, 유코처럼 행동했다면 얼마나 좋았을까. 내 솔직한 마음을 겉으로 드러낼 수 있었다면.

'나, 노조미를 잘 모르겠어.'

그런 말을 들으며 차이는 일도 없었을지 모른다.

그 무렵 나는 어떤 얼굴을 하고 있었을까. 선배가 그렇게 생각할 정도로 시큰둥한 표정이었던 걸까.

만나기로 한 장소의 바로 앞에 우뚝 선 쇼핑센터 건물로 들어가 8층 영화관으로 올라갔다. 티켓을 교환하고 주스를 사려고 다 함께 매점 앞에 줄을 섰다. 영화 시작 시간까지 여유가 있다고 생각했지만 모든 카운터가 다 붐벼서 무사히 주스를 샀을 때는 영화 상영 10분을 남겨놓은 딱 적당한 시간이었다.

영화는 나도 보고 싶었던 영웅 액션물로 템포가 빨라 순식간에 엔딩 크레딧이 올라갔다. 처음부터 끝까지 볼 만한 장면이 너무도 많아 분명히 속편도 만들어질 것 같다. 마지막 장면이 의미심장해서 속편을 기대하게끔 하면서 끝이 났다.

"아, 재밌었어!"

영화관을 나오자 세토야마가 쭉 기지개를 켜면서 말했다.

"그냥 그렇던데. 그저 멋있기만 한 거 아냐?"

"나도 스토리는 잘 모르겠더라."

기분 좋아하는 세토야마에게 찬물을 끼얹듯이 요네다와 유코가 한마디씩 했다.

"뭐? 너희들 진짜 뭘 모르는구나."

"아니, 애초에 설정이 너무 억지스럽잖아."

"몰라도 한참 모르네. 그치, 구로다, 재밌었지?"

나도 액션 영화를 좋아한다고 해서인지 세토야마가 갑자기 대화에 나를 끌어들였다.

멋있었지만, 멋있기만 했다는 말을 들으면 확실히 그런 것 같기도 하다. 설정에 힘을 쏟은 것치고는 그다지 깊이 있는 내용은 아니었다. 나는 충분히 즐기면서 봤지만 재미있었다고 대답하면 요네다와 유코의 의견을 부정하는 모양새가 된다. 스토리는 뒷전이고 단순한 내용이 복잡하게 느껴진 부분도 있었기에 두 사람이 그렇게 말하는 이유도 이해된다.

"어, 그러니까. 이야기는 이해하기 어려웠지만 싸우는 장면이 멋있었어."

"맞아, 맞아. 구로다가 말한 대로야! 영화가 멋있긴 멋있는데 말이지."

"멋있는 건 나도 뭔지 알 것 같아."

요네다도 유코도 '멋있다.'라는 의견에는 찬성하는 듯했고, 세토야마는 한참을 잠자코 있더니 불현듯 "멋있으면 된 거야." 대답했다.

"그거보다 말이지, 배고픈데 뭐 좀 먹을까?"

"좋아. 나 햄버거 먹고 싶어."

유코가 등을 펴면서 말하자 요네다도 찬성했다. 어느 사이엔가 두 사람은 앞으로 걸어가면서 어디로 갈지 이야기를 나누고 있었다.

솔직히 나는 별로 배가 고프지 않았다. 목이 말라서 뭘 좀 마시면 좋겠다 싶었다. 욕심을 낸다면 단것이 먹고 싶었다. 하지만 굳이 말하지는 않고서, 장소가 정해지면 그리로 따라가서 생각해야겠다고 마음먹었다.

이 시간대 카페는 주로 차 종류만 팔기 때문에 식사로 할 만한 메뉴가 없을 거라며 패스트푸드점이나 패밀리 레스토랑으로 가자고 결정하는 목소리가 들려왔다.

"나, 단 음식이 먹고 싶어."

옆에서 걸어가던 세토야마가 불현듯 두 사람의 대화에 끼어들자 유코와 요네다가 돌아보면서 "어어?" 입을 모았다.

"왜? 배 안 고파?"

"나, 별로 배 안 고픈데."

"음료수 시키면 되잖아."

"아니, 패스트푸드점이나 패밀리 레스토랑은 가고 싶지 않아. 음료수가 아니라 단 게 먹고 싶다니까."

…얼마나 솔직한가. 한창 신이 난 두 사람에게 이렇게 확실히 자기 의견을 말하다니 역시 대단하다.

굳이 말하자면 나야 세토야마와 같은 마음이지만, 어느 쪽이든 괜찮아서 세 사람이 대화하는 모습을 멍하니 바라보았다. 배가 고프다는 두 사람 의견에 기를 쓰며 반대하면서 카페로 가자고 계속 우기는 세토야마가 왠지 귀여워 큭, 웃고 말았다.

"구로다, 너는?"

"응?"

세토야마가 내 쪽을 획 돌아보며 의견을 물었다.

"너도 패스트푸드 쪽이 좋은 거지?" 유코가 마치 유도하듯 내게 물었다.

"카페지? 너, 배고파? 배 안 고프지?" 또 세토야마가 물었다.

"너희들 강요하지 마. 구로다, 뭐 먹고 싶어?" 이번에는 요네다가 난감하다는 표정으로 물었다.

세 사람이 한꺼번에 묻는 바람에 "어? 응?" 난 다시 되묻기만 할 뿐이었다.

배는 고프지 않지만 패스트푸드점도 좋다. 하지만 내가 그렇게 말하면 세토야마가 양보해야 하는 상황이 벌어진다. 그렇지만 유코와 요네다는 배가 고프니까 뭔가 먹자는 건데. 어느 한 쪽으로 정하기가 어렵다.

어쩔 줄 몰라 망설이는 나를 가만히 바라보며 기다리는 모두의 시선이 따갑기만 하다. 이럴 때는 뭐라고 말하는 게 가장 좋을까.

"…햄버거도 단것도 파는 가게…, 같은 거 없으려나?"

그렇게 말한 순간, 세토야마가 크게 한숨을 내쉬었다. 유코와 요네다는 아무 말 없이 서로 바라보면서 생각에 잠겼다.

역시, 이런 대답은 안 되는 건가. '얘 뭐야?' 날 이렇게 생각할까? 어느 쪽을 선택하면 누군가는 포기해야 하니까 모두 만족할 만한 곳으로 가면 좋겠다고 생각한 건데, 어느 한 쪽을 꼭 짚어 선택하는 게 좋았으려나.

"자, 그럼 일단 걸어가면서 찾아볼까?"

"그러지 뭐."

유코와 요네다가 그렇게 말하며 걷기 시작했다. 가게를 먼저 정하는 건 단념하고 걸어가면서 적당히 골라보기로 한 모양이다. 내 탓에 일이 번거로워진 게 아닐지 불안해졌다. 하지만 "저기는 어때?", "비싸지 않아?" 지나치는 가게를 보면서 고르는 모습을 보니, 더 이상 언쟁하지 않게 된 건 다행이다. 다만 옆에서 걷는 세토야마는 불만 가득한 얼굴이었다.

"넌, 왜 그러는 거야? 네 의견이 없어? 먹고 싶은 거라든가 싫은 거라든가."

답답하다는 듯한 표정으로 세토야마는 내게 투덜투덜 핀잔을 주었다. 내 대답이 마음에 안 드는 모양이다. 유코와 요네다도 내 말에 동의한 건지 모르지만.

"그, 그렇게 물으면…. 누구에게 먹고 싶은 걸 참으라고 하기도 미안해서…."

"…너는 참아도 되는 거냐고!"

"딱히 참는다고 말할 정도가 아닌 걸. 모두 먹고 싶은 걸 파는 곳이 있으면 좋겠다 싶어서. 거기다가, 봐봐, 이럴 때 지금까지 몰랐던 가게를 발견할 수도 있고."

"대체 넌 어디까지 다른 사람에게 맞춰줄 생각인 거야?"

그런가? 어느 쪽이든 상관없다는 마음은 거짓이 아닌걸.

잘은 모르겠지만, 이럴 때 에리노라면 뭐라고 말할까. 우선 나 같은 대답이 아니라 확실하게 가게 이름까지 말하겠지. 그런 점은 역시 세토야마와 닮았는지도 모른다. 다만 에리노의 경우는 모두를 이끄는 느낌이 든다. 선두에 나서서 걷는다고 할까. 리더 역할이랄까. 자신이 확신하는 의견으로 모두를 이끌어 설득시키는 힘이 있다. 그런 면에서는 세토야마와 약간 다를지도 모른다.

"세토야마는 자기주장이 굉장히 강하네…."

"어? 뭐라고? 싸움 거는 거야, 너?"

"그, 그런 게 아니고! 좋은 의미로."

단어를 잘못 선택했다는 걸 깨닫고 당황해서 변명해 봤지만 세토야마는 "어차피 난 제멋대로니까." 어린아이처럼 부루퉁한 얼굴을 하고서 대답했다.

"세토, 저기는?"

앞서 걸어가던 요네다가 뒤를 돌아보며 한 곳을 가리켰다.

햄버거 마크가 붙어 있지만 체인점이 아니라 개인이 운영하는 듯한 가게였다. 가까이 다가갔더니 자그마한 간판이 있고 거기에 몇 가지 케이크와 파르페 사진도 있었다.

가격은 패스트푸드점보다 약간 비쌌지만 놀랄 정도의 금액은 아니다. 패밀리 레스토랑에서 식사를 주문하는 금액과 비슷하다. 지금 우리에게 딱 알맞은 가게다. 이 길을 처음 지나는 것도 아닌데 지금까지 몰랐다. 항상 어느 가게에 갈지 정하고 걸어가느라 못 보고 그냥 지나쳤나 보다.

간판에 붙어 있는 사진은 모든 메뉴가 맛있어 보여서 갑자기 배가 고파졌다.

"흐음, 좋은데."

"자, 그럼 여기로 하자. 햄버거도 단것도 파는 가게."

요네다와 유코가 먼저 들어가자 세토야마가 자그맣게 혀를 찼다.

왜 화가 난 거지?! 좋은 가게를 찾았는데!

쭈뼛거리며 세토야마를 보니 뚱한 표정이었다. 화가 났다기보다는 삐쳐 있는 듯했다.

"짜증 나."

"…어, 어째서?"

"결국 네가 말한 대로 됐잖아. 비겁해 너. 이런 식으로 결정하는 거."

무슨 말인지 모르겠네.

고개를 갸우뚱거리자 "대단하다고." 말하며 내 어깨에 툭, 손을 얹었다. 지난번 머리에 손을 올렸을 때도 생각한 거지만, 거리가 가깝달까, 뭐랄까. 사람에게 스킨십하는 게 버릇인가. 익숙하지 않아서 자꾸 어색한 반응을 하게 된다.

"들어가자."

"어, 응."

세토야마가 한 말의 의미를 잘 모르겠다. 하지만 아까까지 나한테 짜증 내던 감정은 어딘가로 사라져 버린 듯 "너 뭐 먹을래?" 아이처럼 밝게 웃으며 물었다. 말하는 것도 손을 대는 것도 순식간이지만, 감정도 곧잘 바뀐다.

세토야마의 손이 닿았던 어깨가 약간 뜨겁다.

결국 나도 세토야마도 맛있어 보이는 메뉴를 보자 배가 고파져 가벼운 식사를 했다. 마지막으로 디저트까지 다 주문하고서 잠시 시시한 잡담을 나눴다. 영화 이야기며 학교 이야기도 하고 얼마 안 있어 시작될 시험 이야기도 나왔다.

그래도 아직 집에 가기에는 이르다는 데 의견이 모아져 근처를 느긋하게 걷다가, 지나는 길에 있는 게임센터에서 시간을 보냈다.

뽑기 게임을 몇 가지 하고 2층으로 올라가 고등학생도 할 수 있는 메달 게임을 시작했다. 다 같이 메달 모양의 코인을 떨어뜨리며 한창 게임을 하는 중에 화장실에 가느라 잠시 자리를 비웠다. 돌아왔더니 세토야마밖에 없었다. 혼자 묵묵히 메달을 계속 투입하고 있었다. 요네다와 유코는 보이지 않았다.

"어라?"

"두 사람은 메달 게임 싫증 났다면서 어디론가 갔어."

세토야마는 혹시 나를 기다려 준 건가. 그렇게 생각했지만 내가 돌아와도 메달 게임을 계속했다. 움직일 마음이 없는 것 같았다. 세토야마를 혼자 두기도 뭣해서 멍하니 서서 세토야마의 손끝을 보는데 세토야마가 "앉지 그래?" 물으며 턱을 들어 옆자리를 가리켰다.

2인용 의자에 같이 앉기는 거리가 너무 가까워서 당혹스러웠다. 하지만 거절할 이유도 없어서 살짝 걸터앉았다. 어깨와 어깨가 닿을 것 같아 약간 거리를 두려고 몸 안의 근육을 사용했다. 어깨를 움츠리고 두 손을 꼬옥 마주 잡고서 자세를 반듯하게 폈다.

"…너, 의외로 대단해."

"뭐가?"

세토야마가 메달을 한 개 한 개 넣으면서 중얼거렸다. 대단한 건 500엔어치밖에 메달로 바꾸지 않았는데 어느새 메달을 두 배 이상 늘려놓은 세토야마다. 앞에 놓인 컵에는 80퍼센트 정도 메달이 쌓여 있었다. 메달 게임이, 이렇게 많이 늘릴 수 있는 거였구나. 계속 줄어드는 건 줄로만 알았다. 친구들과 다 같이 바꿨지만, 내 코인은 단 몇 분 만에 텅 비었는데.

"아까 말이야. 너의 그 두루뭉술하고 확실하게 말하지 않는 점, 그전에는 보면 짜증 났는데 아까는 대단하다 생각했어."

'아까라니, 뭘 말하는 거지?'

나를 보지 않은 채 말하는 세토야마를 보면서 기억을 더듬어

보았다. 혹시 음식점을 고를 때 이야기인 걸까.

"패스트푸드점 아니면 카페라는 선택지밖에 없었는데 중간을 선택해서 모두 자기가 좋아하는 걸 먹게 하는 방법이 있었다니. 너 대단해."

"그, 그게 뭐가 대단하다고 그래."

진심 어린 말투로 세토야마는 생각지도 못한 일을 칭찬했다.

"난 뭐든 당장 흑백을 가리고 싶어 하거든. 할머니도 자주 말했어. 제멋대로라고. 나, 구로다에게 자주 뭐라 했는데 미안하더라고."

세토야마가 시선을 돌려 나를 바라보고는 씩 웃었다. 그 모습이 너무 눈이 부셔서 무척 멋쩍었다. 이런 말을 들을 만한 일이 아니다. 분명 이번에는 어쩌다가 운이 좋았을 뿐이다. 어쩌면 그런 가게를 찾지 못할 가능성도 있었다.

요네다와 유코가 "찾아볼까?" 말해준 덕분이다. 사람에 따라서는 "뭐야 그 대답은." 화를 낼 수도 있다.

나는 다만 맞췄을 뿐이다. 어느 쪽도 선택하지 않고 망설였을 뿐이다.

"세토야마가 더 부러워."

자기 생각을 확실히 말로 하는 게 훨씬 대단한 일이야. 이런 식으로 내게 '대단해.' 말할 수 있는 세토야마가 훨씬, 훨씬 더 대단해.

'어느 쪽이든 좋다고 하면 누가 알겠어!'

전에 들었던 말이 떠올랐다. 그렇다. 자기 의견을 확실히 말로 하지 않으면 전달되지 않는다.

"제멋대로라고 하면 나쁜 뜻으로 들리지만, 나는 정말 부러운걸. 남한테 자기 생각을 전한다는 건 대단한 일이잖아. 말로 하지 않으면 전해지지 않아."

"…뭐야 그게."

세토야마는 잠시 생각하더니 의미를 알 수 없다고 말하고 싶은지 살짝 고개를 갸웃했다.

"난 내 의견을 말하지 못해서… 차였는걸."

자조하듯이 웃었다.

뭐가 더 좋냐고 물어보면 '어느 쪽이든 상관없어.' 대답하게 된다. 그런 식으로 계속 반복하다가 그게 원인이 되어 차이고 말았다. 그런데 여전히 같은 식으로밖에 하지 못한다. 나는 얼마나 나약하고 어중간한 사람인가.

떨어질 듯 떨어지지 않는 메달을 바라보면서, 선배의 얼굴을 떠올렸다. 내가 대답하면 선배는 늘 난감한 듯이 미간을 찌푸리고는 했다. 지금은 이렇게 떠오르는데 당시는 왜 알아차리지 못했을까.

"그야 그렇겠지." 웃어넘길 줄 알았지만 세토야마도 아무 말이 없었다. 둘이서 코인이 흘러가 떨어져 나오는 모습을 지켜보기만 했다.

"나, 주스 사 올 건데."

"…어? 아아, 응."

갑작스러운 말에 무시당한 기분으로 얼굴을 들었다. 세토야마는 아까와 별로 달라지지 않은 표정으로 메달을 계속 집어넣고 있었다.

"네 것도 사다 줄게. 콜라와 차, 어떤 게 좋아?"

"응? 어, 아니, 그게 어느 쪽, 이든."

"콜라랑 차 말고는 뭐가 좋아?"

"…뭐, 든지."

세토야마의 질문에 여전히 똑같은 방식으로 대답하는 내가 싫다. 이러면 안 된다는 걸 알면서도 늘 이런 식이다.

"알았어."

세토야마가 자리에서 일어나 자판기를 찾으러 갔다.

왜 갑자기 주스를 사러 간 걸까. 목이 많이 말랐던 걸까. 아직 세토야마를 잘 모르겠다. 평소보다 말수가 적고 내 쪽을 그다지 보지 않는 걸로 봐서 짜증이 난 걸지도 모른다.

왜 이렇게 나는 자기 의견을 말하지 못하는 걸까. 홍차라든가 말하면 좋았을걸. 차가 더 좋다고 고르면 됐잖아. 뭐든지 좋아, 어느 쪽이든 상관없다는 말이 거짓말은 아니지만 어느 한쪽을 고르는 일쯤 어렵지 않다. 그런데 왜 못하는 걸까.

"여기!"

몇 분이 지나 세토야마가 오른손에는 페트병에 든 콜라를, 왼손에는 캔을 들고 돌아오더니 왼손에 들고 있던 캔을 내게 건네주었다. 따듯한 캔을 받아 들고 상표를 확인했다.

"푸핫, 웬 단팥죽이야?"

"뭐든지 좋다며?"

"설마, 단팥죽은 생각도 못했어. 푸하하. 이런 게 있었어, 여기에?"

예상 밖의 선택에 웃음을 터뜨리자 세토야마는 의기양양한 표정을 지었다. 건물 안이 춥지도 않은데 설마하니 단팥죽을 골라오다니.

"푸하, 하, 고마, 워. 그러고 보니 캔에 든 단팥죽은 처음이야. 살짝 기대되는데."

킥킥거리며 캔을 흔들어 열었다. 한 모금 마셨더니 단맛이 입 안 가득 퍼졌다.

'캔에 담긴 단팥죽은 이런 맛이구나.'

나는 캔에 든 단팥죽을 천천히 맛보았다. 약간 목이 말랐지만 단팥죽은 이것대로 맛있는 것 같다.

"너는 뭐든지 좋은 거잖아."

"응?"

"뭐든지 좋다고 했으니 뭐든지 괜찮은 거잖아. 그러니까 불평하지도 않고 그걸 마시는 거고. 그걸로 된 거 아냐? 딱히 거짓말을 한 건 아니니까. 그것도 자기 의견이지."

내 쪽을 가리키면서 "그렇지?" 물으며 웃었다.

세토야마, 지금 나를 위로해 준 건가? 아까 한 말을 듣고 '그래도 괜찮다.'라고.

"뭐든지 좋다고만 하면 귀찮긴 하지만. 너도 나처럼 좀 더 제멋대로 해도 좋지 않을까?"

"후, 후후… 응."

"하지만 구로다, 넌 아마도 네가 생각하는 것보다 더 '자신감이 있는' 거 같아."

마지막 말이 무슨 뜻인지 잘 몰랐다. 하지만 세토야마가 이런 식으로 말해줘서 너무 기뻤다. 이런 말을 들은 적은 지금까지 한 번도 없었다. 단팥죽까지 달달하고 따듯해서 행복했다.

"고마워. 아, 돈…."

"돈은 됐어. 아, 하지만 생각은 좀 해봐."

"아하하, 응, 고마워."

여러 감정을 담아 고마움을 전하자 세토야마는 매우 다정다감한 얼굴을 보여주었다. 눈을 가늘게 뜨고 입꼬리는 올라갔다. 그리고 마지막으로 퐁퐁, 내 머리를 살짝 두드렸다.

집에 돌아와서도 세토야마의 그 표정을 잊을 수가 없다. 그 말이 잊히질 않는다.

'뭐든지 좋다고 했으니 뭐든지 괜찮은 거잖아.'

'그것도 자기 의견이지.'

내가 스스로 그렇게 생각하기는 어렵지만… 기뻤다. 생각한 걸 그대로 말로 해주는 세토야마라서 더욱더.

"고마워."

세토야마와 주고받는 교환 일기 노트를 쳐다보며 혼잣말로 중얼거렸다.

들릴 리가 없다. 그래도 말하지 않고는 참을 수 없다. 기쁜 마음이 계속 사라지지 않고 몸이 가볍다. 공중에 둥둥 떠 있는 기분이다. 세토야마의 웃는 얼굴과 말을 머릿속에서 수도 없이 떠올려 보았다. 그때마다 절로 웃음이 배어 나왔다.

생각보다 더 솔직하고, 생각보다 더 잘 웃는다. 그리고 무척 자상하다. 얼마 전까지 나와는 인연이 없는 사람이라고 생각했는데 접점이 생겼다는 이유만으로 이렇게 인상이 달라졌다.

더 이야기를 해보고 싶다. 세토야마의 그 솔직함을 느끼면서 웃고 싶다. 스스럼없이 취미에 관해서 이야기할 수 있고 불평을 들어도 웃을 수 있는 사람.

'영화 재밌었어.'

그런 답장을 쓰고 싶어졌다.

만약 또 세토야마와 영화를 보러 갈 기회가 있다면 분명, 어떤 영화를 볼지 그런 주제로 대화를 나누게 되겠지. 세토야마가 이것과 저것, 어떤 게 좋냐고 물으면 나는 또 고르지 못할 거다. 하지만 세토야마는 불평하면서도 그 마음을 그대로 받아들여 주지 않을까.

내 멋대로 내가 원하는 상황을 상상해 본다.

'다음에 같이 영화 보러 가자.'

그런 말을 노란색 펜으로 조그맣게 쓰고, 피식 웃으면서 검은

색 펜으로 그 위에다가 그림을 그려 글자를 감췄다.

"거짓말이야."

그런 말을 할 수는 없으니까. 알고 있다. 노트 안에서 '나'는 '에리노'여야 한다. 이 노트를 받아 든 세토야마는 분명 에리노가 한 말이라고 믿고 페이지를 넘기겠지. 나한테 보여주는 것과는 다른 미소를 띠고.

그렇게 상상하자 가슴이 콕콕 따끔거리며 아픈 건, 거짓말을 하고 있어서다.

3장

분홍빛, 마음

방송반

현실과 거짓말,
그 사이 어디쯤

- 문과반은 평소 몇 시에 끝나?
  집에 갈 때 좀처럼 못 보겠어서.

  참, 어제
  여동생이 남친이 생겼다는 소릴 해서 당황했어.

- 문과반은 보통 6교시가 끝나면
  바로 돌아가.

  진짜? 벌써 남자 친구가 있어?
  초등학교 4학년이랬지?

요즘 애들은 빠르네.

오빠가 쓸쓸할 것 같아.

- 쓸쓸하지 않거든!

그런데 남친 자랑하는 게 짜증 나.

그리고 요전번 곡 외에

이 곡도 틀어달라고 해줄래?

너 CD 갖고 있어?

정말 좋아하는구나.

점심시간에 신청곡함에서 교환 일기를 꺼내 세토야마의 답장을 보며 생각했다. 답장에 쓰인 아티스트의 곡을 보면 데스메탈을 진심으로 좋아한다는 걸 알 수 있다. 어떤 곡이라도 전부 CD를 갖고 있으니 틀어줄 수 있다. 선생님에게 또 잔소리를 들을지도 모르지만. 그럼 뭐 어때!

그러고 보니 세토야마가 생각하는 에리노는 데스메탈을 좋아하는 걸로 되어 있지. 내가 어떤 답장을 보냈는지가 떠오르지 않아 페이지를 앞으로 넘겨 확인했다.

그동안 꽤 주고받은 대화가 많아서 벌써 한 권이 거의 다 채워졌다.

이 노트에서 나눈 대화가 현실인지 거짓말인지, 알 수가 없다. 데스메탈을 좋아한다며 열을 올리기도 하고 영화 이야기도 했다. 학교와 가족 이야기도.

"너무 즐거워…."

알고 있다. 지금 나는 세토야마와 나누는 대화를 즐긴다는 걸. 헛된 일이라고 수도 없이 나 자신에게 이르는데도 질질 끌면서 계속하는 중이다. '학생회 일도 꽤 힘들어.' 같은 거짓말을 쓰고는 '데스메탈은 이런 점이 좋아.' 솔직한 말도 전한다. 뭐가 진짜고 뭐가 거짓말인지, 나도 헷갈린다.

게다가 세토야마와 만나서 한 이야기까지 뒤섞여 더욱 혼란스럽다. 무심코 교환 일기로 주고받은 이야기를 만나서 말로 할 뻔한 적도 많았다.

"아, 구로다!"

등 뒤에서 세토야마의 목소리가 들려와 당황해서 교환 일기를 주머니 속에 얼른 넣었다. 아니, 내가 꺼낸다는 걸 아니까 들킨다 해도 상관은 없지만 능청스럽게 넘어갈 자신이 없다.

"마침 여기 있었네. 잘됐다!"

"…뭐, 뭐가?"

날 찾았는지 쿵쾅대며 뛰어왔다. 마음을 진정시키고 세토야마가 다가오기를 기다렸더니, 오자마자 어깨를 꽉 움켜잡았다.

"너!"

너무도 무서운 표정을 보자 식은땀이 솟구쳤다.

왜 이러지? 화난 거야? 혹시, 들통났나? 왜?

"영어, 잘한다고 했지?"

"…미안해…! 응?"

반사적으로 사과했지만 세토야마의 질문에 '응?' 되물으며 고개를 갸우뚱했다.

"뭘 사과하는 거야, 너. 나한테 뭘 했는데?"

"어, 아, 아니. 그냥. 그런데 영어? 영어가 왜?"

"그래, 너 말이야. 영어 잘한다고 했지?"

영어는 확실히 잘하긴 하지만… 느닷없이 왜 그런 걸 묻는 건지 알 수가 없다.

"으, 응…." 대답하자 "부탁이야!" 세토야마가 머리를 숙였다.

"나 공부 좀 가르쳐줘."

왜?

세토야마는 멀뚱거리고 서 있는 나를 보며 초조한 듯 말을 이어갔다.

"이번 시험에서 낙제 점수 받으면 보충 학습을 받아야 한대. 진짜 큰일 났어!"

그러고 보니 교환 일기에서도 영어 쪽지 시험에서 낙제 점수를 받았다고 했지.

중간고사와 기말고사에서 두 번 다 낙제 점수를 받으면 겨울방학 때 보충 수업을 받아야 한다고 누군가에게 들은 것 같다. 그렇다면 중간고사에서도 낙제점을 받은 건가? 정말로 영어를 못하나 보다. 보충 수업은 연말연시를 빼고 매일 아침부터 저녁까지 꼬박 받아야 한다. 당연히 그건 피하고 싶지. 필사적으로 눈앞에서 양손을 맞잡고 애원하듯이 머리를 숙인 세토야마를 보고 있자니 거절할 이유를 찾을 수가 없었다. 다행히 영어만은 잘한다. 다른 사람을 가르쳐 본 적이 없어서 잘할 수 있을지 자신은 없었지만 할 수만 있다면 도와주고 싶다.

"…괜찮, 긴 하지만."

"정말?! 살았다! 정말 고마워. 아, 그러면 어떻게 할까? 아, 휴대폰 메일 주소 알려줘."

"어? 뭐?"

이야기를 나누는 도중에 수업 시작을 알리는 예비 종이 울려서, 초조해하는 세토야마를 따라 덩달아 나도 약간 패닉 상태에 빠졌다. 휴대폰을 손에 들고 메일 주소를 알려달라고 재촉하는 바람에 내 휴대폰을 찾았지만 교실에 두고 왔다는 데 생각이 미쳤다.

"자, 그럼, 아, 이거. 여기다 써줘. 나중에 메시지 보낼게."

"어, 응."

세토야마는 주머니를 뒤적여 구깃구깃해진 영수증과 볼펜을 건네주었다. 거기에 우선 내 메일 주소를 적었다.

"나중에 연락할게!"

허둥대며 교실로 돌아가는 세토야마의 뒷모습을 멍하니 바라보다가 나도 황급히 교실로 뛰어갔다.

…뭐지 이게, 대체. 아니, 공부를 가르쳐 달라는 건 알겠는데.

어째서 나지?

일단 받아들였으니 할 수 있는 범위 안에서 해보는 수밖에 없다. 다음 주부터 기말고사가 시작되니까 나도 복습하는 셈이 되지 않을까.

세토야마가 휴대폰으로 메시지를 보내온 건 다음 수업을 하고 있을 때였다.

'우리 7교시까지 있지만, 너 오늘 시간 괜찮아?'

'괜찮아. 도서관에서 공부하고 있을게. 끝나면 그대로 도서관에서 할래?'

'저녁 늦게까지 여동생이랑 할머니 두 사람만 집에 있는 게 걱정되어서 그러는데, 우리 집에서 해도 괜찮을까?'

메시지를 읽고 너무나 놀랐다.

집…이라니, 세토야마네 집, 말이지. 잠깐, 세토야마의 집에서 공부를 하자고? 뭐? 왜!

아무래도 그건 곤란하다. 아니, 공부하는 것뿐이니까 아무것도 곤란할 건 없다. 하지만 남학생 집이라니 긴장할 수밖에 없다. 아니, 아니다, 긴장할 것도 없지만. 공부하는 것뿐이니까. 게다가 세토야마는 에리노를 좋아하고 난 그걸 알고 있다.

…아니, 하지만 말이 안 되지!

뭐라고 답을 해야 좋을지 몰라서 수업을 듣는 둥 마는 둥 하고 메시지 화면만 가만히 들여다보았다.

'알았어.'라고 쳤다가 지우고 '집은 좀….'이라고 쳤다가 또 지우기를 반복했다. 왜 '나'와 세토야마의 메시지인데 답장하는데 골머리를 앓아야 하는 걸까.

하지만 집 외에 공부할 장소가 있을지 생각해 보면 그것도 마땅히 떠오르는 데가 없었다. 곰곰이 생각하니 도서관에서 하게 되면, 시험 전이라 평소보다 많은 사람이 도서관을 이용하기 때문에 둘이서 공부하는 모습을 다른 사람들이 보게 된다. 그러면 아무 근거도 없는 소문이 퍼질지도 모른다. 그건 정말 피하고 싶다. 더구나 호기심 가득한 눈으로 쳐다보기라도 하면 침착하게 공부할 수도 없다. 역 앞에 패스트푸드점이 있지만 오래 앉아 있으면 폐가 될뿐더러 누군가 보면 더 큰 문제다. 도서관도 패스트푸드점도 적합하지가 않다.

게다가 긴장이 된다는 이유로 집에서 하기를 거절하는 건 내가 너무 내 생각만 하는 게 아닐까. 그러고 보니 어머니가 안 계셔서 여동생을 돌보고 있다고 했다. 그래서 동아리도 그만뒀을 정도다. 한참을 고민하다가 '알았어, 그럼 도서관에서 기다릴게.' 답장을 보냈다.

"어라? 노조미, 집에 안 가?"

"아, 응. 볼일이 좀 있어서."

종례 시간이 끝나고 가방을 든 에리노가 내 자리 앞에서 말을 걸어왔다. 평소 같으면 나도 같은 타이밍에 자리에서 일어나지만 오늘은 아직 돌아갈 준비도 하지 않고 있으니 이상하게 여겼을 거다.

어물쩍 대답하자 에리노가 "뭔데?" 바로 물었다.

"어, 그게, 도서관에서 공부, 할까 하고."

"혼자서?"

"…아니, 저, 친구랑."

눈동자가 흔들리는 게 스스로도 느껴졌다. 이런 수상쩍은 동작은 에리노에게 어서 캐물으라고 말하는 거나 다름없다.

"누구랑?"

눈을 반짝이는 에리노에게서 시선을 거두고 "치, 친구." 한 번 더 대답했다. 아까보다 목소리가 작아졌다. 그리고 물론 그런 대답에 에리노가 수긍할 리도 없다.

"누, 구, 랑?"

"어, …그러니까."

에리노는 궁금하면 참지 못하는 성격이다. 야노 선배와 사귀기로 했을 때 아무한테도 말하지 않았는데 내 행동거지가 평소랑 다르다는 걸 바로 눈치채고는 추궁하는 바람에 다 털어놓고 말았다.

하지만 에리노는 내가 아직도 세토야마를 좋아한다고 약간 의심하고 있다. 여기서 세토야마의 이름을 꺼내면 에리노의 오해가 한층 더 깊어지겠지.

"그렇게 숨길 게 뭐 있어? 혹시 남자 친구 생긴 거야?"

반짝반짝 눈을 빛내는 에리노에게 필사적으로 "친구라니까." 부정했다.

"그럼 좋아하는 사람?"

"…아, 아니야! 치, 친구."

어째서 그렇게 되는 거지?

한사코 부정했더니 에리노가 "에이, 뭐야!" 불만스러운 표정을 지었다. 실망해도 어쩔 수 없어. 정말로 아무것도 아닌걸.

"노조미가 하도 싱글벙글 웃어서 좋은 일이라도 있는 줄 알았는데!"

…싱글벙글?

어리둥절해서 에리노를 올려다보았더니 에리노가 피식하고 웃었다.

"그래, 오늘은 이 정도로 해두지. 나중에 꼭 말해줘! 노조미는 신비주의니까."

더 이상 물어도 소용없다고 생각한 모양이다. 단념한 에리노는 웃으며 내게 손을 흔들고는 교실에서 나갔다.

…싱글벙글?

두 손을 뺨에 대고 가볍게 어루만져 보았지만 어떤 표정을 하고 있었는지 알 길이 없다.

설, 마. 싱글벙글하고 있었다니, 마치 기대하는 것 같잖아. 그럴 리가 없다. 그저 공부하는 것뿐이다. 게다가 세토야마는 내가 아닌 에리노를 좋아하니까, 우리는 아무 사이도 아니다.

그럼 나는 세토야마를 어떻게 생각하는 거지? 문득 그런 의문이 들어 내 뺨을 찰싹찰싹 때렸다.

무슨 생각을 하는 거야. 세토야마는 에리노를 좋아하고 나는 우연히 알게 된 친구 중 한 사람일 뿐이다.

어금니를 꽉 물고 가슴이 답답해지는 걸 느끼지 않으려고 애썼다.

좋아해도 소용없는 일이다. 그러니 좋아하게 될 리가 없다. 설령 생각 외로 말이 잘 통한다 해도. 뭐든지 말로 하는 솔직함이, 질투에서 동경으로 바뀌었다고 해도.

내게 보여주는 미소가 다정하다고 해도.

도서관은 생각한 대로 평소보다 사람이 많았다. 입구 근처의 서가 안쪽으로 가서 비교적 눈에 띄지 않는 자리를 찾아 앉았다. 세토야마가 올 때까지 한 시간 정도 남았다. 그동안 공식을 몇 가지 외워두려고, 어렵기만 한 수학 교과서를 꺼내 들여다보았지만 마음이 진정되지 않아 조금도 머릿속에 들어오지 않았다. 언제 올까 싶어 수시로 입구 쪽을 쳐다보았다.

가뜩이나 긴장하고 있는데 '좋아하는 사람?'이라고 묻는 에리노의 말이 잊히질 않아 더욱더 의식하게 된다. 아닌데, 아닌데.

"뭐해? 수학?"

"…으앗, 깜짝이야."

"너, 늘 멍하니 있더라."

갑작스러운 목소리에 고개를 드니 주머니에 손을 찔러 넣은 세토야마가 나를 내려다보고 있었다.

"아무튼, 가자고."

그렇게 말하고 몸을 돌린 세토야마를 뒤쫓으려, 서둘러 가방을 챙겨 일어났다.

이제 세토야마의 집으로 간다고 생각하니 또 바짝 긴장되었다. 야노 선배와 사귈 때도 집에 가본 적은 없다. 남학생 집에 가다니 태어나 처음이다.

"여동생이 귀찮게 굴지도 몰라."

"아, 응. 괜찮아."

오히려 둘만 있는 상황이 더 난감하다. 잔뜩 긴장했던 마음을 감추려고 실실 웃다가 세토야마에게 "너 이상해!"라는 말까지 들었다.

도서관을 나가려는데 입구에서 마침 들어오는 사람과 살짝 어깨가 부딪혔다.

"아, 죄송합니다."

반사적으로 사과하면서 얼굴을 들었더니 야노 선배가 놀란 표정을 하고 있었다. 그 옆에는 전에도 함께 있던 선배의 여자 친구가 서 있었다. 선배도 나도 거의 동시에 시선을 돌려 외면한 채 가볍게 고개를 끄덕여 인사하고는 선배의 여자 친구와 눈이 마주치지 않도록 쓰윽, 스쳐 지나갔다.

"무슨 과목부터 공부할까?"

"아, 수학이나 화학 어때? 뭐가 더 좋아?"

"난 수학이 좋아."

등 뒤에서 들려오는 두 사람의 대화에, 나 같았으면 '어느 쪽이든 좋아.'라고 대답했겠지 싶었다.

"…구로다?"

"어?"

"…미간 찌푸리니까 아주 못생겼어."

날 부르는 소리에 얼굴을 돌리자 세토야마가 내 이마를 손가락으로 가리키며 웃었다. 엉겁결에 손으로 이마를 가렸더니 더 큰 소리로 웃었다. 세토야마의 웃는 얼굴을 보자 왠지 마음이 가벼워졌다.

역까지 걸어가 전철을 탔다. 내가 늘 내리는 역을 그대로 지나쳐 10분 정도 더 가서, 우리 동네 역보다 큰 역에 내려 버스로 갈아탔다.

버스 정류장에서 몇 분 더 걷자 세토야마의 집에 도착했다. 지은 지 50년은 족히 넘어 보이는, 낡고 큰 목조 건물로 된 단독 주택이었다.

"다녀왔습니다!"

"어서 와!!!"

열쇠로 문을 열고 세토야마가 집에 들어서자 활달한 목소리가 들리면서 동시에 타닥타닥 뛰어오는 발소리가 들렸다. 불쑥,

세토야마의 등 뒤로 얼굴을 내밀어 엿보았더니 작은 여자아이가 환하게 웃으며 세토야마를 맞이했다.

이 아이가 초등학교 4학년이라는 여동생이구나. 상상했던 모습보다 더 귀여워서 꽉 안아주고 싶어졌다. 세토야마와 달리 눈이 꽤 크다. 하지만 콧날이라든가 입매는 꼭 닮았다. 까맣고 윤기 나는 머리카락도 똑같다. 그 머리카락을 양쪽으로 높이 올려 묶었다. 양 갈래 머리가 무척이나 잘 어울린다.

"자아, 손님이 있으니까 조용히!"

"손님? 오빠 손님이야?"

고개를 옆으로 빼고 쳐다보는 여동생과 시선이 마주쳐서 당황했지만 "실례할게요." 머리를 숙여 인사했다.

"어라! 오빠 여자 친구야?"

"아니야, 친구."

"할머니! 오빠가 여자 친구 데려왔어!"

"내 말 들은 거냐? 제발 흥분 좀 가라앉히고!"

여동생은 눈을 반짝이며 요란스럽게 안쪽으로 뛰어 들어갔다. 세토야마의 목소리는 전혀 귀에 들어오지 않는 모양이다. 동생의 그 모습을 보면서 세토야마가 "못 말려." 한숨을 내쉬며 중얼거렸다.

"저, 저기…."

"아, 저 녀석, 어수선해서 원. 신경 쓰지 않아도 돼. 내가 집에 친구를 데려오는 일이 드물다 보니까 신이 난 거 뿐이야."

'친구'와 '드물다'는 표현에 아무 말도 할 수가 없었다. 기쁜 건지 슬픈 건지 잘 모르겠다. 이런 감정을 느끼는 까닭을 알 수가 없다. 긴장해서 이상해진 건가?

세토야마가 신발을 벗고 올라가자 범무늬 고양이가 세토야마의 발밑으로 바짝 다가왔다. 예쁘게 생긴 고양이는 "냐옹!" 자그마한 목소리로 울면서 주변을 알짱알짱 걸어 다녔다. 오렌지색의 유리구슬 같은 눈망울을 흘낏 내게 보내며 "누구야?" 묻는 듯한 표정을 지었다. 무척 사람을 잘 따르는 고양이인지 경계심을 드러내지 않았다.

"얘는 고양이 조."

"진짜 귀여워. 좋겠다. 전에 고양이랑 개가 있다고 했지?"

"…아… 개는 마당에 있어. 허스키인데 이름은 라리야."

시베리안 허스키구나. 멋있겠네. 나중에 보러 가고 싶다.

쭈뼛거리며 조에게 손을 내밀자 도망치지 않고 킁킁, 냄새를 맡기에 머리를 쓰다듬었더니 기분이 좋은지 눈을 스윽, 감으며 좋아했다. 세토야마가 훌쩍 안아 쓰다듬자 그릉그릉, 골골송을 불렀다. 세토야마를 잘 따르는 모양이다.

세토야마가 "들어가자." 하기에 신발을 벗고 마루로 올라섰더니 끼이익, 삐걱거리는 소리가 났다. 나를 환영해 주는 듯했다고 하면 너무 나 좋을 대로 해석하는 걸까.

"어서 와요."

나긋한 목소리가 들려와 고개를 들어보니 휠체어에 앉은 할머니가 내게 미소를 보여주었다. 그 등 뒤에서 여동생이 호기심 가득한 눈으로 흘끔흘끔 나를 보고 있다.

"아, 네! 아, 실례하겠습니다. 구로다 노조미입니다."

"몸이 이래서 변변히 대접도 못하지만 천천히 있다 가요."

할머니가 방긋 웃으며 내 손을 잡아주었다. 작지만 무척 부드러운 손이다.

"그런 걱정은 마세요, 감사합니다."

"할머니, 우리 신경 쓰지 않아도 돼요. 공부할 거니까."

"여자 친구지? 온다고 미리 말해줬으면 케이크라도 사뒀을 텐데."

"아…그게, 아니에요. 어쨌든 위에서 공부할게요."

할머니를 향해 한 번 더 고개를 꾸벅 숙여 인사하고 계단을 올라가는 세토야마의 뒤를 따라 올라갔다.

…여자 친구라니. 어쩐지 겸연쩍다. 이상하다. 날 여자 친구로 착각하다니. 여동생의 호기심 가득한 눈망울과 할머니의 상냥한 미소를 떠올리자 웃음이 나왔다.

"어질러져 있어서."

2층 맨 끝이 세토야마의 방인가 보다. 오래된 집이어서인지 미닫이문으로 된 방은 네 평이 조금 못 되는 일본 전통 다다미 방이었다. 옆방과는 후스마*로 나뉘어져 있다. 여동생 방인가?

---

* 나무틀을 짜서 양면에 두꺼운 헝겊이나 종이를 바른 여닫이문.

조금 의외였다. 게다가 별로 어질러져 있지도 않다. 낮은 매트리스 침대와 심플한 책상이 놓여 있고 옆면 책장에는 잡화와 책이 가득 들어차 있었다. 커다란 텔레비전에 헤드폰, 그리고 스피커와 가지런히 꽂힌 CD. 여기서 느긋하게 데스메탈을 듣는 걸까.

세토야마는 "읏차!" 소리를 내며 벽장 안에서 작은 사각 테이블을 꺼내 다리를 펼치고는 방 한가운데 내려놓았다. 옆에 있던 심플한 모양의 방석 두 개를 툭툭 내려놓더니 "앉아." 권했다.

코트와 가방을 옆에 내려놓고 찬찬히 앉았다. 어디서부터 시작하면 좋을지 영어 교과서를 꺼내 페이지를 넘기고 있는데 세토야마가 구석에서 살금살금 뭔가 하더니 내 앞으로 와 앉았다. 그리고 안경 케이스에서 검은 테 안경을 꺼내 썼다.

"안경 써?"

"어? 응. 평소에는 콘택트렌즈를 끼는데 눈이 너무 건조해서 집에서는 안경 써."

평소와 다른 분위기에 더욱 긴장되어 떨리는 마음이 도통 진정되지를 않았다. 게다가 검은 테 안경이 사람을 더 멋있게 하는 건지 못내 마음이 뒤숭숭하다.

"너네는 영어 시험 범위가 어디서부터 어디까지야?"

"아, 잠깐만. 아, 여기다. 124쪽부터 157쪽."

"우리랑 같네. 다행이다."

아, 이과반도 범위가 같구나. 그럼 나도 시험공부가 되니까 마침 잘됐다.

공부를 시작하기 전에 돌아갈 시간을 정한 다음 휴대폰 알람을 맞췄다.

예문을 함께 해석하면서 단어와 문법을 설명해 주었다. 영어는 거의 암기인데 이렇게 설명해서 이해가 될지 불안했지만 세토야마는 진지한 표정으로 귀를 기울였다.

"아, 알았다. 그렇구나!"

환하게 밝아지는 세토야마의 얼굴을 보면서 안도감이 들기에 앞서 가슴이 크게 고동쳤다.

그 미소는 반칙이다. 평소보다 훨씬 아이 같고 해맑은 웃음이어서 어른스러워 보이는 검은 테 안경과는 약간 어울리지 않았다. 그 간극이 한층 더 미소를 눈부시게 했다.

"왜 그래?"

"아, 아무것도 아냐."

세토야마가 너무 가까이서 내 얼굴을 들여다보기에 몸을 뒤로 휙 빼는데 그때 콩콩, 문을 노크하는 소리가 들렸다.

"실례할게요."

세토야마의 여동생이 문을 열고 얼굴을 빼꼼히 내밀었다. 쟁반을 손에 들고 발그스름한 얼굴로 방에 들어왔다.

"왜?"

"차 가져왔어. 구로다 언니, 홍차 괜찮아요? 과자는 이런 거밖에 없지만…."

약간 수줍은 듯이 말하면서 잔에 든 홍차와 과자를 책상에 내려놓았다.

과자는 낱개로 포장된 팥만주였다. 이 또래 여학생이라면 아마도 예쁜 케이크나 쿠키를 좋아하겠지.

"고마워. 나, 팥 엄청 좋아해."

"다행이다. 아, 전 세토야마 미쿠예요."

"미쿠구나. 잘 부탁해."

미쿠는 뺨을 볼그스레 물들이면서 수줍어했다. 웃는 얼굴이 너무 귀여워서 나까지 가슴이 설렜다. 분명 학교에서는 아이돌급으로 인기가 많을 거야.

"이제 그만 됐어, 미쿠. 공부에 방해되거든."

"에이, 뭐 어때. 잠깐 있는 건데! 그리고 궁금하잖아, 오빠 여자 친구 처음이라."

세토야마가 방해된다고 손을 휘익, 저으며 내보내려 하자 미쿠는 부루퉁해졌다.

"그럼 잠시 휴식 시간 할까? 적당히 쉬지 않으면 집중력이 떨어진대. 조금만 수다 떨자."

티격태격하는 두 사람 사이에 끼어들어 "그러는 게 어때?" 묻자 활짝 꽃이 피듯이 미쿠의 얼굴에 가득 웃음이 번졌다. 반대로 세토야마는 어이가 없다는 듯이 어깨를 한 번 으쓱했다.

"그런데 언니랑 오빠는 누가 먼저 고백한 거야?"

"뭐어…? 아니 그게."

처음부터 예상치 못한 질문을 하는 바람에 흘낏 세토야마를 보면서 도와달라는 눈짓을 보냈다.

"몰라. 구로다 네가 책임져!"

"아니, 왜!"

"네가 쉬자고 했잖아. 내가 이렇게 될 줄 알았다니까."

…너무해! 혼자 팥만주를 먹으면서 모른 척하다니. 그야, 내가 휴식 시간을 갖자고 말하긴 했지만. 이렇게 티 없이 맑은 눈으로 진지하게 바라보는데 '사귀는 거 아냐.' 솔직히 말해도 괜찮은 걸까. 실망시키는 건 아닐까. 그렇다고 거짓말을 하는 건 꺼려진다.

"미쿠는, 음 그러니까 남자 친구 있어?"

머리를 굴리다가 일단 화제를 돌리는 방법을 써보았다.

"응, 지난주에 고백을 받았어. 그런데 그 후로는 전혀 이야기를 못해서…."

다행이다. 질문을 잘 피해 간 데다 다른 화제로 옮겨갔기에 안심하면서 요즘 초등학생들은 대단하다고, 새삼 실감했다. 초등학생들이 이성을 사귀는 게 지금은 흔한 일인가? 나 때는 중학생도 사귀는 일이 드물었는데.

"부끄러워서 말을 잘 못하겠어…. 메시지로는 잘하는데."

요즘 초등학생들은 휴대폰도 갖고 있구나.

"오오!" 아니면 "그래?" 바보처럼 맞장구치면서 미쿠의 고민을 들어줬다. 사귀기로 한 건 좋았는데 의식하다 보니 부끄러워 말도 잘 못하겠고, 사귀기로 한 다음에는 두 사람만 있을 기회도 좀처럼 없어서 고민이라고 했다. 나한테 상담을 청했는데 정작 내가 더 경험치가 낮은 듯하다.

"나도 그래."

"…정말? 오빠랑도 그랬어요? 그럼 좀 있으면 오빠랑 언니같이 친해지는 거야?"

"…아, 응, 그게. 아하하하하."

당황스러운 웃음이 나왔지만 미쿠는 만족스러운지 기뻐하며 "고마워요." 대꾸하더니 자리에서 일어났다.

"방해해서 미안해. 그럼 공부 열심히 해!"

결국 마지막까지 오해를 풀지 못했지만, 괜찮으려나. 이야기를 나눈 건 몇 분밖에 되지 않았는데 오랫동안 이야기한 기분이 들어 후우, 숨을 내쉬었다. 휴식을 취하려 한 건데 공부보다 훨씬 더 머리를 썼다.

"아, 세토야마, 중단해서 미안해."

"괜찮아. 미쿠도 좋아하던데."

그 대답이 왠지 진짜 오빠 같네. 이러니저러니 해도 세토야마는 참 다정다감하다. 그렇지 않으면 미쿠가 이렇게 오빠를 잘 따르지 않겠지. 교환 일기에도 여동생이 남자 친구 자랑을 많이 한다고 하더니, 무척 사이가 좋은 모양이다.

다시 공부하려고 교과서를 펼쳐놓고 세토야마가 문제 푸는 모습을 바라봤다. 원래 머리가 좋은 사람 같다. 조금 설명해 줬을 뿐인데 시간은 좀 걸렸지만 정답을 쓰고 있다. 도움이 되어서 다행이다 싶어 안심하면서도 약간 무료해졌다.

"왜?"

"…영어 배우는 대신에 내가 수학 가르쳐줄까?"

"어? 정말?"

몸을 앞으로 내밀고 솔깃해하는 내게 세토야마가 조금 놀라더니 "좋아." 대답하며 웃었다.

"도서관에서 수학책 보고 있길래 혹시 못하나 싶었는데, 진짜 못하는구나."

"수학은 잘 모르겠어. 숫자가 나열된 걸 보면 머리가 지끈거리며 아프거든."

"쉬운데. 그럼 넌 수학 공부를 하면 어때? 모르는 게 나오면 물어봐. 나도 모르는 거 있으면 물어볼게."

전부 모른다고 말하면 놀라겠지. 하지만 세토야마 옆에서 함께 영어 공부를 하기보다는 효율적이다.

나는 수학 교과서와 문제집을 펼쳤다.

삐삐삐!

휴대폰 알람이 울려 둘 다 얼굴을 들었다.

"아, 벌써 일곱 시 반이네."

"그럼, 난 이만 가볼게."

생각보다 집중해서 공부했는지 눈 깜짝할 사이에 시간이 훌쩍 지나 있었다. 혼자 공부할 때보다 훨씬 잘되는 듯했다. 혼자 공부할 때는 모르는 게 나오면 금세 노트를 덮어버리는데 세토야마가 눈앞에 있으니 바로 물어보고 배울 수 있는 데다, 세토야마가 집중하면 나도 딴짓할 생각이 들지 않는다.

가방 안에 교과서를 집어넣자 세토야마가 "버스 정류장까지 바래다줄게." 말하며 함께 따라나섰다.

"아냐, 괜찮아. 버스 정류장까지 가는 길 기억해 뒀어."

"내가 바래다준다는데 뭘 그래!"

"하지만," 사양하려 말을 꺼냈지만 내 말을 가로막듯이 세토야마는 재빨리 방을 나갔다.

"미쿠, 문 잠가. 누가 벨 눌러도 열어주지 말고."

"알았어. 언니, 바이바이."

"고마워, 또 보자."

내가 가려는 걸 알고 미쿠와 할머니가 현관까지 나와서 배웅해 주었다. "또 언제든 놀러 오렴." 그 이야기를 듣는데 기뻐서 할머니에게 나도 "네! 또 올게요." 대답하며 웃고 말았다. 그렇지만 아무리 생각해도 '여자 친구'라고 생각한다는 사실에 미안한 마음이 앞섰다.

괜찮은 건가. 오해받은 채로 그냥 있어도.

버스 정류장까지 걸어와 다음 버스가 10분 후에 온다는 걸 확인하자 세토야마는 벤치에 앉았다. 버스가 올 때까지 같이 기다려 줄 모양이다. 가만히 앉아 있는데 체온이 쑥쑥 내려갔다.

차가운 바람이 불어 나무들이 버석버석 소리를 냈다.

"그런데 말이야, 아까 할머니랑 미쿠가 오해해서…."

"뭐, 상관없잖아? 내일도 올 거지? 매일 오면 어차피 무슨 말을 해도 안 믿을 거고."

당황해서 묻자 세토야마가 아무렇지도 않게 대답했다.

"그런가?"

그렇게 말하고 나서 순간 몸이 굳어졌다.

…내일? 어어, 내일? 그보다 매일?

"표정이 왜 그러냐? 그야 당연하지. 내가 하루 만에 낙제점을 면할 정도로 머리가 좋은 사람도 아니고. 너도 수학 그 정도 실력으로는 안 되잖아."

하긴 대부분의 문제를 세토야마가 가르쳐주었다. 하지만 시험 때까지 매일 함께 공부할 거라고는 미처 생각하지 못했다.

"집에서 하면 아무래도 구로다가 좀 불편할 것 같아서 미안하지만, 밤에 할머니랑 미쿠만 둘 수 없어서 그래. 할머니는 몸도 불편해서 만약 무슨 일이라도 생기면 미쿠 혼자서 어떡해. 주말에는 아버지가 있으니 괜찮지만 평일은 좀 그렇거든."

하긴 최근에는 뒤숭숭한 사건도 많다. 몸이 불편한 노인과 초등학생 여자아이만 있으면 걱정이 되는 건 당연하다. 동아리 활동을 그만둔 까닭이 집안일을 하기 위해서라고 했지만 가장 큰 이유는 이러한 걱정 때문인지도 모른다. 동아리에 들어가면 아무리 빨라도 집에는 저녁 8시가 넘어야 돌아올 테니까.

"나, 참는 걸 굉장히 싫어해서 생각한 건 다 말해야 하고, 내 마음대로 하는 성격이라 동아리 그만둘 때도 정말 싫었거든."

세토야마가 하는 말에 가만히 귀를 기울였다.

"아버지한테 수없이 대들었지만 그때마다 할머니가 날 감싸줬어. 저 불편한 몸으로. 미쿠는 눈치를 보기 시작했지. 저 나이에 학교 끝나면 친구들이랑 놀고 싶을 텐데도 매일 바로 집으로 오는 거야. 그래서 나도 절반은 자포자기하는 심정으로 축구를 그만뒀어. 이제 포기했지만 가끔씩 왜 내가 참아야 하는지 불쑥, 억울한 마음이 들 때가 있어."

그리고 내 쪽을 바라보았다. 가로등 불빛이 세토야마의 얼굴을 비추고 있어 순간 '아, 반듯하고 정갈하구나.' 생각했다.

"그럴 때 구로다가 지금은 무리일지 모르지만 나중에 또 할 수 있다고 말해줘서, 마음이 무척 편해졌어."

갑자기 숨을 뱉어내듯이 웃었다.

내가 한 말을 그렇게 여겼다니 가슴이 뜨거워졌다.

"다들 계속할 수 있는 방법을 생각해 주거나 안타까워하거든. 나도 그렇게 생각해서 참는다고 느꼈고. 그런데 꼭 그렇게 생각하지 않아도 되겠다 싶었어. 프로 선수가 될 것도 아니고 전국대회를 노릴 정도로 잘하는 실력도 아닌데 또 언젠가 즐기면 되는 거지."

여느 때와 같이 웃으며 세토야마가 나를 바라보았다.

그렇게 날 보고 웃지 마. 내가 뭘 그렇게 대단한 말을 했다고.

애매모호한 말밖에 하지 못하는데. 그러면서도 웃는 세토야마에게서 눈을 뗄 수가 없다. 세토야마도 내게서 시선을 돌리지 않았다.

…안 되겠어. 이렇게 마주 바라보면 어떡해, 노조미! 이대로 있다가는 이상해질 것만 같아. 더 어색해지기 전에 얼굴을 돌리고 일어섰다.

“조, 좀 춥네. 뭔가 따듯한 거라도 마실래? 자판기도 있고, 집에도 불러주고 공부도 가르쳐줬으니까 내가 살게.”

“정말? 응, 마실래, 마실래.”

아까까지 몸이 차가웠지만 지금은 조금도 춥지 않다.

“뭐가 좋아? 차? 커피가 좋으려나.”

내가 묻자 세토야마는 “으음.” 생각하는 모양이었다. 그러더니, 나를 향해

“어느 쪽이든 좋아.”

씨익, 웃으며 말했다.

버스에 혼자 올라타 맨 뒤 창가 자리에 앉았다. 창밖을 내다보니 세토야마가 나를 찾아 가볍게 손을 들어주었다. 그 손에는 내가 준 커피가 쥐어져 있었다.

그리고 내 손에는 밀크티.

아직도 가슴이 이수선힐 징도로 심장이 크세 뛴나. 아까 본 세토야마의 웃는 얼굴이 머릿속에 박혀 떠올릴 때마다 심박수가 높아졌다.

뺨이 뜨겁다.

얼굴이, 뜨겁다.

어떡하지. 안 되는데, 의미 없는데, 소용없는데.

버스가 달리기 시작한 지 조금 지나서 휴대폰 메시지가 떴다.

'내일 봐.'

그 짧은 말에 기뻐서 가슴이 턱, 막혔다.

…나, 세토야마를 좋아해.

좋아할수록 질투가 나

– 그 CD 갖고 있어.
다음에 건네 놓을게.

시험공부 잘 하고 있어?

– 점심때 그 곡 나오길 기대하고 있어.

영어 낙제 면하려면 열심히 해야지.
다음 주부터지? 시험.
끝나면 방학인데.

방학 때, 넌 어디 안 가?

- 우리 열심히 하자.

방학 때는 친척 집에 가게 될지도 모르겠어.
그리고 학생회 일도 꽤 있거든.
작년에도 겨울 방학이 순식간에 끝났어.

좋아하게 되었다. 좋아해도 소용없는 사람을.

오늘도 아침 일찍 답장을 세토야마의 신발장에 넣고 교실로 돌아와서 책상에 앉아 한숨을 쉬었다.

…왜, 이렇게 된 걸까.

내 마음을 나타내듯이 창밖에는 커다란 구름이 하늘을 뒤덮어 잔뜩 흐렸다. 습도가 높아서인지 몸도 무겁기만 하고 나도 모르게 또 한숨이 나왔다. 교실의 차가운 공기가 입김을 하얗게 물들여 한층 더 마음이 가라앉았다.

세토야마가 한 말이 전부 에리노를 향한 말이라는 걸 알고 있으면서도 이제 와 새삼 우울해하다니. 그래도 에리노에게 방학 때 일정까지 물어서, 에리노인 척 답장을 썼다.

그 이유는 이제 더 이상 '두 사람이 잘되었으면 좋겠다.' 같은 게 아니다. 다만 교환 일기를 쓰는 상대가 나라는 사실을 세토야마에게 들키고 싶지 않을 뿐이다. 전부 들통나서 세토야마에게 미움받고 싶지 않다.

나를 향해 짓는 그 미소에 별다른 의미가 없다 해도, 그 미소마저 잃고 싶지 않다.

그래 봐야 결말은 달라지지 않는데…. 거짓말이 진실이 될 리가 없다. 뒤로 미루면서 도망치고 있을 뿐이다.

"…그만두고 싶어."

교환 일기도, 에리노인 척하는 것도, 그리고 세토야마를 좋아하는 마음도.

문득 정신 차리고 보니 하룻밤 동안 좋아하는 마음이 더 커지고 말았다.

사람을 좋아하는 데 소극적이었는데 어느새 이렇게 좋아진 걸까. 좋아한다는 걸 자각하고 보니 지금까지 연애에 관해 이것저것 생각하던 일이 어리석게 느껴졌다.

"안녕!"

교실로 들어온 에리노가 내게 인사했다.

"무슨 일 있어? 기운 없어 보이는데."

"어, 안녕. 잠을 못 자서 그래."

"공부하느라? 무리하다가 감기라도 걸리면 어쩌려고?"

친구를 살뜰히 살피고 자기 감정을 확실하게 말하는, 똑소리 나는 에리노. 감정을 다 알 수 있을 정도로 솔직한 세토야마와 겉과 속이 한결같은 에리노.

상상만 해도 잘 어울린다. 외모까지도 뛰어난 두 사람이라 아주 잘 어울린다. 나 같은 애와는 비교도 할 수 없다.

"…에리노, 넌 어떤 사람이 좋아?"

"응? 뭐야 갑자기. 연예인 중에서?"

"아, 응. 연예인이든 성격이든."

차라리 두 사람이 아주 가까워지면 단념할 수 있을까? 그게 거짓말을 계속하는 일보다 편할지도 모른다.

"날 좋아해 주는 사람, 이지 뭐."

그런 사람, 많아. 에리노라면 얼마든지 고를 수 있어. 내가 남자라면 틀림없이 에리노를 좋아했을 거야.

"그렇구나."

그렇게 대답하면서, 모두에게 주목받고 호감을 얻는 에리노에게 질투를 느꼈다.

세토야마도 에리노를 좋아한다. 그럼, 내가 지금 사실대로 밝히면 두 사람은 사귈 게 분명하다. 에리노는 아무 잘못도 없다. 그런 건 나도 다 안다. 다 알지만… 알 수 없는 답답한 감정이 차올라 스스로 제어되질 않았다.

세토야마가 좋아하는 사람. 그 사람이 에리노가 아니었으면 좋았을걸. 그러면 나도 세토야마랑 이야기를 나눌 일도 없었을 테고 좋아하게 되지도 않았을 텐데.

"참, 노조미, 오늘도 공부해?"

"아, 응. 시험 때까지는… 매일, 하게 될지도."

오늘로 사흘째다. 어제 공부할 때는 지금까지 의미를 몰랐던 공식을 드디어 이해했다. 세토야마에게 배우기 전이었다면 진작 포기했을 텐데.

세토야마는 영어 단어를 암기하기 시작해서 이제 내가 가르쳐줄 건 없어 보이는데도 헤어질 때 "그럼 내일 봐." 말했으니, 오늘도 아마 도서관에서 세토야마와 만나 함께 세토야마의 집으로 가게 되겠지.

이, 기쁘지만 복잡한 마음을… 어떻게 다스리면 좋을까.

"누구랑 공부하는 거야? 요즘 나랑은 안 놀아주고!"

"미, 미안. 시험 끝나면 뒤풀이로 노래방 가자."

"어쩔 수 없지 뭐. …노조미는 신비주의니까."

하하, 어쨌든 웃어 보였다.

"물어봐도 잘 대답도 안 해주잖아."

에리노에게도 그런 식으로 보인다는 사실에 가슴이 따끔하니 아팠다. 신비주의를 고수하려고 한 건 아니지만, 모두 그렇게 생각할지도 모른다.

에리노처럼 어떤 일이든 당당하게 말할 수 있으면 좋겠다. 하지만, 난 그렇게 하지 못한다. 할 수 있다면 여러 가지로 편할 텐데. 나는 에리노처럼 강하지가 않다. 에리노는 나한테 없는 것들만 갖고 있다.

이건, 그저 내가 꼬인 거다. 질척하고 어두운 마음이 내 안에 퍼져 있어 이런 내가 나도 싫다.

"노조미?"

"어, 아, 응. 아, 그러고 보니 오늘 현대국어 쪽지 시험 범위 어디였지?"

당황해서 웃어 보이며 화제를 돌리려고 교과서를 집어 들고는 휘리릭, 페이지를 넘겼다.

에리노가 누구랑 함께 공부하는 거냐고 아무리 물어도 세토야마의 이름은 아직, 말할 수 없다. 아직 말하고 싶지 않다. 물론 교환 일기에 대해서도.

조금만 더, 지금 이 상황을 누리게 해줘.

언젠가는 끝날 테니까, 조금만 더.

"아, 있다 있어, 구로다!"

2교시가 끝나고 쉬는 시간에 친구들과 유코 자리를 둘러싼 채 모여 있는데 불현듯 내 이름을 부르는 소리가 나서 돌아보았다. 교실 문밖에서 세토야마와 요네다가 우리 쪽을 보며 손을 흔들었다.

"왜, 어째서…."

왜 우리 교실에 와 있는 거지?

내 이름을 큰 소리로 부르는 모습에 반 아이들뿐만 아니라 복도에 있던 아이들도 전부 나를 쳐다보았다. 이과반 남학생, 그것도 세토야마가 문과반에 나타나 여학생의 이름을 부른다는 사실에 모두 흥미진진한 표정으로 나를 보고 있다.

세토야마는 내가 당황해하는 걸 알아차리지 못하고, 나와 눈이 마주치자 아무 거리낌 없이 손을 번쩍 들어 올리면서 "여어!" 부르며 웃어 보였다.

"무, 무슨 일이야?"

"세계사 자료집, 갖고 있어? 여태껏 다니면서 물었는데 다들 없다네."

뭔가 급한 일이라도 생긴 건가 싶어 뛰어나갔지만 맥 빠지는 이유를 듣고 잠깐 무슨 말인지 이해하지 못했다. 그러다 의미를 알아차리고는 "아, 있긴 있는데…." 대답하자 세토야마가 빌려 달라며 바로 고개를 숙이며 부탁했다.

복도와 교실에서 쏟아지는 시선이 따갑기만 하다. 지금 당장 도망치고 싶다. 어째서 세토야마는 아무렇지도 않은 걸까. 인기 있는 사람은 주목받는 데 너무 익숙해서 이런 분위기를 알아차리지 못하는 걸까. 다만 마침 에리노가 선생님에게 불려 가 자리를 비워서 다행이다.

잠깐 기다리라고 하고는 자리로 돌아가 책상 안을 뒤지는데 유코가 다가와 내 어깨를 감싸 안았다.

"뭐야, 둘이 엄청 친해졌잖아."

"…아니, 그게 아니라."

여러 가지를 묻고 싶어 죽겠다는 표정으로 웃는 유코에게 어색한 웃음을 지어 보였다. 분명히 세토야마가 돌아간 다음 이것저것 캐묻겠지. 유코가 질문해 오면 잘 얼버무리지 못할 것 같다. 어떻게든 피할 방법이 없을까.

"혹시 둘이 사귀는 거 아냐?"

"서, 설마!"

살그머니 귓속말을 하는 유코에게 얼떨결에 큰 소리로 대답하는 바람에 한층 더 주목을 집중시키고 말았다.

"그런데 말이야, 이과반 건물에서 여기까지 오는 동안 아무도 자료집을 안 갖고 있었다는 게 말이 돼? 세토야마가 널 좋아하는 거 아냐?"

"우연이겠지. 그럴 리가 있어?"

부정하면서도 하긴 그럴지도 모르겠다는 생각을 아주 잠깐 하고 말았다. 세토야마는 친구가 많으니까 다른 반에서 충분히 빌릴 수 있었을 텐데.

"나중에 자세히 이야기해 줘."

내 얼굴이 서서히 붉어지는 걸 알아차린 유코가 더욱 생글생글 웃는다. 자세히 물어봐야 딱히 말할 이야기도 없는데.

우선 지금은 세토야마에게 빨리 갖다줘야 한다. 책상 서랍에서 자료집을 꺼내 들고 유코에게서 도망치듯이 교실 문밖으로 나갔다.

"너 왜 그래? 열나는 거 아냐?"

"…아무것도 아니야…."

세토야마가 놓치지 않고 물어볼 정도로 내 얼굴이 빨개진 모양이다. 하지만 유코와의 대화는 들리지 않은 듯, 고개를 갸우뚱하는 모습에 안심했다.

이야기를 나누고 있는데 세토야마의 뒤로 지나가는 여학생들이 내 얼굴을 확인하는 게 보였다. 뭔가 경계하는 듯해서 살짝 고개를 숙였다.

"그럼 다행이고. 요네, 가자!"

세토야마가 돌아보는 방향으로 시선을 좇았더니 에리노와 복도에서 이야기하는 요네다가 있었다. 마침 교무실에서 돌아오던 에리노와 마주친 모양이다. 하지만 왜 요네다와 에리노가 이야기를 하고 있지? 아는 사이였나?

에리노는 여느 때와 다름없는 모습이었지만 요네다가 왠지 쑥스러워하면서 좋아하는 듯 보여서 무심코 유코를 돌아보았다. 유코도 두 사람을 의식하는지 가만히 바라보고 있다.

그리고 옆에 있는 세토야마의 시선은 똑바로 에리노를 향해 있었다.

지금까지 에리노를 그렇게 보고 있었던 걸까. 주변의 다른 그 어떤 것도 전혀 시야에 들어오지 않는 듯한 눈이다. 뭔가를 진지하게 생각하는 듯 보인다. 세토야마는 지금 어떤 마음으로 에리노와 요네다를 보는 걸까.

어쩌면 자료집을 빌리러 날 찾아온 건 에리노를 만나려는 구실이었는지도 모른다. 그야 당연한 일인가. 괜히 조금 기대하고 들떴던 나 자신이 너무도 부끄럽다. 세토야마가 에리노를 좋아하는 건 내가 가장 잘 알고 있으면서.

"무슨 이야기하고 있어?"

그때 지켜보던 유코가 밝은 목소리로 두 사람 사이에 끼어들었다.

"너 방해하지 마! 동경하는 학생회 마쓰모토 님이랑 이야기하는 중이니까."

"우아, 너무해. 세토야마가 부른다. 얼른 가봐!"

말을 거는 유코에게 요네다가 장난스럽게 항의했다. 하지만 옆에서 보던 나는 제정신이 아니었다. 요네다가 진심이면 어쩌지. 아니 농담이라고 해도 유코의 마음을 아는 나로서는 그 말을 막고 싶을 뿐이다.

"세토, 볼일 다 끝났냐?"

"아아, 응. 끝났어. 자료집은 나중에 돌려주러 오면 돼. 자, 그러면, 방과 후…."

"아, 아하, 언제든! 언제든 괜찮으니까!"

방과 후에 어쩌고 말했다가는 에리노에게 함께 공부하는 사람이 세토야마라는 게 들통나고 만다. 세토야마의 말을 황급히 막아섰다. 정말 주변 사람들을 전혀 신경 쓰지 않는 통에 초조하기만 하다. 심장이 남아나지 않을 지경이다.

"그럼 이만. 고마워!"

평소와 똑같은 모습으로 책 든 손을 내게 흔들면서 저만치 걸어가는 세토야마를 보며 그제야 안도했다. 세토야마의 옆에서 걷던 요네다는 밝게 웃으며 우리에게 손을 휘익휘익, 흔들었다. 누구한테 흔드는 건지 잘 모르겠지만 어쨌든 가볍게 고개

숙여 인사했다.

"노조미랑 세토야마 사이좋더라. 전에 영화 봤을 때부턴가? 좋겠다, 나도 갔으면 좋았을걸."

교실로 들어온 에리노가 돌아가는 두 사람의 뒷모습을 바라보면서 내 곁으로 와서 중얼거렸다.

'좋겠다.'라니. '나도 갔으면 좋았을걸.'이라니 무슨 의미일까. 그 말을 어떻게 받아들여야 할지 몰라서 선뜻 대꾸하지 못했다. 다만 심장을 꽉 움켜쥔 듯 통증이 덮쳐왔다.

"그보다 너야말로 요네다랑 그렇게 가까운 사이였어? 아까 보니까 친해 보이던데."

유코가 진지한 표정으로 에리노에게 물었다.

"어? 아니, 처음인데. 학생회 마쓰모토냐고 묻더라고. 그게 다였어."

"… 그게 다인데, 그렇게 즐거워하면서 이야기한 거야?"

우리를 둘러싼 분위기가 싸늘하게 식어갔다.

에리노의 말을 못 믿어서가 아니다. 다만 요네다가 에리노를 좋아할지도 모른다고 생각하자 유코는 신경이 쓰이는 거다. 요네다와 에리노의 관계가. 에리노가 아무 잘못도 없다는 사실은 잘 알지만.

나처럼.

"무슨 말을 하는 거야, 유코!"

에리노가 어처구니없다는 표정을 지었다.

"날 질투하면 곤란해. 난 요네다를 좋아하지 않으니까."

"…그래? 모르는 일 아냐?"

"그럴 일 없어. 유코가 좋아하는 사람이잖아. 아니면 혹시 요네다가 날 좋아할까 봐 걱정하는 거야? 만약 요네다가 날 좋아한다고 해도 나랑은 관계없는 일이니까 너한테 이런 날 선 말을 들을 까닭도 없고 말이지."

"에, 에리노…."

아무래도 그건 말이 지나쳤다는 생각에 끼어들었지만 에리노는 아랑곳없이 말을 이어나갔다.

"그러니까 유코는 나한테 전혀 신경 쓰지 않아도 돼. 생각해도 소용없는 일이고. 그 편이 유코도 마음 편하잖아?"

"…나도 신경 쓰고 싶지 않다고. 그치만 신경 쓰이는데 어떡해. 질투가 나는 건 나도 어쩔 수 없다고."

"그러니까, 그런 게 의미 없다고 말하는 거야."

에리노의 논리 정연한 발언에 유코가 말문이 막혀 아무 대답도 하지 못했다. 입술을 깨물고 분하다는 듯이 얼굴을 일그러뜨렸다. 꽉 쥔 주먹이 파르르 떨리고 있었다.

"…에리노는 말이야, 전부터 느꼈지만 너무 무신경해."

유코는 에리노를 노려보더니 고개를 홱, 돌려 자기 자리로 돌아갔다. 화가 났다는 사실이 발걸음에 고스란히 드러났다. 에리노는 표정을 흐트러뜨리지 않은 채 그런 유코의 뒷모습을 바라보았다.

주위에 있던 다른 친구들이 무슨 일인가 싶어 우리를 쳐다보았다. 항상 사이가 좋았던 우리가 다투자 모두 당황해하는 기색이었다. 나도 어떻게 해야 좋을지 몰라 혼자 안절부절못하고 유코와 에리노를 번갈아 쳐다보았다. 에리노에게 뭐라고 말해야 할지 모르겠다. 그렇다고 해서 에리노를 남겨둔 채 유코를 쫓아갈 수도 없어서 망설이는 사이에 종소리가 울렸다.

그대로 3교시가 끝나자마자 에리노가 내 옆으로 다가왔다. 다음은 이동 수업이다.

"노조미, 가자."

"아, 으응…."

에리노의 목소리는 평소보다 기운이 없었다.

4교시 이동 수업은 '다행히도'라고 해도 좋을지 모르지만 유코와는 선택 과목이 다르다. 교실을 나가기 직전에 흘끔 뒤돌아 유코를 보았지만 등을 돌린 채 우리 쪽을 보려고도 하지 않았다. 지금까지는 "다녀와!" 환하게 웃으며 손을 흔들어 주고는 했는데.

"진짜 귀찮네."

에리노가 어깨를 달싹거리며 중얼거렸다.

"그렇게 신경 쓰이면 빨리 고백하면 되잖아. 나한테 질투해 봐야 아무 소용없는데 말이지."

맞는 말이다. 하지만 그게 얼마나 어려운 일인지는 내가 잘 안다. '좋아해!' 상대에게 말하는 건, 무척 두려운 일이다. 상대의 마음을 모르기에 더욱더 자신의 마음을 전하는 데는 큰 용기가 필요하다.

에리노처럼 자신의 마음을 솔직히 전할 수 있다면 물론 좋다. 누구나 그렇게 할 수만 있다면 하고 싶을 거다. 하지만 누구나 다 그렇게 할 수 있는 게 아니다. 그렇게 쉬운 일이 아니다.

그리고 신경 쓰는 게 무의미하다는 사실은 유코도 알고 있을 거다. 그러면서도 어쩌지 못하는 마음 또한 있지 않을까. 자기가 좋아서 질투와 불만이라는 감정을 안고 사는 사람은 없다. 그런 마음에 휘둘리지 않고 살 수 있다면 그러고 싶다. 그 편이 평온하게 지낼 수 있으니까.

"그럴지도 모르지만… 하지만 유코의 마음도…."

"… '하지만'이라니?"

내 말을 가로채듯이 에리노가 물었다.

"유코 말이 맞다는 뜻이야? 내가 무신경하다고?"

"그게 아니라…."

무신경하다는 표현이 심하긴 했다. 하지만 그건 에리노도 마찬가지다. 그렇게 유코의 마음을 부정하듯이 말하지 않아도 되었을 텐데. 그러니까 싸움이지. 싸움은 원래 그런 거다. 마음에 없는 말을 무심코 내뱉을 때도 있다. 표현이 과할 때도 있다.

"결국 노조미는 둘 중 누가 잘못했다고 생각하는 거야?"

'둘 중 누가'인가.

에리노는 옳다. 하지만 그렇다고 해서 유코가 잘못했다고도 할 수 없다. 에리노의 마음도 유코의 마음도 다 잘 안다. 한마디로, 어느 쪽도 아닌 거다.

어느 한쪽만 잘못하는 경우는 좀처럼 없다. 어느 쪽이든 서로 양보하면 좋을 텐데. 둘 다 잘못한 게 아니다. 약간 서로 어긋났을 뿐. 나는 에리노도 유코도 좋아하니까. 화해했으면 좋겠다. 이 마음을 에리노에게 어떻게 말하면 좋을까.

말을 고르느라 잠자코 있는데 에리노가 하아, 짜증 섞인 한숨을 쉬었다.

"넌 항상 그렇더라."

그렇게 말하더니, 이동 수업 교실 앞에 도착한 에리노는 교실 문을 열었다.

"자기 의견을 확실히 말 안 하잖아."

뱉어내듯이 마저 중얼거리고는 그대로, 내 얼굴을 보지 않은 채 자기 자리로 갔다.

- 시험 빨리 좀 안 끝나나.

집에서 게임이나 하고 싶은데 매일 공부해야 하니.

아, 오늘 낮이지? 그 곡!

기대하고 있을게.

— 그러게 말이야.

응, 점심때 들게.

이동 수업 때 책상 서랍 안에 들어 있던 노트에 재빨리 답장을 적어 그대로 되돌려놓으려다가 문득 책상 위에 적힌 낙서가 눈에 들어왔다.

축구공에 발이 달린 일러스트 옆에 '다음 생에는'이라는 제목으로, 공을 차며 달리는 남자아이가 그려져 있었다. 텔레비전에서 본 적이 있는 해외 구단의 유니폼을 입고 있다. 지난주에는 없던 그림이다.

그 옆에는 '지금은 무리지만, 언젠가.'라는 말이 쓰여 있었다.

요전번에 내가 한 말이 세토야마의 마음에 남아 있었구나. 무척 기뻤다.

나는 언제나 우유부단하고 모호한 말밖에 하지 못한다. 하지만 이렇게 세토야마가 내 말을 기억해 주다니.

수업이 끝나고 나서 오늘은 내가 직접 교과서와 노트를 챙겨 방송실로 달려갔다. 그전에는 수업이 끝나면 항상 에리노가 "어서 점심 방송 다녀와!" 말하며 내 가방을 챙겨서 갖다줬지만 오늘은 혼자 말없이 나가버렸다.

그 일도 괴롭지만, 그보다 에리노가 오늘 점심을 어떻게 하려는지 그게 더 신경 쓰였다. 나야 방송하는 날이니까 함께 먹지 못하지만 유코와 에리노는 늘 함께 먹는다. 에리노의 모습을 봐서는 먼저 사과할 기미가 보이지 않는다. 유코도 아직은 화해할 만한 마음이 아닐 테고. 그러면 에리노는 혼자 점심을 먹게 된다. 나 혼자 방송실에서 느긋하게 있을 수는 없다.

'자기 의견을 확실히 말 안 하잖아.'

에리노가 한 말을 떠올리자 무서웠다.

하지만 세토야마의 책상에 쓰여 있던 낙서가 떠올라 나도 할 수 있는 일이 있을지 모른다고 스스로 격려했다. 조금이라도 두 사람이 화해하게끔 내가 뭔가를 할 수 있으면 좋을 텐데. 언제나 모호하게 그 자리의 분위기에 맞추는 말밖에 하지 못하지만 그런 중에 조금이라도 세토야마의 마음에 남는 말을 했다면, 이번에도 내가 할 수 있는 일이 있을지 모른다. 이렇게 마음먹고 오늘은 방송을 조금 일찍 끝내고 교실로 돌아가기로 했다.

최소한 할 수 있는 일만은 하자고 마음을 다지면서, 갖고 온 한 장의 CD를 꺼내 세토야마가 좋아한다는 곡을 틀었다.

그 곡을 듣고 기뻐하면 좋겠다. 지금 내 기분에는 데스메탈이 어울리지 않지만 우울한 때야말로 이런 곡이 좋을지도 모른다. 듣고 있으면 힘내자는 마음이 생겨난다. 가사는 잘 모르지만 왠지 의욕이 솟아난다.

평소보다 일씨감치 점심을 먹고, 가져온 CD에서 한 곡과 좋아하는 록을 한 곡, 그리고 대중가요를 세 곡 틀고 나서 방송을 마쳤다. 다른 때보다 훨씬 짧다.

방송실 문을 열고 혹시나 싶어서 신청곡함 안을 확인했다.

- 무슨 일 있어?

상자 안에 들어 있던 교환 일기에는 짧게, 그 말만 적혀 있었다.

어떻게 안 거지? 나는 별말 쓰지 않았는데. 내가 쓴 답장을 들춰보았지만 딱히 변화를 느낄 만한 말은 없었다.

세토야마가 알아차렸다는 데 놀라면서 동시에 약간 기뻤다. 아무것도 쓰지 않았는데 뭔가를 알아차리고 걱정해 주고 있다. 내 결심을 지지하고 격려해 주는 듯했다.

일단 돌아가야지.

"좋았어."

용기를 내며 방송실 열쇠를 반납하고 교실로 돌아갔다.

오늘도 수업이 끝나고 도서관에서 세토야마를 만나 함께 세토야마의 집으로 가서 공부를 했다.

"무슨 일 있어?"

갑작스럽게 세토야마가 묻기에 몸이 움찔하고 반응했다. 슬며시 고개를 드니 바로 눈앞에서 나를 바라보는 세토야마의 얼굴이 있었다.

"너 오늘 계속 생각이 딴 데 가 있는 것 같아. '응.' 아니면 '그래.'라고 밖에 말도 안 하고 교과서도 계속 같은 페이지잖아. 무슨 일 있다는 게 빤히 보여."

"아, 미, 미안…."

세토야마의 말대로 교과서를 펴놓기는 했지만 조금도 보지 못하고 있었다. 집에 와서 할머니와 미쿠에게 인사를 한 다음 나눈 대화가 전혀 생각나지 않을 정도다.

"몇 번이나 불렀는데도 못 듣고 말이지."

"미, 미안…."

여러 번이나 못 들었구나. 이래서는 함께 공부하는 의미가 없다. 오늘은 그만 돌아가는 게 좋겠다.

"좋았어!"

그런데 다음 순간, 세토야마가 이렇게 외치더니 교과서를 탁, 덮고는 내 교과서도 빼앗았다. 그러더니 책상에 손을 올려놓고 나를 바라보았다.

"들어줄 테니까 말해봐."

말해보라고 해도…. 이런 일을 세토야마에게 말해봐야 신경 쓰이게 할 뿐이다. 상대는 세토야마가 좋아하는 에리노다. 요네다와 유코도 관련되어 있으니 자세히 설명할 수는 없다.

"하지만…."

"그런 표정으로 있으면 내가 신경 쓰이잖아. 말해봐. 말하기 곤란한 건 넘어가도 좋으니까."

명령조로 말하는 게 세토야마답다. 그 말을 듣고 무심코 입가에 미소가 새어 나왔다.

'아주 간단히 줄여서 이야기하자면.'

미리 일러두고는 천천히 입을 열었다.

"…친구가, 다퉈서."

"네가 아니었어?"

"나는 아니지만… 아니, 나도 관계가 있다고 봐야 하나…."

방송을 끝내고 교실로 돌아오니 유코와 에리노가 떨어져서 앉아 있었다. 유코에게 아무렇지도 않게 점심은 어떻게 했는지 물어봤더니 에리노는 학생회 일이 있다고 하면서 점심도 교실에서 먹지 않았다고 한다. 유코에게서 평소 그 명랑한 모습이 보이지 않았다.

결국 돌아갈 때까지 에리노와 유코는 한마디도 섞지 않았다. 뿐만 아니라 나도 에리노와는 눈도 마주치지 않았다. 에리노는 틀림없이 내게도 화가 나 있다.

어정쩡하고 자기 의견이 없는 내게.

힘내자고 마음을 다잡았는데, 아무것도 할 수 없는 나 자신이 점점 실망스러워서 우울해졌다. 에리노도 분명 나의 이런 점이 마음에 들지 않는 거겠지.

"친구 둘이 다퉜는데… 두 사람 마음을 다 안다고 했더니 친구가 나한테 자기 의견은 없는 거냐고… 그러더라고."

그럼 어떻게 하는 게 좋았을지 줄곧 생각했다. 앞으로 어떻게 하면 좋을까도. 하지만 모르겠다.

"나도 안다고…. 자기 생각을 상대에게 전하는 게 더 좋다는 거. 하지만 좋아하는 걸 상대한테 말하지 못하고, 그런데도 좋아하니까 다른 사람을 질투하는 그 마음도, 알아."

세토야마는 아무 말 없이 내 이야기에 귀를 기울였다.

"그래서 어느 쪽 편도 들어주지 못하고 어중간한 태도를 보여서…."

하하, 힘없이 자조 섞인 웃음을 보이자 "그걸 다 솔직히 말해보면 어때?" 세토야마가 진지한 눈빛으로 말했다.

"잘 모르겠다는 네 마음을 그대로 말하면 되지 않을까? 네가 아무것도 말하지 않으니까 널 알 수 없다고 하는 거지. 네가 모르면 모른다고 말하면 돼. 그 말을 들으면 아무도 네가 의견이 없다고는 생각하지 않아. 적어도 나는 지금 네 말을 듣고 그랬거든."

"…하지만, 아무것도 답이 나오질 않는데…."

"여기 수학 문제가 있다고 해보자."

세토야마는 노트를 휘리릭, 넘기면서 갑자기 수학 이야기를 시작했다. 영문을 모른 채 일단 "응." 대답하자 세토야마는 그 노트에 크게 '1'이라고 썼다.

"이걸 보면 무슨 생각이 들어?"

"어? 그런 답, 이구나… 하고."

"그렇게 생각하겠지. 그렇지만 그사이에 내가 어떤 공식을 이용해 어떤 방법으로 계산했는지는, 넌 모르는 거잖아. '1'이라는 답밖에 몰라."

"으, 응."

잘 모르겠지만 어쨌든 세토야마가 다음 말을 하길 기다렸다.

"네가 어느 쪽이든 좋다고 하거나 뭐든 상관없다고, 모르겠다고 답을 적으면 상대는 그것밖에 모르는 거야. 그 답에 도달할 때까지 과정을 설명하지 않으면, 구로다는 적당히 대답하는 거라고, 아니면 아무것도 생각하지 않는다고 상대가 그렇게 믿게 돼. 그러니까 수학에서는 풀이 과정을 적지 않으면 답이 맞아도 동그라미를 받을 수 없는 거야."

세토야마는 거기까지 이야기하고 나서 "알겠어?" 물었다.

"응, 알 것 같아."

"넌 머릿속에서 빙빙 혼자 생각하니까 안 되는 거야. 전부 말로 하라고. 그때는 답이 '뭐든지 상관없어.'여도 괜찮아."

"…대, 대단하네."

세토야마의 설명을 듣고 무심코 말이 툭, 나와버렸다. 눈이 확 트인다는 게 이런 건가.

하긴 뭐든지 상관없다고 말하기 전에 둘 다 좋아한다고 덧붙이면 조금 의미가 달라지는 것 같다.

"뭐, 나는 생각하지 않고 말하지만."

"우아…! 안 되지, 그건."

웃으며 말하기에 나도 따라서 웃고 말았다.

세토야마가 쓴 숫자 '1'을 지그시 바라보았다. 여태껏 답을 확실하게 말해야 한다고 생각했다. 생각하면서도 답이 나오지 않아서 일단 '어느 쪽이든.', '뭐든지.'라고만 대답했다.

아니면 그마저도 대답하지 않고서 그냥 웃어넘겼다.

하지만 그런 거구나. 왜, 그렇게 생각하는지 그 이유도 전부 말하면 되는구나.

"고마워…. 내일 다시 한 번 이야기해 볼게."

그렇게 내 마음을 전해보자. 아까 세토야마에게 한 말을 제대로, 전부 말로 해보자. 그거라면 할 수 있을지도 모른다.

세토야마에게 털어놓으니 마음이 가벼워졌다. 내가 웃어 보이자 세토야마도 만족스러운 듯이 웃었다. 세토야마가 쓴 안경 안쪽에서 다정함이 넘쳐흘렀다.

'역시, 난 세토야마를 좋아해.' 그 사실을 다시 확인하고 말았다. 안 되는 줄 알면서도, 이 마음이 사라지지 않아서 괴로운데도, 좋아한다는 이 확신이 마음을 따듯하게 채워주었다.

"너 좋아하는 남자애라도 있는 거야?"

세토야마의 그 말에 다시 공부를 시작하려고 손에 들었던 교과서를 툭, 떨어뜨리고 말았다.

왜, 그런 이야기를? 그보다, 들킨 걸까? 뭐지? 내가 엉겁결에 무슨 말을 입 밖에 낸 거 아니겠지?

"…왜 그, 어?"

"아까 좋아한다고 말하지 못하는 마음을 아느니 뭐 그래서."

"아, 아아, 아니, 그건… 그, 전에 사귀던 사람 그때."

거짓말은 아니다. 하지만 사실은 세토야마를 말한 거다. 물론 말할 수 없다.

"아하, 전 남친 말이구나. 선배라고 했나? 차였다고 한."

"맞아… 그거야…."

그러고 보니 전에 조금 말했던가. 떠올리니 부끄러워졌다. 왜 좋아하는 사람에게 이런 창피한 이야기를 하게 된 걸까.

"…좋아한다고, 말하지 못했구나 싶어서."

머리카락을 만지작거리면서 중얼거렸다.

원래 이런 이야기를 잘 못하는 데다 지금까지 에리노에게도 유코에게도 말하지 못했다. 차였다는 이야기는 했지만 선배와 헤어지면서 뭐가 가장 충격이었는지 친구들은 모른다. 다만 선배에게 차여 충격을 받은 걸로만 알고 있다.

말로 하니, 그때의 심정이 되살아난다. 그때 그 슬펐던 마음이. 선배에게 미련이 있는 건 아니다. 내가 잘못했다는 걸 아니까 후회가 조금 남았을 뿐.

야노 선배에게 나는 아무것도 해주지 못했다.

"고백을 받고서 사귀었지만… 연인이라는 관계가 부끄러워서 무슨 말을 해야 좋을지 몰라 계속 말을 잘 못하다가 결국 전에 말한 것처럼 내가 생각이나 마음을 말하지 않으니까 내 마음을 전혀 모르겠다고, 그래서 차였어."

교과서를 의미 없이 휘릭휘릭 넘기면서 이야기를 계속했다. 세토야마가 나를 본다는 건 알고 있었지만 지금 내 얼굴을 보이고 싶지 않아서 쭉 고개를 숙이고 말했다.

"하지만 그러고 나서 사실은 선배에게 따로 좋아하는 사람이 생겼다는 말을 들었어. 전부터 예감은 들었거든. 같은 반에 가깝게 지내는 여학생이 있다는 걸. 차인 진짜 이유는, 그거."

"…그래서?"

무뚝뚝한 대답이었지만 진지한 말투였다.

세토야마가 그다음 이야기를 재촉하자 말이 잘 안 나와서 침을 꿀꺽 삼켰다. 왠지 목이 막혀, 아프다.

"실은 고백받기 전부터 무척 신경이 쓰였어. 두 사람이 항상 같이 있고 거리도 굉장히 가까웠거든. 하지만 그런 말을 하면 미움받을지도 모른다는 생각에 선배에게 아무 말도 하지 못했어."

그때 솔직히 말했다면 선배와 나의 관계는 뭔가 달라졌을까. 지금도 가끔 생각한다. 왜 그때 나는 신경 쓰고 있는 나 자신을 숨기는 데만 급급하고 아무 말도 하지 않고서 웃기만 했을까. 마음속은 질투로 엉망진창이었는데 왜 아무렇지 않은 척했을까.

"그래서 차일 때 선배가 자길 좋아해서 사귀는 것 같지 않다고 하더라. 알겠다고 대답했더니 그럴 줄 알았다고 하면서 단념한 듯이 웃었어. 좋아…했는데. 마지막 순간까지 아무 말도 못했어."

좋아…했다. 처음이라서 온통 당황스러운 일뿐이었지만 그래도 선배의 따듯한 미소를 보면 기뻤다. 제대로 대화를 이어 나가지 못했지만 함께 지내는 시간이 즐거웠다. 좋아한다는 고백을 받고 사귀게 되면서 사람들이 놀리는 게 부끄러워서, 고백을 거절했어야 했다고 후회한 적도 있지만 선배와 함께한 시간은 행복했다. 선배가 좋아하는 걸 좋아하게 되고, 선배를 더 많이 알고 더 많이 이야기하고 싶었다.

하지만 그건 내 생각일 뿐이었다. 생각만 하면 상대에게는 아무것도 전해지지 않는다. 이미 다른 사람을 좋아하는 사람에게 이제 와서 좋아한다고 말해 봐야 상대를 난처하게 할 뿐이고 나도 비참해질 거라는 생각에, 마지막 순간까지도 순순히 이별을 받아들이는 척했다. 사실은 더 이상 상처받고 싶지 않아서 나 자신에게도 선배에게도 거짓말을 했을 뿐이다.

뭐든지 잘되지도 않고, 솔직하지 못한 데다 겁쟁이인 나 자신에게 아주 정나미가 떨어졌다.

"아직 그 사람 좋아하는 거야?"

"어, 아니, 이젠 전혀… 꽤 오래전 이야기고."

진심으로 머리를 흔들어 부정했다.

헤어지고 한 달 정도는 줄곧 선배를 신경 썼지만, 새 여자 친구와 다정하게 다니는 모습을 몇 번인가 본 다음부터 스스로도 놀랄 정도로 '잘된 거야.' 싶었다. 나와 함께 있을 때보다 즐거워 보이는 선배의 미소를 보자 깔끔하게 정리가 되면서 과거일 뿐이라고 인정했다. 나는 선배를 그렇게 환히 웃게 하지 못했다.

"그럼 다음부터는 말로 전하면 되겠네! 전 남친은 너의 그 서툴고 답답한 성격을 제대로 이해하지 못한 남자였다고 생각하면 돼."

"…그런, 가?"

그건 너무 나 편한 대로만 생각하는 거 아닐까. 아무것도 생각하지 않고 그저 선배의 의견에 따라갔던 면도 분명히 있다. 말하지 못한 건 내 탓이므로 선배가 알아차리지 못한 건 당연하다. 애당초 그런 나를 알아서 헤아려 주는 사람이 세상에 존재하기나 할까?

"지난 일에 연연하면서 이리저리 휘둘리는 게 너답긴 해."

가슴이 아프다. …하긴 그 말이 맞다.

"너, 굳이 말하자면 대체로 거절 잘 못 하지?"

"…응."

되돌아보면 이렇게 함께 공부하게 된 까닭도 갑작스러운 세토야마의 부탁을 받아들여서다. 어쩌면 세토야마는 내가 거절 못 할 걸 알고서 부탁한 게 아닐까. 하지만 반대로 생각하면 세토야마는 내 성격을 잘 이해하고서 날 대하는 걸지도 모른다. 귀찮다거나 짜증이 난다는 말을 여러 번 들었지만 언제든지 내 말에 귀를 기울여 준다.

"어쨌든 다음번에는 확실히 말하는 게 어때? 좋아하면 좋아한다고. 결과가 어찌 될지는 모르지만."

잘될 거라고 말해주지 않기에 살짝 웃고 말았다.

"잘되지 않는다면 세토야마는 어떻게 생각하는데?"

"날 되돌아보고 반성해야지. 그래서 실제로 지금 난 반성하는 중이거든."

"하하, 뭘 반성했는데?"

킥킥거리며 물어보자 세토야마가 약간 삐친 표정으로 "말 안 해." 삐죽거리며 다른 쪽을 바라보았다. 뭔가 부끄러운 실수를 한 모양이다. 생각나면 바로 행동하고 자신감이 넘쳐나는 사람이라도 그런 일이 있구나.

"조금 더 침착하게 행동했으면 좋았을걸, 그렇게 생각할 때도 있거든."

"응."

"하지만 후회는 하지 않아. 하길 잘했다고, 말하길 잘했다고 여기는 경우가 많으니까."

그렇게 말한 세토야마의 뺨이 약간 불그스레 물들었다. '하길 잘했던, 말하길 잘했던' 일이 뭔지, 조금 쑥스러워하는 표정에서 짐작할 수 있다.

분명 에리노에 관한 일이겠지.

'날 어떻게 생각하고 있을까?' 어슴푸레 기대하던 마음에 찬물을 뒤집어쓴 기분이었다.

세토야마가 눈꼬리를 가늘게 하고 미소 짓는 모습을 보니, 에리노와 주고받는 교환 일기를 떠올리고 있는 듯하다. 그 구깃구깃한 러브레터부터, 두 사람이 대화를 주고받기 시작했다고 세토야마는 그렇게 알고 있다. 상대가 나라는 사실도 모른 채.

"…다행, 이네."

행복해하는 세토야마를 보고 있으려니 가슴이 콕콕 아팠다.

나도 웃으려고 했지만 자연스러운 표정이 나올지 모르겠다. 선배와의 일을 떠올릴 때와는 비교도 할 수 없을 만큼 가슴이 답답하고 고통스러워서 숨이 막혔다.

"아, 그렇지 뭐. 너도 가끔은 솔직해지면 좋을 거 같아. 분명 생각보다 나쁘지 않거든. 봐, 점심 방송 때 데스메탈도 틀어줬잖아."

"아아… 응, 집에 CD가 있었어. 다 뒤져서 찾아냈지만."

"… 역시… 음, 역시 좋더라, 데스메탈."

세토야마가 좋아하는 건, 에리노. 가짜 에리노와의 교환 일기로 세토야마는 이렇게 기쁜 얼굴이 된다.

"에리노랑 잘되면, 좋겠어."

"…글쎄 어떻게 될지."

"응원, 할게."

거짓말이야. 괴로워. 괴로워서 가슴이 터질 것만 같아.

다음번에는, 좋아하는 사람에게 마음을 전하라니, 가능할 리가 없잖아.

내가 좋아하는 사람은, 바로 너, 세토야마인 걸.

- 아무 일도 없어.

어제 점심때 그 곡 나왔지.

영어 공부 잘 돼?

난, 거짓말투성이구나.

어젯밤에 쓴 답장을 세토야마의 신발장에 넣으며 생각했다.

어제저녁에 집에 돌아오자 세토야마에게서 '다툰 친구에게도, 좋아하는 녀석에게도 앞으로는 솔직하게 말해봐. 너라면 괜찮을 거야.' 그런 내용의 메시지가 왔다.

'고마워. 용기가 나.'

나는 세토야마의 메시지에 답장을 보냈다.

친구는 둘째치고 '좋아하는 녀석'에게 솔직히 전할 수는 없다. 내 힘으로 어쩔 수 없는 일인 줄 알면서도 고백할 용기라니, 털끝만큼도 없다.

교환 일기도, 메시지도, 세토야마와 직접 나누는 대화마저도 온통 거짓말이다. 거짓말이 거짓말을 낳아 거짓말투성이다. 이런 교환 일기에 무슨 의미가 있을까. 이 교환 일기에는 거짓말밖에 없는데.

'그만둘까…?'

한층 더 미움받을 만한 답장을 쓸까? 이제 답장을 보내지 말까? 자포자기하는 심정에 사로잡혀 고민도 했지만, 결국 또 답장을 쓰고 여느 때와 같이 아침에 노트를 세토야마의 신발장에 넣었다.

어떻게 해야 할지 모르겠다.

그 후로 냉랭한 분위기가 감도는 교실에서 에리노가 등교하기를 기다렸다. 어제 세토야마가 한 말을 되새기면서 우선은 지금 내가 해야 할 일을 생각했다. 내 생각을 분명하게 전하는 거다. 책상 위에 올려놓은 두 손을 꽉 쥐고 두근두근 울리는 내 심장 소리를 들었다.

늘 오는 시각에 에리노가 교실 문을 열었다. 나를 보고 약간 놀란 눈치더니 얼른 고개를 돌렸다.

세토야마가 좋아하는 에리노. 내 친구인 에리노. 질투와 시기와 그래도 사라지지 않는 좋아하는 마음. 나는 그만 울고 싶어졌다.

"에리노!"

기어들어 가는 목소리로 에리노를 부르며 자리에서 일어나자 에리노가 어색한 듯 천천히 다가왔다. 몸에 긴장감이 퍼져 어금니를 꽉 깨물었다.

내게로 오는 에리노에게 뭔가 말해야 하는데, 말이 나오질 않는다. 서로 바라보기만 할 뿐, 그러다가 마침내 거리가 가까워졌다. 그런데 눈앞에 선 에리노가 꾸벅, 먼저 고개를 숙였다. 예상하지 못한 에리노의 행동에 눈이 커졌다.

"…노조미, 미안. 공연히 너한테 화풀이했어."

"왜… 왜 그래!"

나야말로 사과해야 하는데.

만약 지금 에리노가 모른 척했다면 나는 분명 먼저 말을 걸지 못했을 거다. 그런데 에리노는 솔직히 말해주었다. 내가 하지 못하는 일을 쉽게 한다.

"너무해."

고개를 숙이고 중얼거리자 에리노는 "미, 미안." 초조해하며 얼굴을 들었다.

"내, 내가 사과해야 하는데… 에리노가 먼저 사과하는 게 어딨어!"

"…그게 뭐야. 노조미가 사과할 일이 아니잖아."

에리노는 약간 놀란 얼굴을 하더니 싱긋, 웃었다.

나는 에리노가 부럽다. 세토야마가 좋아하는 것도 질투 나는 데다 예쁘고 공부도 잘하면서 자기 의견을 확실히 말하는 점도 전부, 얄밉도록 부럽다.

하지만 나는 그런 에리노가 정말 좋다. 좋아하니까 부러운 거다.

그래서 세토야마가 에리노를 좋아하는 까닭도 이해가 간다.

하지만… 역시… 나는 세토야마가, 좋다.

그래서 세토야마의 사랑을, 응원할 수 없다.

교환 일기를 그만두고 싶지 않다. 지금처럼 이야기를 나누고 싶다. 사실대로 고백했다가 미움받고 싶지 않다. 지금까지 맺어 온 이 관계가 사라지는 게 싫은데, 거짓말을 계속하는 일도 괴롭다. 그래서 고통스럽다.

내가 어떻게 하고 싶은 건지 나도 모르겠다.

답장의 진짜 주인공

– 시험 전, 마지막 주말이니
라스트 스퍼트 잘해보자!

시험이 끝나면
방학에 크리스마스, 그리고 새해인가.

점심시간에 방송실 앞 신청곡함에 가서 세토야마가 보낸 답장을 꺼내 교실로 돌아왔다.

"누즈미, 어디 갔다 와?"

"아, 화장실 좀."

에리노가 나를 보더니 물었다.

유코와 에리노가 다툰 지 이틀이 지났다. 나는 거의 에리노와 둘이서 지낸다. 점심시간도 쉬는 시간도 둘뿐이다. 유코와 에리노는 서로 피해 다닌다. 그 바람에 괜히 나도 유코와 이야기하기가 서먹해졌다. 이대로 다음 주까지 가려나. 자칫 잘못하다가는 3학기*에도 이 상태가 계속될지 모른다. 그건, 너무 싫다.

그런데 어떻게 해야 두 사람이 화해할 수 있을지 모르겠다.

에리노는 가끔 유코 쪽을 바라보면서 신경을 쓰고 있다. 분명 화해하고 싶은 거다. 하지만 시간이 지날수록 점점 말을 걸기가 어려운 거겠지. 유코도 평소에 비해 활기가 없다. 에리노와 같은 마음인 모양이다.

정말 이대로 가다가는 눈 깜짝할 사이에 시험 기간이 되고 겨울 방학에 들어갈 텐데. 뭔가 좋은 방법이 없을지 궁리하는데 "에리노!" 외치면서 유코가 전력 질주해서 다가왔다. 갑작스럽게 부르는 소리에 나도 에리노도 살짝 긴장했다.

"미안해!"

갑자기 유코는 우리 앞에 서서 머리를 숙였다. 우리는 눈앞까지 다가온 유코의 정수리를 보며 어리둥절해서 서로 얼굴을 마주 보았다. 대체 무슨 일이 있었던 걸까.

아무 말도 하지 못한 채 가만히 있으려니 유코가 천천히 고

---

* 일본은 4월에 새로운 학년이 시작되고 3학기제로 운영된다. 대부분의 학교에서 시행하는 교육 과정을 보면 1월에서 3월까지가 3학기다. 이 기간 안에 봄 방학도 있다.

개를 들었다.

“지난번에 에리노와 다투고서 굉장히 화가 났어. 줄곧 초조하고 뭔가 개운치가 않았는데… 이대로는 안 되겠다 싶어서… 아까 고백하고 왔어!”

“…정말로?”

나와 에리노가 동시에 물었다.

이 급박한 전개는 뭐지? 게다가 결과는 유코의 얼굴을 보면 한눈에 알 수 있었다.

“사귀기로 했어!”

“우와, 축하해! 잘됐다, 정말 잘됐어.”

내 일처럼 기뻐서 유코를 부둥켜안자 “고마워!” 대답하며 유코가 마주 끌어안았다. 에리노도 얼굴 한가득 웃음을 지으며 “축하해!” 소리를 높였다.

요네다가 유코를 좋아했구나. 응, 그렇겠지. 그렇지 않다면 영화 보러 가자고 하지도 않았겠지.

“잘됐다, 유코.”

생글생글 웃으며 말한 에리노를 보고, 신나서 팔짝팔짝 뛰던 나와 유코가 동작을 멈췄다. 그리고 유코와 에리노가 서로 마주 보았다.

“…에리노, 네 덕분이야.”

“그게 무슨 소리야. 유코가 요네다를 좋아하고 요네다도 같은 마음이었던 거야.”

"뭐, 그건 그렇지만."

평소처럼 너무 행복해 보이는 미소를 짓는 유코의 모습에 에리노가 어이없다는 듯 웃었다. 하지만 무척 분위기가 화기애애하게 바뀌었다.

"말이 너무 지나쳤지? 미안해, 유코."

"나도 괜한 질투해서 미안."

"하지만 무신경이라니 너무했어."

"에리노도 배려가 좀 없었지."

그렇게 말하면서 두 사람은 마주 보고 웃었다. 그 모습을 보면서 나도 절로 웃음이 났다. 두 사람이 화해해서 정말 다행이다. 하고 싶은 말을 서로 솔직히 터놓으면서 싸우고 사과하며 화해한다는 건 대단하다. 정말로, 대단한 일이다.

나는 지금까지 그렇게 해왔던가.

생각할 것도 없이 누구와도, 아무것도 하지 못했다. 그렇게 생각하자 단번에 마음이 울적해졌다. 나는 얼마나 나약한지.

"있잖아, 요네다가 날 중학교 때부터 좋아했대."

화해하자마자 바로 유코의 자랑이 시작되었다. 고백할 계기를 만들어 준 사람은 에리노였지만 고백할 때의 일부터 요네다와의 추억까지 신나서 이야기하는 유코에게 에리노는 서서히 지친 것 같았다.

"그래서 오늘은 수업 끝나면 같이 돌아가려고. 더 정확히는 요네다가 같이 가고 싶다지 뭐야."

"잘됐네, 잘됐어."

이야기를 끝낼 기미가 없어 보여, 도중부터는 휴대폰을 만지작거리면서 대충 흘려듣고 가끔 호응만 해주었다.

"지금까지 친구였는데 갑자기 연인이 되니 쑥스럽네. 그치만 그것도 행복이랄까, 뭐라고 표현해야 할지."

유코가 에리노의 어깨를 탁탁 치면서 부끄러워했다. 에리노는 뭐라고도 할 수 없는 표정으로 힘없이 웃었다.

"정말로 유코가 부러워."

그러더니 불쑥 혼잣말처럼 중얼거렸다.

"무슨 소릴 하는 거야, 학생회인 에리노가. 자랑은 아니지만 나, 사귀는 거 처음이거든. 에리노가 더 부럽지."

"…응, 그럴지도 모르지만."

에리노가 웬일인지 드물게 대답을 흐려서 나와 유코가 의아해하며 고개를 갸웃거렸다.

"실은 오래가질 못하더라고."

"그건 에리노가 차서 그런 거 아냐?"

"내가 말 안 했나? 내가 차인다니까. 내가 찬 적은 한 번도 없었어."

에리노가 느닷없이, 그러나 아무렇지도 않은 표정으로 고백한 진실에 유코도 나도 놀란 나머시 할 말을 잃었다.

그런 말, 들은 적이 없다. 그보다 에리노를 차는 사람이 있다니 믿을 수가 없다. 자기가 먼저 에리노에게 사귀자고 했으면서 무슨 이유로 헤어지고 싶어진 걸까.

"생각한 거랑 다르대, 내가."

"그게 무슨 말이야?"

"유코도 말했지만 말로 표현하는 방식이 너무 직설적이라 그런지… 제멋대로라는 둥 기가 세다는 둥, 뭐 그런 말들을 하더라고."

에리노가 그런 말을 들었다니. 헤어지고 나서 늘 태연했기에 에리노가 헤어지자고 한 줄로만 알았다.

"유코처럼 쭉 친구였던 사람이 좋아한다니, 정말 부럽다. 노조미처럼 상대의 기분을 배려해서 부드러운 말투로 이야기하는 점도 부러워. 외모만 보고 자기가 좋아하고서는 제멋대로 자기가 생각한 이미지랑 다르다고 뭐라 하니 참."

"…그런 일이…."

그렇지 않다. 나는 언제나 에리노를 동경해 왔다. 그리고 나 자신이 싫어질 정도로 질투했다. 지금도 계속하고 있다. 그런 에리노가, 나를 부러워하다니.

"빨리 내게도 멋진 사람이 나타났으면!"

"곧 나타날 거야. 에리노라면."

"맞아, 맞아. 그러면 좋아한다고 마음껏 이야기하면 돼! 나 같이 질투해도 좋지."

"뭐야 그게… 싫다, 그건."

만약 세토야마에게 고백받았다면 어떻게 할 거야? 그렇게 말이 튀어나올 뻔해서 꾸욱, 삼켰다.

"그러고 보니 노조미는? 결국 어떻게 됐어?"

"…나는, 아무것도 없어!"

'좋아하는 사람이 생겼어.' 그런 말은 할 수 없다. 말해선 안 된다. 말해버리면 에리노 성격상 세토야마에게 고백받아도 사귀지는 않을 테니까. 마음속으로는 사귀지 않길 바라면서, 왜 이런 생각을 하는 걸까.

"아, 구로다!"

유코, 에리노와 셋이서 복도를 걸어가는데 누가 내 이름을 불렀다. 이미 목소리만으로 누군지 바로 알았다. 전과 달리 밖에서 말을 걸어와도 그다지 당황하지 않게 되었다. 하지만 옆에 에리노가 있는 지금은 초조해질 수밖에 없다.

"어디 가는 거야?"

"그게, 잠깐 매점에 주스 사러…."

세토야마의 옆에는 요네다가 있어 바로 유코가 달려갔다. 두 사람 다 기쁜 듯이 이번 주말에 함께 시험공부 하자는 이야길 하고 있었다. 세토야마는 그런 두 사람을 잠시 바라보더니 "잘 됐네." 내게 귓속말을 했다.

싸운 친구가 두 사람이라는 걸 아마도 짐작하고 있었겠지. 내가 침울해할 때도 바로 알아차리고, 세토야마는 상당히 직감이 예리하다.

"구로다, 그러고 보니 자료집 돌려주는 걸 잊었네."

"아, 응. 괜찮아. 언제든 상관없어."

옆에 있는 에리노를 흘끔 보고 나도 모르게 세토야마와 눈이 마주치지 않도록 신경 쓰며 대했다. 만약 여기서 두 사람이 이야기하게 되고 뭔가를 계기로 그 교환 일기가 거짓이었다는 게 들통나면 어떡하지. 그런 생각을 하자 불안감이 가득 밀려와서 심장이 두근두근 격하게 뛰었다.

"너 왜 그래?"

"앗."

세토야마가 내 이마에 손을 대더니 밀어서 내 얼굴을 들어 올렸다. 놀란 나머지 눈을 크게 뜨자 바로 눈앞에 세토야마의 얼굴이 다가와 있었다.

뭐야, 너무 가까워. 게다가 손이 얼굴에! 어깨까지 꽉 움켜쥐다니. 이마에 세토야마의 커다란 손의 감촉과 온기가 전해져 와 머릿속이 새하얘져서는 입을 금붕어처럼 뻐끔거리고만 있었다.

"뭐, 뭐…야, 이게."

"안색이 안 좋아서 열이 있나 하고. 열은 없네."

"없다니까. 저기, 부끄러우니까…."

그렇게 말하자 세토야마는 "아아, 미안." 가벼운 말투로 말하고는 손을 떼었다. 절대로 미안하다고 생각하지 않는 거잖아. 전부터 생각했지만 항상 손을 너무 자주 갖다 댄다. 좋아하지도 않는 사람한테 이런 거 하지 말라고.

세토야마가 여학생들에게 인기 있는 건 거리가 가까워서가 아닐까. 분명히 많은 여자애를 착각하게 하는 거다.

"푸하하, 얼굴 너무 빨개졌어."

빨개졌을 게 분명한 내 얼굴을 보고 낄낄대며 웃는 세토야마를 나도 모르게 노려봤다. 누구 탓에 이렇게 된 건지 모르나. 사람이 많이 지나다니는 복도에서 그렇게 이마에 손을 대면 사과는 저리 가라 할 정도로 새빨개지는 게 당연하지.

"그럼 갈게."

세토야마는 탁탁, 내 등을 두드리고는 몸을 돌려 손을 흔들면서 사라졌다. 남겨진 내게 집중되는 시선이 너무 따가워서 창피했다. 이런 상태에서 가버리면 버림받은 기분이 든다. 나 혼자 따가운 시선의 표적이 되잖아.

이런 상황에 놓이는 건 곤란하다. 아주 난처하다.

내 옆에 에리노도 있는데 왜 이렇게 다정하게 구는 걸까.

"사이좋네! 뭐야? 혹시 전에 세토야마가 좋아하는 사람이 있다고 한 게 노조미였어?"

"아, 아니야, 아니야. 절대 아니거든."

유코가 나를 팔꿈치로 쿡쿡 찌르기에 에리노를 시야 끝으로 의식하면서 세차게 부정했다. 내가 신경 써도 에리노는 아무렇지도 않게 생각한다. 유코와 한편이 되어 놀릴 뿐이다.

세토야마는 무슨 생각을 하는 걸까. 에리노에게 오해받아도 괜찮은 걸까?

어쩌면 에리노가 질투해 주기를 바라고 이런 식으로 나를 대하는 걸까? 응, 틀림없이 그거다. 에리노를 만나려고 나한테 말을 걸거나 교실에 오는 거다. 그렇게밖에 생각할 수 없다.

그런 행동에 아무런 의미도 없다는 걸 잘 알면서도 혹시나 세토야마에게 내가 약간은 특별한 존재가 아닐까 기대하게 되고, 착각하게 된다. 기쁨과 괴로움이 뒤섞여 마음이 어느 쪽으로도 갈피를 잡지 못하고 있다.

시험 기간까지 세토야마의 집에서 공부하는 게 당연한 일이 되었다. 별달리 약속을 하지 않고 메시지를 주고받지 않아도 나는 도서관에서 세토야마를 기다리고, 세토야마는 나를 데리러 온다.

둘이서 집으로 가는 시간도, 눈앞에서 안경을 쓴 세토야마와 공부하는 시간도 상당히 익숙해져 이제는 자연스럽게 대화도 한다. 하지만 오늘은 왠지 줄곧 혈압이 높다. 학교에서 세토야마가 이마를 짚은 후로 열이 떨어지지 않는다.

자기 때문에 내가 이런 기분인데도 세토야마는 아무렇지도 않은 듯 여느 때와 다름없는 표정으로 교과서를 들여다보고 있다. 직감은 예리하지만 연애에 관해서는 둔한지도 모른다.

"이거, 무슨 의미야?"

"어? 아, 그러니까. 아, 그건 여기가 접속사니까 여기랑 연결되고…."

세토야마가 퍼뜩 얼굴을 들어 나를 보았다. 어느 사이엔가 멍하니 세토야마의 모습을 바라보다가 당황해서 교과서를 넘기며 대답했다.

"나도 질문해도 돼? 화학인데, 이게 무슨 말이야?"

"응?"

세토야마에게 설명해 주고 나서 나도 교과서를 뒤집어 놓고 질문했더니 세토야마가 몸을 앞으로 내밀었다. 그리고 무슨 일인지 교과서가 아니라 나를 가만히 바라보았다.

"…왜, 왜 그래?"

"화해했더라."

"어? 아아, 응. 고마워."

불현듯 전혀 다른 이야기를 꺼내기에 순간 무슨 이야기인지 몰라서 당황했다.

내가 대답하자 복도에서 만났을 때처럼, 아니 더 다정하게 웃어 보이며 다시 한번 "잘됐네." 말했다.

그 미소에 심장이 꽉 조여왔다. 양손으로 심장을 힘껏 쥐어짜는 듯했다. 또 얼굴이 뜨거워져 나도 모르게 고개를 숙였다.

부탁이니까 그런 표정으로 보지 말아줘. 나를 똑바로 보면서 웃으면 아무래도 의식하게 된다. 마치 굉장히 마음 써주는 것처럼 느껴지거든.

어째서.

"…어째서, 그렇게 다정한 거야…."

"뭐?"

불쑥 속마음이 흘러나왔다.

세토야마의 얼빠진 듯한 목소리에 정신을 차리고 뒤늦게나마 입을 다물었다.

무슨 헛소리를 한 거야. 나도 모르게 내뱉은 말을 다시 떠올리자 순식간에 뺨이 붉어지는 게 느껴졌다.

"하하, 뭐야 그게."

"아, 그건… 아무것도…."

세토야마가 낄낄거리며 소리 내어 웃었다. 아아, 없었던 일로 하고 싶다. 시간을 되돌릴 수 있다면 좋을 텐데.

"다정하면 뭐가 문젠데?"

그 질문은, 치사하다. 뭐라고 대답해야 좋을지 몰라 말문이 막혔다.

문제는, 분명히 있다. 그것도 많이. 하지만 기쁘다. 기쁘다는 게 가장 큰 문제다.

입술을 깨물고 비어져 나올 것만 같은 눈물과 속마음을 필사적으로 마음속에 꾹꾹 눌러 담았다. 눈앞으로 세토야마의 커다란 손이 가만히 다가오는 걸 알고는 순간 몸이 굳어졌다. 그 손은 흘러내린 내 오른쪽 머리칼을 잡았다.

"…왜, 왜…."

떨리는 목소리를 내자 차츰 눈물이 눈동자에 차올라 목이 막혔다. 당황해서 입을 다물고 눈물을 삼켰다. 이런 타이밍에 울다니, 영문을 모르겠다.

미간을 찌푸리고 이를 악물고서, 눈을 깜빡이지 않으려고 눈꺼풀을 필사적으로 들어 올렸다. 지금 나는 분명 엄청나게 찌그러진 얼굴을 하고 있겠지.

세토야마는 내 머리칼을 잡은 채 가만히 바라보면서 움직이지 않았다. 너무 뚫어져라 바라보는 바람에 침착할 수가 없어서 가만히 얼굴을 올리자 세토야마와 눈길이 부딪혔다.

"그러고 보니까 항상 똥머리를 하고 있네."

"에, 아, 아아… 펴, 편해서."

아아, 어떡해, 목소리가 떨렸다. 시선을 피하고 싶은데 너무나도 똑바로 쳐다보니까 몸이 굳어져서 꼼짝할 수가 없다. 몸 안에서 피가 끓어오르는 게 느껴졌다.

"하지만 지난번에는 머리 풀었잖아?"

…언제 이야기지. 왠지 지금 이 상황을 뇌가 따라가지 못해서 붕 떠 있다. 사고 회로가 멈춰 버렸다. 방 안에 전기 스토브가 켜져 있어서 그런지 온몸이 덥다. 얼굴도 몸도 달아올라서 열이 나는 듯 머리가 몽롱해졌다.

"전에 영화 보러 간 날."

아아, 그러고 보니 부끄러울 정도로 멋을 잔뜩 내고 갔던 기억이 되살아났다.

그날, 세토야마가 한 말이 떠올랐다. "너 대단해." 칭찬해 주면서 "확실히 말해."라고 화도 냈다.

어쩐지, 그때 이미 나는 세토야마를 좋아하고 있었나 보다.

멍하니 그런 생각을 했다.

전에는 불편하게 여겼었는데 어쩌다 지금 우리는 한 공간에서, 그것도 이렇게 가까운 거리에서 서로 바라보고 있는 걸까. 혹시 길고 긴 꿈을 계속해서 꾸는 건지도 모른다. 머리가 어질어질해졌다.

"머리 내리면 좋은데."

"…그게 더 좋아?"

에리노는 짧은 머리인데, 그래도 역시 남자들은 긴 머리를 좋아하는 걸까.

세토야마가 한 말의 의도를 잘 모르겠지만 이런 걸 묻는 나도 정상은 아닌 것 같다. '그걸 물어서 어쩔 셈인데?' 머릿속에서 또 다른 내가 따져 물었다.

세토야마는 나를 가만히 바라보더니 "으음." 잠시 생각하는 듯했다.

"뭐, 둘 다 어울리지 않아?"

그렇게 말하더니 장난을 꾸미는 소년처럼 히죽 웃고는 "그러니까."라며 말을 이었다.

"어느 쪽이든."

심장이 쿵쾅, 크게 뛰면서 달콤한 행복감과 따끔한 통증이 한꺼번에 밀려왔다.

단념해야 한다고 생각하고 있는데, 기대 같은 거 하면 안 된다고 생각하고 있는데, 좋아하는 마음을 멈출 수 없게 되었다.

다정한 모습도, 이렇게 이야기해 주는 까닭도, 집에 데려오는 것도 '나'라서가 아닐까 뿌듯해하게 된다.

"이렇게 이야기할 기회가 생겨서 다행이야. 그렇지 않았음 널 오해한 채로 지냈을 거야."

'마치 고백받는 것 같아.'

이런 생각까지 하다니 내가 중증인 거겠지. 착각의 말기 증상이다. 말 이상의 의미 같은 건 있을 리 없다.

"나랑 다른 사고방식도 재미있고."

눈을 작게 뜨고 웃으면서 내 머리칼에 손가락을 감는 세토야마에게서 눈을 뗄 수가 없다. 머리카락에 마취 주사라도 맞은 듯 감각이 마비되어 갔다.

우리는 이렇게 대화를 나눌 만한 관계가 아니었다. 지금도 냉정하게 따지면 세토야마의 방에 있다는 사실이 믿기지 않을 정도다. 그렇게 생각하자 한층 더 현실감이 사라졌다. 가슴이 두근두근 기분 좋게 뛰면서 나를 꿈속으로 데려갔다. 눈앞에 세토야마의 얼굴이 있다. 이렇게 가까이서 세토야마의 얼굴을 볼 수 있다니, 몇 개월 전이었다면 상상도 하지 못할 일이다.

세토야마의 예쁘고 검은 눈동자에 내 얼굴이 비쳤다. 빨려 들어갈 듯이 그 눈동자를 바라보았다. 차츰 다가오는 그 눈동자에 내 눈동자가 겹치기까지.

눈과 눈이 겹치고 코에 세토야마의 안경이 닿았다. 그리고… 입술에 따듯한, 뭐라고 말할 수 없는 뭔가가, 닿았다.

눈을 뜨고 있는데도 상황을 알 수가 없다.

뭐지, 이거. 뭐가 어떻게 된 걸까. 시간이 멈춰버린 걸까, 아니면 내 몸이 돌이 되어버린 걸까. 옴짝달싹할 수가 없다. 눈도 깜빡일 수가 없다.

정신을 차리고 보니 책상 위에 올려놓았던 손이 세토야마의 손에 잡혀 있고, 나도 마찬가지로 세토야마의 손을 잡고 있었다. 눈을 감자 어둠 속에서 따듯한 뭔가가 나를 감싸는 듯했다.

방 안이 나의 심장 소리로 꽉 차는 게 아닐까. 주어졌던 무언가가 갑자기 사라져가는 걸 느꼈다.

아쉬운 마음으로 천천히 눈꺼풀을 들어 올리자 눈앞에서 세토야마가 나를 바라보고 있었다. 희미하지만 뺨이 붉게 물들었다. 아까는 아무것도 보이지 않았다. 아마 세토야마의 얼굴이 너무 가까이 있었던 거다.

그렇다는 건….

일순간에 머릿속이 깨끗해지면서 헉, 입술을 손으로 가렸다.

지금 이거, 뭐지? 무슨 일이 일어난 거야?

코끝에 닿은 딱딱한 안경, 맞닿은 입술, 다시 생각하니 몸속에서 뜨거운 김이 뿜어져 나오는 게 아닐까 싶을 정도로 뜨거워졌다. 입술에 아직도 세토야마의 온기가 남아 있다. 마치 내 것이 아닌 듯한 감각이다.

"어, 어… 어째, 서."

"아…, 아니, 그."

혼란스러워하는 나를 보고 세토야마도 퍼뜩 정신이 든 표정으로, 잡았던 손을 놓았다.

"미, 안… 무심결에 그만…."

나와 마찬가지로 입가를 손으로 가리면서 중얼거렸다.

무심결에…라니? '무심결에' 키스했다는 거야?

눈앞이 새하얘져서 열이 단번에 사르르 내렸다. 입술이 조금씩 떨려와 어금니를 꽉 물었다. 울지 마. 울면 안 돼.

"…노, 놀랐잖아."

하핫, 힘없이 웃자 세토야마도 민망한 듯이 내게서 시선을 돌렸다.

"너도 분위기에 휩쓸리지 말았어야지."

그리고 낮은 목소리로 세토야마가 말했다.

뭐야, 그게. 왜, 그런 말을 하는 거야. 왜 내가 그런 말을 들어야 하는 거지? 무심결에 키스한 건 너잖아.

분해서 눈물이 차올랐다. 심장이 터질 듯 아팠다. 팽팽하게 조여오는 것 같다.

"괜찮아… 에리노에게는 오늘 일 말하지 않을, 테니까. 아니 말 못 해."

목소리가 떨려서 어쩔 수가 없다.

"그런, 가."

세토야마는 고개를 숙인 채 작은 목소리로 중얼거렸다.

말 안 해, 이런 일. 말 못 해, 말하고 싶지도 않아.

책상 위에 놓인 교과서를 적당히 가방 안에 쑤셔 넣고 “미안, 이만 가볼게.” 말하며 일어섰다. 물론 세토야마는 입을 꾹 다문 채, 여느 때처럼 “배웅해 줄게.”라고 말하지 않았다. 그게 한층 더 눈물을 차오르게 했다.

방을 나와 미쿠와 할머니에게 인사도 하지 않고 집에서 나왔다. 등 뒤에서 쫓아오는 기척도 없다. 뒤쫓아와 주길 바란 건 아니지만, 세토야마에게는 겨우 그 정도의 일이었나 싶었다.

왜, 키스 같은 걸 한 거야?

‘무심결에’라니… 너무해.

그런 식으로 눈길을 피하고 어색해할 거면, 하지 말지. 에리노를 좋아하면서, 나를 좋아하지도 않으면서 ‘무심결에’ 키스하는, 그런 가벼운 사람이었다니.

버스 정류장에 도착하자 딱 때를 맞춰 버스가 오기에 도망치듯이 올라탔다. 맨 뒷자리에 앉아 흐트러진 숨을 가다듬으려 하자 눈물이 뚝, 떨어졌다.

혼자가 된 순간 감정의 둑이 터진 듯 눈물이 흘러나왔고, 딱히 멈추려고 하지 않았다. 똑바로 나를 바라보는 세토야마의 눈동자. 다정한 미소와 내게 해준 기분 좋아지는 말들. 그리고 맞닿았던 입술. 모든 걸 잊고 없었던 일로 하고 싶어서 입술을 쓱쓱 문질렀다. 이 감각, 사라져 없어지면 좋겠다.

최악이다. 에리노를 순수하게 좋아한다고 생각했는데. 그 편지처럼, 거짓 없이, 솔직하게, 한결같이 에리노를 좋아하는 거라고 생각했는데.

분명 다른 여자애한테도 이런 짓을 하는 걸 거야. 그렇게 여자애들이 끌릴 만한 행동만 하는 거구나. 착각하고 혼자 들떠서는, 난 바보다.

알고 있었으면서, 이렇게 될 때까지도 이래저래 작은 기대를 버리지 못하고 있었다는 걸 깨달았다.

싫다, 저런 남자, 이제 싫다.

그 자리에서 화를 낼 걸 그랬나. 너무하다고, 최악이라고 욕해줄 걸 그랬나. 하지만 그건 모두 내 감정과 다른 이야기다.

세토야마는 '나'에게 키스한 게 아니다. '그저 내가 그 자리에 있었기' 때문에 키스했다.

그 사실이 슬프기보다는 분했다. 화가 나기보다는 괴롭다.

'휩쓸리지 말았어야지.'

확실히 휩쓸렸는지도 모른다. 하지만 세토야마니까, 휩쓸린 거지. 눈을 뗄 수가 없어서, 꼼짝할 수도 없었다. 세토야마를 좋아하니까.

"… 흐흑…."

왜, 에리노를 좋아하면서, 내게 키스한 거야?

왜, 에리노를 좋아하는 거야?

왜, 내가 아닌 거야?

주머니 속에서 휴대폰이 울려서 코를 훌쩍거리며 확인했다. 액정 화면에 세토야마의 이름이 떠 있어, 순간 몸이 떨렸다. 자그맣게 심호흡을 하고 나서 눈물을 닦고 메시지함을 열었다. 거기에는 짧은 글이 적혀 있었다.

'정말 미안. 정말로, 미안해.'

그렇게 사과하지 마.

더 허무해지니까.

차가운 공기가 내 마음을 얼음처럼 얼어붙게 하면 좋을 텐데.

휴일이 지나도록 교환 일기의 다음 페이지는 공백인 채로 있었다. 답장 따위, 쓸 수 있을 리가 없다. 주말을 몽땅 쏟아부었지만 한 글자도 떠오르지 않았다. 생각할 때마다 눈물만 흘러내리고 머리가 조금도 돌아가지 않았다.

고민해 봐야 소용없다고, 잊으려고 기를 쓰며 공부하려 했지만 머릿속은 세토야마와 했던 키스 생각으로 꽉 차서 화학 교과서는 펼치지도 못했다. 공부가 전혀 손에 잡히지 않았다. 결국 휴일이었는데 잠도 거의 못 잤다.

이제 그만하자, 이런 일. 전부 사실대로 털어놓고 끝내자. 그렇게 마음먹고 몇 번이나 메모지에 초안으로 '이 교환 일기를 쓴 사람은 사실 나였어.' 한 문장을 써보았다. 그때마다 눈물이 떨어져 글씨가 번졌다.

이런 상황에 놓이고도 세토야마에게 미움받을 일이 두렵다.

세토야마가 충격받지 않을까 생각하자 가슴이 아프다. 이미 엉망진창이다. 모든 게 싫어졌다.

이렇게 될 거였다면 러브레터 따위 집어 들지 말았어야 했다. 처음에 단호하게 거절할 걸 그랬다. 편지가 잘못 전달된 걸 알았을 때 사실대로 말할 걸 그랬다.

몇 번인지도 모를 후회가 나를 덮쳐왔다. 끝없는 반복이다. 출구가 보이지 않는다.

가능하면 세토야마와 마주치지 않으려고 오전에는 살금살금 교실 구석에서 지내고 점심을 먹고 나서는 혼자 있고 싶어서 매점까지 주스를 사러 갔다.

"하아…."

터덜터덜, 복도를 걸어가면서 크게 한숨을 내쉬었다. 내일부터 시험인데 괜찮을지 불안할 정도로 머리가 돌지 않았다. 이 마음을 어떻게든 하지 않으면 일상에서 여러 가지 일이 조금씩 무너져 버릴 것 같다.

자판기에서 요구르트를 뽑아 들고는 발길을 돌리는데 눈앞으로 지나가던 남학생이 걸음을 멈추고 돌아보았다.

"아, 구로다?"

이름을 부르기에 돌아보니 요네다가 서 있었다.

세토야마가 어제 일을 누군가에게 말할 성격으로는 보이지 않았지만 자주 함께 있는 요네다에게는 혹시나 말했을까 싶어,

약간 긴장했다.

우선 "안녕!" 인사했는데 요네다가 "마침 잘됐다." 말하며 얼굴을 찡긋하고 웃었다. 그 미소를 보고 어제 일은 아무것도 모른다는 데 안심해 가슴을 쓸어내렸다.

"지금 너네 반에 가는 중이야."

"어, 그래? 유코 만나러?"

"맞아. 혼자서 가기는 좀 쑥스러웠는데 마침 구로다가 보여서 다행이다."

그렇게 말한 요네다는 약간 부끄러운 듯이 머리를 긁적긁적했다. 이 동작만으로도 유코를 좋아한다는 사실을 알 수 있었다. 좋겠다, 유코는. 좋아하는 사람이 이렇게 생각해 주니.

"아, 그런데, 세토가 좋아하는 여학생이 구로다 너야?"

너무도 갑작스러운 질문에 멍한 얼굴로 쳐다보자 요네다는 "아!" 뭔가 깨달은 듯한 소리를 냈다.

"혹시 이미 사귀고 있어?"

"어?! 아니, 아니야. 아니라고."

당황해서 머리와 손을 내젓자 요네다는 어깨를 내려뜨리고 실망한 듯한 표정을 지었다.

"아, 그래? 그럼 사귀기 전 단계인가?"

"그, 그런 거 아니라니까. 애초에 아무 사이도 아니랄까…."

'세토야마가 좋아하는 사람은 에리노야.' 무심코 말할 뻔해서 얼른 입을 다물었다. 그리고 '나였으면 좋았을걸.' 생각했다. 포기도 못하고 질질 끄는 데다 뻔뻔하기까지 하네, 나.

"뭐야. 그럼 누구냐 대체."

"…요네다, 모르는구나."

세토야마가 좋아하는 사람을 요네다가 모른다는 게 뜻밖이었다. 남자애들은 의외로 그런 이야기를 잘 안 하는 걸까.

"그 녀석 꽤 신비주의거든. 나한테 말하면 쓸데없는 짓을 할 거라면서. 그런 실례가 어딨어."

마치 삐치기라도 한 듯이 입을 뾰족 내민 요네다를 보고 그만 후훗, 웃고 말았다. 하지만 세토야마의 마음도 조금 알 것 같다. 악의는 없을 테지만 요네다에게 말하면 일이 커질 것 같은, 그런 예감이 드는 거겠지.

실제로 지금, 요네다는 나에게 이런저런 이야기를 다 쏟아내고 있다.

"실은 나, 세토가 좋아하는 사람이 마쓰모토인 줄 알았어. 마주칠 때마다 흘끔흘끔 보더라고. 남자의 직감이랄까!"

바로 맞혔다. 요네다도 만만찮다.

"그래?" 아무것도 모르는 척하고 되묻자, 요네다는 그대로 이야기를 계속했다.

"그런데 뭔가 요즘 내가 잘못짚었나 싶지 뭐야. 최근에 너하고 친하잖아. 그 녀석 누구와도 쉽게 친해지지만 여학생하고는 특별히 가깝게 지낸 적이 없었거든. 뭐랄까, 적당히 거리를 두고 지낸달까. 그런 점 때문에 인기가 있으니 열받아."

"그, 그렇구나."

그저 친하게 지내는 여사친 정도인데 마음에 등불이 켜진 듯 따듯해졌다. 그러나 어제 한 키스를 떠올리자 마음이 금세 복잡해졌다.

"너도 아니라면 대체 누구지! 좋아하는 사람이 있다는 건 직접 들었으니 확실하고. 고백도 한 것 같던데… 아무 말도 하지 않는 걸 보면 잘 안 됐나?"

"어…?"

"아냐, 하지만 그 녀석 뭐든 바로 태도에 드러나니까 차였다면 내가 바로 알 수 있을 거야."

내 반응을 보지도 않고 요네다는 교실로 가는 동안 혼자서 이런저런 말을 떠들었다.

요네다는 역시 친한 만큼 세토야마를 꽤 잘 보고 있다.

요네다의 상상은 상당히 잘 들어맞았다. 다만 고백했다는 건 모르는 것 같으니 무심코 말실수를 하지 않으려고 일단 고개를 끄덕이기만 하면서 이야기를 들었다.

"하지만 말야, 그 녀석도 꽤 능글맞아. 그 인기 많은 꽃미남 세토야마가 애타게 찾아다니다니 여자애들이 들으면 비명이라도 지르지 않겠어?"

그건 처음 듣는 이야기다.

"찾아다니다니 뭘?"

"아아, 말해도 되려나, 그거. 뭐 어때, 왠지 너는 여러 가지 알고 있는 것 같으니까."

내가 움찔하자 그걸 알아차린 요네다가 킥킥, 웃었다.

"구로다, 너도 참 알기 쉬워."

넘겨짚어 말했나 싶었지만 내가 알고 있다는 사실도 눈치채고 있었나 보다. 아무것도 모른다는 듯한 밝은 미소지만 역시 만만치 않다.

"뭔가 책상에 메시지를 남긴 여학생이라던데."

나도 모르게 발걸음을 멈췄다.

"반년쯤 전인가. 축구로 고민할 때 답장을 줬다나. 자기랑 전혀 다른 사고방식이어서 그 글을 보고 긍정적으로 생각하게 되었다면서 그 낙서를 한 여자애를 찾아다녔거든."

축구. 그거라면 요전번에 말했던, 축구부를 그만뒀을 때 이야기인가.

반년 전 책상에 남긴 메시지라니 뭘 말하는 걸까. 역시 그것까지는 들은 적이 없다. 그게 에리노일지도 모른다.

하지만 에리노가 세토야마의 책상에 뭔가 쓸 일이 있을까. 이동 수업 때라면 내가 방송실에 가고 난 다음 내 가방을 정리하다가 쓴 걸까. 하지만 에리노가 다른 사람 책상에 답장을 쓰다니 상상이 되지 않는다. 단순히 생각하면 그 책상을 사용하는 나일 가능성이 높아 보이지만, 기억에 없다.

그보다, 이 이야기는 요전번부터 몇 번인가 들은 이야기다. 그 책상에 글을 쓴 사람이 나였다고 한다면, 세토야마는 그게 에리노라고 생각했다는 거네.

내가, 썼던가? 책상에 쓰여 있던 낙서에 몇 번인가 장난으로 뭔가 대답을 쓴 적은 있었던 것 같다. 하지만 어떤 말을 썼는지는 기억나지 않는다.

전에 축구 이야기를 할 때, '지금이 아니어도 할 수 있다.'라고 말했는데, 그 말에 세토야마가 '고마워.'라고 대답했다.

뭐가 뭔지 알 수가 없는데 심장이 빨리 뛰기 시작했다. 마치 혈액이 내 몸 안을 타고 흘러 다니는 소리가 들리는 듯했다.

세토야마가 축구 이야기를 한 게 언제였더라.

"그런데, 찾은 모양이야. 왠지 바로 고백하겠다고 하길래 모두 말렸거든. 책상에 쓰인 낙서만으로 좋아져서 바로 고백하겠다니, 일단 진정하라고 할 수밖에 없지 않겠어? 그 녀석, 뭐든 생각하면 바로 행동한단 말이지. 멧돼지라니까, 멧돼지."

어리둥절해하는 나를 알아차리지 못하고 요네다는 큭큭, 웃으며 이야기를 계속했다.

"아, 세토!"

교실이 가까워지자 요네다가 갑자기 큰 소리로 이름을 외쳤다. 깜짝 놀라 몸을 움칫하며 천천히 얼굴을 들자 교실 앞에서 마주 서서 이야기를 나누는 세토야마와 에리노의 모습이 눈에 들어왔다.

웃으며 이야기하고 있다. 그리고 내가 있는 쪽으로 시선을 돌리는 두 사람.

나를 본 세토야마는 순간 어색한 듯한 표정을 보이더니 "여어!" 외치며 멋쩍은 웃음을 띠었다.

두 사람은 무슨 이야기를 한 걸까.

두 사람은 왜 이렇게 잘 어울릴까.

(뭐가 뭔지) 내가 모르는 일이나 신경 쓰이는 일, 불안과 기쁨. 여러 가지 감정이 내 안에서 마구 뒤섞여 속이 울렁거렸다. 검고 질척한 무언가가 몸 안에서 서서히 팽창해 가슴을 짓눌렀다. 안에서 터져 몸도 마음도 부서질 듯했다.

그 순간 땅이 기우뚱, 흔들리면서 시야가 흐려졌다.

4장

파란, 용기

너도대체 누구야?

– 궁금해서 더는 못 참겠어.

너, 누구야?

그냥, 정말로 그냥, 신청곡함을 열어보고 발견한 편지.

교환 일기 노트는 아직 내가 갖고 있는데, 어째서 보러 갔을까. 스스로도 의아했다. 불길한 예감이란 이런 걸까.

정신을 차리고 보니 나는 보건실 침대에 누워 있었다.

교실 앞에서 세토야마와 마주치고 난 다음의 기억이 날아가 버렸다. 5교시가 끝나기 직전 눈을 떴을 때, 순간 내가 어디에 있고 무얼 하고 있는 건지 알 수 없는 상태에서 지금까지의 모든 일이 꿈이 아니었을까 생각했다.

보건 선생님이 단지 잠들어 있었을 뿐이라고 하면서 "공부를 너무 많이 해서 수면 부족인 거 아냐?" 기막혀했다.

쉬는 시간에 에리노와 유코가 걱정하며 찾아와 주었다. 6교시 수업에 들어가려고 했지만 아직 안색이 좋지 않으니 더 자라고 보건 선생님이 말렸다.

자고 싶지는 않았지만 어느새 깊이 잠이 들었고 종례 시간도 다 끝나서 그제야 보건 선생님이 깨워서 눈을 떴다. 만일을 위해 열을 재고, 문제가 없다는 사실을 확인하고서야 혼자 돌아가도 좋다는 허락이 떨어졌다.

담임 선생님에게 귀가를 보고하러 교무실에 들렀다가 복도로 나오자 문득 방송실 앞에 있는 신청곡함이 눈에 들어왔다. 그리고… 이 편지를 발견했다.

아무도 없는 교실에서, 손에 든 편지를 가만히 바라보았다. 거의 한 시간은 지났겠지. 시험 전이라서 동아리 활동도 쉬는 지금, 교실에는 아무런 소리도 들리지 않았다. 이 세상에 나 혼자만 남은 게 아닐까 싶을 정도로 세상이 정적에 둘러싸였다. 태양은 회색 구름 사이로 숨어버렸고 하늘도 교실도 어슴푸레해서 한층 더 적막했다.

편지를 바라보는데, 문장의 의미가 머릿속에 들어오질 않는다. 글자를 바라보다 보니 겨우 조금씩 머릿속이 맑아졌다.

세토야마는 왜 갑자기 이런 말을 쓴 걸까. '궁금해서 더는 못 참겠어.'라는 건, 도중에 이 편지의 상대가 에리노가 아니라는 걸 알아차렸다는 뜻이다. 언제부터, 어디서, 들키고 만 걸까. 점심시간에 에리노와 이야기한 건 이 사실을 확인하기 위해서였을까. 지금까지의 대화에서 눈치챈 기색은 조금도 느끼지 못했다. 그건 세토야마답지 않은 것 같은데.

"…하지만, 누군지는 아직 모르는 건지도."

불쑥 혼잣말을 하면서 '너, 누구야?'라는 글자를 바라보았다. 나라는 걸 알고 있다면 세토야마의 성격상 '누구야?'가 아니라, 확실하게 '구로다지?' 적지 않았을까.

어쩌면 책상 위에 적힌 메시지는 전혀 관계없는지도 모른다. 이 편지에서 알 수 있는 건 들키고 말았다는 사실.

'나'인 줄은 아직 모른다 해도 에리노가 아니라는 걸 세토야마가 알고 있었다. 언제부터인지, 어떻게 알았는지는 이제 와서 아무래도 상관없다.

"…더 이상, 안 되겠어."

절로 눈물이 흘러나왔다. 아아, 끝났다.

슬픈데, 쓸쓸한데, 한편으로는 안심하기도 했다. 동시에 지금, 이 마당에 나는, 세토야마에게 미움받을지도 모른다는 사실이 불안했다. 도망치기만 하는 겁쟁이인 주제에, 내가 이렇게나 단념할 줄 모르고 미련이 많다는 걸 처음 알았다.

자기혐오에 빠져 책상 위에 엎드렸다. 그때 부부부, 가방 안에서 휴대폰 진동이 울려서 손등으로 눈물을 훔치며 휴대폰을 꺼내 들었다. 에리노 아니면 유코일까. 쉬는 시간에 날 염려해 보건실까지 와주었는데 별로 이야기를 나누지 못했으니 계속 걱정하고 있을지도 모른다.

멍하니 휴대폰을 확인하자 문자 메시지가 일곱 건이나 와 있었다. 에리노와 유코에게서 한 건씩. 나머지 다섯 건을 보낸 사람이 세토야마라는 걸 안 순간, 숨이 멎는 듯 괴로웠다.

오늘도 도서관에서 기다리고 있었던 걸까. 아니면 전부 들통나서 화를 내는 내용일지도 모른다. 이렇게 연락해 온 걸 보면 뭔가 하고 싶은 말이 있는 게 분명하다. 그렇게 생각하자 확인하기가 두려워서 손이 떨렸다. 하지만 무시하고 안 볼 수는 없는 노릇이다.

스읏, 숨을 들이마셨다가 천천히 토해내고 마음을 진정시킨 다음 굳게 마음먹고 이를 악물었다. 손에 힘을 주어 먼저 온 메시지부터 순서대로 열었다.

'쓰러진 거, 나 때문인가. 정말 미안해!'

'몸 괜찮아? 오늘은 공부 안 해도 되니까 푹 쉬어.'

'아직 쉬고 있는 거야? 내일부터 시험이니까 무리하지 마.'

'혹시 어제 일 화났어? 사과할 테니 연락 줘.'

'어-이, 답장 좀 하라고!'

별것 아닌 내용의 문자에 나도 모르게 긴장이 풀려 또다시 눈물이 차올랐다.

"…바보, 잖아."

정말로 바보라니까, 세토야마.

왜 이런 문자를 보내는 거야? 이러면… 결심이 흔들린다. 더 답장하고 싶어진다. 더 이야기하고 싶어진다. 거짓말이어도 좋으니 교환 일기를 계속하고 싶어진다. 에리노한테 하는 말이어도 좋으니, 웃어주면 좋겠다. 이야기를 들려주면 좋겠다.

그렇게나 괴로웠던 키스인데, 잊고 싶지 않다. 아주 조금, 기대를 품은 채 지내고 싶다. 설령 착각이어도 좋으니까.

사실은 교환 일기 같은 거 아무래도 상관없다. 계속해도 좋고 그만둬도 좋다. 어느 쪽이든 상관없다. 나를 좋아하지 않아도 좋다. 다만, 세토야마에게 미움만은 받고 싶지 않다. 지금까지와 똑같이 대해주면 좋겠다.

'미안, 계속 보건실에 있느라 몰랐어. 고마워.'

그렇게 문자 메시지를 보내자 바로 답장이 왔다.

'응! 내일부터 시험 잘 봐.'

세토야마의 웃는 얼굴이 눈앞에 선하게 그려져 더 마음이 약해진다.

탁, 뭔가가 부딪히는 소리가 들려와 시선을 돌리니 유리창에 작은 물방울이 맺혀 있었다. 조금 있지 타닥, 타다타닥, 하고 잇달아 빗줄기가 창에 세차게 부딪히는 소리가 들리기 시작했다. 아래로 흘러내리는 물방울을 바라보는데 내 눈동자에서도 눈물이 뺨을 타고 흘러내렸다.

시험 첫날 아침은 하늘이 눈부실 정도로 맑았다. 거의 잠을 못 잔 상태여서 그런지 눈이 아플 정도다. 하지만 그만큼 평소보다 기온이 낮게 느껴졌다.

어젯밤은, 낮부터 학교에서 잔 데다 세토야마에게 온 편지에 답장을 해야 한다는 생각에 빠져 있느라 전혀 잘 수가 없었다. 사과해야 한다는 건 알고 있는데, 노트를 앞에 두고 펜을 들기만 해도 손이 떨려서 도저히 쓸 수가 없었다. 일단 다음 날 시험에 대비해 공부도 했지만 자신은 없다.

"오늘 시험… 괜찮으려나…."

느릿느릿 걸어가면서 무심코 혼잣말을 중얼거렸다.

"노조미, 안녕! 어제 괜찮았어?"

교실로 들어서자 내 모습을 발견한 에리노가 자리에서 일어나 달려왔다.

"아, 응. 고마워."

나도 모르게 에리노에게서 시선을 돌리며 대답하고 말았다. 에리노는 잘못한 게 없는데, 이런 태도를 보이다니. 분명 이상하게 여기겠지.

그런 분위기를 씻어주듯이 "안녕!" 유코의 활기찬 목소리가 들려왔다.

"아, 안녕…!"

"노조미, 이제 괜찮은 거야?"

"응, 괜찮아, 고마워. 에리노도 유코도 고마워."

한숨 돌리고 나서 이번에는 에리노를 똑바로 보면서 고맙다고 인사했다.

"참, 그래서 에리노, 세토야마랑 무슨 이야기한 거야?"

"응? 아아, 어제? 스쳐 지나가면서 세토야마가 말을 걸었을 뿐이야."

자리에 앉아 1교시 시험 과목인 교과서를 꺼냈지만, 신경은 온통 들려오는 두 사람의 대화에 쏠렸다.

"뭐야, 수상해! 요네다가 자꾸 에리노를 데려오라고 한 일도 세토야마가 에리노를 마음에 두고 있어서 그런 거 아냐?"

"설마. 별 이야기 안 했어. 잠깐 인사한 정도야."

가슴이 따끔따끔 아파서 눈앞에 있는 교과서에 쓰인 글자가 한 글자도 머리에 들어오지 않았다. 인사만 했을 뿐이라는 에리노의 말에 거짓은 없겠지. 에리노가 그런 걸 얼버무리진 않을 테니까. 세토야마는 분명, 교환 일기의 상대가 에리노가 아니라는 걸 알아서 직접 말을 건 거다. 이제 에리노에게 말을 걸어도 상관없다는 걸 알아버린 게 틀림없다. 그 일기의 내용은 전부 거짓말이었으니까.

분명 세토야마는 앞으로 직접 에리노에게 다가가겠지.

"노조미도 수상쩍다고 생각하지?"

"아, 으, 응. 잘 어울리는데… 괜찮지 않아?"

웃는 얼굴이 어색하게 굳어져 있지 않기를 기도하면서 마음에도 없는 소리를 했다. 아아, 아프다. 내 거짓말에, 내가 상처받으면 어쩌자는 거야.

"두 사람 다 맘대로 생각하셔."

에리노가 잘못한 게 아니다. 전에 에리노가 유코에게 말했듯이 엉뚱한 사람을 질투하는 건 잘못된 일이고 무의미한 일이다.

잘 알고 있다. 알고 있는데 에리노에게 질투하고 만다. 세토야마가 좋아한다는 게 부러워 견딜 수가 없다. 하지만 유코처럼 에리노와 직접 부딪히지도 못한다. 물론 세토야마에게 다가가지도 못한다. 아무 일도 없었다는 듯이 계속 태평하게 행동하는 일밖에 하지 못한다.

두 사람은 이제 곧 해피 엔딩을 맞이하겠지.

요네다가 말한 세토야마 책상에 메시지를 남긴 사람이 나든 아니든, 그런 건 분명 관계없다. 계기가 되었을 수는 있다. 하지만 그 사람이 에리노라고 생각한 세토야마는 그때부터 에리노를 지켜보았을 거다. '자기 주관이 뚜렷하다.'라고 하면서. 세토야마는 교환 일기를 시작했을 무렵에 그렇게 말했다. 그건 틀림없이 에리노에게 한 말이다.

세토야마는 나 같이 답답한 성격을 지닌 이에게도 다정하게 말을 걸어주는 사람이니까 상대가 에리노라면 훨씬 더 자상할 게 틀림없다. 두 사람이 나란히 있는 모습은 누가 봐도 잘 어울린다. 나 같은 사람과 나란히 서 있기보다 훨씬 더 보기 좋을 게 분명하다. 내 감정을 감추려 뚜껑을 덮고 머릿속에서 수도 없이 이 말을 되새기고 있다.

종이 울리고 기말고사가 시작되었다. 오늘은 시험이 세 과목이었고, 1교시부터 3교시까지 시험을 그럭저럭 끝냈다. 점수는 크게 기대하지 못하겠지만.

시험 첫날부터 에리노는 학생회 호출이 있었는지 혼자 교실에서 나갔다. 물론 유코는 요네다와 함께 돌아갔다. 여러 가지 생각해야 할 일은 있지만 지금은 일단 시험공부를 해야 한다.

"구로다!"

학교를 나서는데 세토야마가 큰 소리로 불러 세웠다. 당황하면서 멈칫멈칫 돌아보자 신발장 쪽에서 뛰어오고 있었다.

"여어! 시험 잘 봤어?"

"아, 응… 뭐… 나름."

세토야마는 언제나 그렇듯 웃는 얼굴로 내 옆에 서서 걸었다.

마주치고 싶지 않았다. 하지만 만나서 기쁘다. 말을 걸어준 게 기쁘다. 다만, 여느 때와 너무 똑같은 모습을 보자 마음이 복잡해졌다. 세토야마에게 우리가 한 그때 그 키스는 정말로 사소한 일이었다는 걸 다시금 확인한 셈이다.

세토야마의 눈을 똑바로 보지 못하고 멍하니 내 발밑만 바라본 채로 대답했다.

"저, 기."

그런데 세토야마로서는 드물게 망설이면서 하는 말에, 발만 보던 얼굴을 들었다.

"요전번의… 그 일 신경 쓰이, 겠지…."

"…아, 아니. 전혀!"

키스 이야기라고 순간 알아차리고는 크게 머리를 흔들었다. 지금 현재 가장 신경 쓰고 있었지만 말로 하기에는 너무 비참하다. 의식하는 건 나뿐이니까. 게다가 또 '무심결에 키스해서 미안.' 같은 말은 듣고 싶지 않을뿐더러 묻고 싶지도 않다.

나한테 키스한 데 아무 의미도 없다는 건 알고 있다. 알고 있으니 더 이상 아무 말도 하지 말아줘.

"…하지만."

"아니, 괜찮아. 아무 일도 없었던, 거야. 아무 일도…."

그렇게 생각하는 게 더 낫다. 그런데 뺨이 붉어지는 게 느껴져 고개를 숙여 얼굴을 감췄다. 그런 의미 없는 행위는 없었던 일이나 마찬가지다. 아무 일도 없었던 건데 이렇게 얼굴이 빨개지는 건 이상하다. 아무 일도 없었으니까.

내 말에 세토야마는 더 이상 아무 말도 하지 않았다.

빨리 역에 다다랐으면 좋겠다. 어서 세토야마와 헤어지고 싶다. 하지만 조금만 더 함께 있고 싶다. 내 마음은 모순투성이다.

그대로 서로 아무 말 없이, 무거운 분위기 속에서 나란히 걸었다. 역에 도착해 오사카난바행 전철에 올라타자 세토야마가 입을 열었다.

“…저기. 오늘, 공부할까?”

“…아니, 오늘, 은 아직 좀….”

조그맣게 중얼거리며 묻기에 나도 소곤거리는 목소리로 대답했다.

이런 기분으로 갈 수는 없다. 세토야마는 어떤 마음으로 내게 같이 공부하자는 걸까. 친구로서 친하게 대해주는 건 기쁘다. 하지만 그 행위는 정말로 나를 친구로밖에 여기지 않는다는 뜻이라는 걸 알기에 괴롭다.

“그런가… 그렇지. 그럼 편안히 쉬어.”

“…고마워.”

야마토사이다이지역에서 문이 열리자마자 허둥지둥 전철에서 내렸다. 뒤를 돌아보니 세토야마는 뭔가 말하고 싶은 얼굴이었지만 “그럼 이만.” 인사하며 손을 흔들었다.

문이 닫히고 천천히 전철이 달리기 시작했다. 세토야마와 나는 서로 바라보고 있었다.

한 가지, 거짓말을 한다.

그러면 그 거짓말을 덮으려고 또 한 가지, 거짓말을 하게 된다.

그렇게 반복되면서 점점 거짓말이 무거워진다. 흘러가는 대로, 거짓말은 계속되고 스스로 멈출 수가 없다. 나는 어디까지 가는 걸까. 어디에 디디르게 될까. 얼마 못 가 거짓말의 무게에 눌려 부서지고 말지도 모른다.

– 미안해.

이제 더 이상, 거짓말에 거짓말을 더하고 싶지 않다. 어젯밤, 간신히 결심하고 이 한마디만을 작은 글씨로 적었다. 손이 떨려서 글씨가 비뚤어졌다.

이제 그만둬야 한다. 더 이상은 얼버무릴 수 없다.

확실히 끝내야 한다.

그렇게 마음먹었는데 신발장에 노트를 넣는 손이 떨렸다. 아직 망설이는 나 자신에게 화가 나서 입술을 꾹 깨물었다. 천천히 세토야마의 신발장에 노트를 넣고서 탁, 소리가 나도록 힘껏 문을 닫으며 눈을 꾹 감았다.

그래, 이걸로 된 거다.

이렇게 하지 않으면, 안 된다.

나약한 나 자신이 다시 얼굴을 내밀기 전에, 재빨리 발걸음을 돌려 교실로 향했다. 그리고 내 자리에 앉아 무사히 편지를 건넸다는 사실에 안도하며 마침내 어깨에 힘을 뺄 수 있었다.

사실은 교환 일기에 답장을 쓰려고 했지만 도저히 그 노트에는 쓸 수 없어서 스프링 노트를 한 장 떼어서 사용했다. 거짓말투성이었지만 그건 내게는 즐거웠던 추억의 교환 일기다.

그 노트에는 끝내는 듯한 말을 쓰고 싶지 않았다. 세토야마와의 모든 추억이, 거짓말이 되어 사라질 것만 같아서 교환 일기에 답장 쓴 노트 조각을 끼워 넣었다.

거짓말로 가득 찬 교환 일기, 세토야마에게는 필요 없을지도 모른다. 가능하면 내가 추억으로 갖고 싶다. 하지만 내가 가질 수 있는 게 아니다.

편지의 상대가 누구인지 들키지 않은 걸 다행으로 여겨 내 이름은 적지 않았다. 게다가 '미안해.'라는 사과 한마디. 이 한마디로 지금까지 내가 거듭해 온 거짓말을 용서받을 거라고는 생각하지 않는다.

마지막까지, 나는 비겁하다.

"최악이다, 나…."

문득 자조 섞인 웃음이 났다. 그와 동시에 주머니 안에 넣어 둔 휴대폰의 진동이 울렸고 메시지가 한 통 왔다.

보낸 사람은 세토야마였다.

'이제 몸은 괜찮은 거야?'

어제 한 거짓말을 믿고 걱정되어서 이렇게 메시지를 보낸 건 친구로서, 나를 생각해 주고 있어서다. 적어도 이 관계를 유지하고 싶다. 잃고 싶지 않다. 친구라도 좋다. 세토야마가 에리노를 좋아한다고 해도 상관없다.

좋아하는 사람이 날 좋아하지 않아도 좋다.

다만, 미움받고 싶지 않다.

거짓말의 사슬이 부서지는 순간

– 진짜 이럴래?

시험 3일째, 3교시는 이동 수업 과목이어서 교실을 옮겨 시험을 치렀다. 늘 그랬듯이 나는 세토야마의 자리에 앉았다. 그리고 텅 빈 책상 안에서 이 메모를 발견했다.

눈앞이 새하얘졌고 그 후의 일은 그다지 잘 기억나지 않는다.

울고 싶은 심정이 되어 시험에 전혀 집중하지 못한 채 종료를 알리는 종소리를 들었다. 대부분이 공백으로 남은 답안지를 바라보면서 모처럼 세토야마에게 수학을 배웠는데 시험을 망쳤다는 직감에 허탈했다. 낙제 점수를 받을 게 틀림없다.

하지만 지금 머릿속은 아무래도 세토야마가 보낸 편지로 가득 차 있었다. '진짜 이럴래?' 마치 화를 내는 말. 크고 거칠게 쓰인 글씨. 내 비겁함을 꿰뚫어 보는 듯해 너무도 수치스러워 교실에서 도망치고 싶었다.

어느새 배어 나온 눈물에 당황해서 눈을 박박 문질렀다.

세토야마네 반 애들이 돌아오기 전에 빨리 이곳을 나가야 해. 교과서와 노트를 꺼내려고 책상 안을 들여다보자 시야에 어떤 낙서가 들어왔다. 책상 안쪽 중 오른쪽 끝에, 유성펜으로 작게 쓰인 글자. 평소에는 좀처럼 눈에 띄지 않을 듯하다. 편지를 받았을 때는 경황이 없어서 알아차리지 못했다.

'왜 참아야만 하는 거야!'

'왜 하고 싶은 걸 할 수 없는 거냐고!'

그렇게 쓰여 있었다. 가느다란 글자인데 분노가 느껴지는, 세토야마의 외침이었다. 그리고 그 밑에는 더 작은 글씨로 무언가가 남아 있었다. 곧 지워져 없어질 듯이 옅어진 글이었다.

'언젠가 다시, 마음껏 할 수 있으면 좋겠어.'

'생각, 났다.'

이 글을 적은 건 나다. 내 글씨다.

이 자리에 앉게 된 지 얼마 안 되었을 무렵이었다. 이 글을 발견했을 때 이 책상 주인이 억지로 뭔가를 힘겹게 참아내고 있다는 게 느껴져서 반응해 주고 싶었다. 명확한 해답도, 조언도 아닌 글이라고 해도.

그저 조금이라도 이 사람의 마음을 편하게 해줄 수 있다면 좋겠다 싶었다.

요네다가 말한 낙서 이야기는 아마도 이것인 모양이다. 이 글을 본 세토야마가 누가 썼는지 알아내려고 일부러 찾아다녔다는 거구나.

그리고, 이걸 쓴 사람을 에리노라고 생각한 거다. 나는 늘 점심 방송이 있어서 가장 먼저 교실을 나갔고, 나 대신 에리노가 이 자리에서 내 가방을 챙겨 교실로 갖다줬으니까. 그 모습을 본 게 분명하다.

그리고, 에리노를 좋아하게 된 모양이다.

…만약.

만약, 이 글을 쓴 사람이 나라는 걸 알아챘더라면. 세토야마는 나를 좋아했을까. 에리노를 좋아하게 된 것처럼 나를 좋아하게 되었을까.

그런 생각을 하면서 스스로 위로했다. 오히려 더 허무해질 뿐인데. 세토야마가 말한 '자기 주관이 뚜렷해 보이는' 사람은 절대 내가 아닌데.

나는 '진짜 이럴래?'라고 쓴 편지를 받았다. 솔직히 말할 수도 없고, 그렇다고 거짓말을 계속할 정도로 강하지도 못하다. 나는 단지 비겁한 사람일 뿐이다.

"…노조미?"

고개를 숙이고 꼼짝 않고 있는 내게 에리노가 걱정스러운 듯이 말을 걸어왔다. 그 목소리를 듣자 참고 있던 감정이 한순간에 눈물로 터져 나와 멈춰지질 않았다.

"어, 왜 그래?! 우선 교실, 우리 교실로 가자."

"에, 리…."

울기 시작한 나를 보고 에리노가 드물게 당황해하면서 내 손을 잡아끌고 걸어갔다. 울고 있는 모습을 주위에 보이지 않으려고 나를 가리면서. 눈물샘이 망가진 걸까, 눈물을 멈출 수가 없었다.

에리노가 이끄는 대로 걸어가다가 깨닫고 보니 학생회실 앞에 있었다.

"여기는 아무도 오지 않으니까 괜찮아. 무슨 일이야?"

열쇠로 문을 열고 학생회실 안으로 들어가더니 에리노는 내 쪽으로 획 몸을 돌려 내 얼굴을 들여다보았다. 눈물도 딸꾹질도 멈춰지지 않았다.

"…미, 미움받았어."

실제로 세토야마는 교환 일기의 상대가 나라고는 아직 알지 못할 것이다. 책상에 쓰인 메시지와, 함께 돌아가는 길에 내가 했던 말이 같은 내용일지라도 그저 우연이라고 생각할 수도 있다. 그렇지 않다면 지금도 나에게 말을 걸어올 리가 없다.

하지만 편지는 틀림없이 '나'에게 보내온 거다.

지금까지 교환 일기를 계속해 온 '나'는 미움받고 있다.

아무리 세토야마가 나에게 말을 걸었다고 해도 이 사실을 무시하고 지금까지 그랬듯 사이좋게 이야기하는 건, 나는 할 수 없다.

"내가… 거짓말을 해서…."

에리노는 잠자코 흐느낌 섞인 내 말에 귀를 기울여 주었다.

말을 하자 눈물이 더 내 뺨을 적셨다. 연신 손등으로 닦아도 눈물은 계속해서 흘렀다.

"…어떻게 하면, 좋을지, 몰라, 서…."

두려워서 한 발짝도 내디딜 수 없었다. 움직일 수가 없다.

늘 확실하게 말하지 못하고 애매모호하게 행동해 왔더니 결국 이렇게 되는구나. 주위 사람들의 안색만 살피면서 모두에게 잘 보이려고 행동하고, 도망치는 게 습관이 되고 말았다.

"거짓말하고 얼버무리다가…들켜서 미움받은 거야…."

"자세한 건 모르겠지만 본인에게 직접 그 말을 들은 거야?"

"…듣지는 않았, 지만 분명히 그렇게 생각할 거야."

"노조미를 아주 잘 아는 사람?"

"…으, 응…."

"그럼, 괜찮아. 화가 났을지는 모르지만 절대로 싫어하거나 미워하진 않아."

에리노가 따듯하게 웃으며 단언했다.

“노조미, 네가 하는 거짓말은 늘 자상하다는 걸 나도 알아. 널 잘 아는 사람이라면 거짓말을 했다고 해서 그 일만으로 널 미워하지 않아. 뭔가 이유가 있을 거야. 너는 다른 사람에게 상처 주려고 거짓말하지는 않잖아.”

왜 이렇게 나를?

자신만만하게 웃는 에리노 덕분에, 뚝뚝 떨어지던 눈물이 조금 멈췄다.

“보통 때 네가 혹시 무리하는 게 아닐까 싶은 발언은 있었지만, 거짓말은 아니잖아? 넌 언제나 솔직해.”

“…그럴 리가….”

“그게 거짓말이라고 해도 난 네가 하는 거짓말은 자상하다고 생각해.”

에리노가 학생회실 의자에 앉더니 내게도 옆에 놓인 의자를 권했다. 멀리서 종소리가 울려왔지만 에리노는 듣지 못한 사람처럼 이야기를 계속했다.

“하긴 다른 사람의 의견에 잘 휩쓸리고 누구에게나 잘 보이고 싶어 하는 면은 있지만 말이야. 하지만 넌 남을 나쁘게 말하지 않아. 게다가 내가 누군가에 대해 불평해도 절대로 거기에 호응하지도 않고. 남의 의견을 부정하지 않잖아. 그런 점이 대단한 거야.”

에리노는 계속해서 나에 대한 자신의 생각을 말해주었다.

'자신보다도 주위 사람들을 소중히 대한다.'

'남에게 상처 주는 거짓말은 절대 하지 않는다.'

'다른 사람의 감정을 우선할 뿐.'

그런 말, 날 너무 과대평가한 거야. 그렇게 말하고 싶었는데 내가 말하기도 전에 에리노가 자신만만하게 "그렇지?" 물으며 웃어 보였다.

"네가 자신을 어떻게 생각하든지 나는 그렇게 생각해. 그걸로 된 거야. 그러니까 그게 정답이라고!"

에리노가 가슴을 펴고 말했다. 그 후 흐음, 생각하는 기색이더니, "뭐, 가끔은 짜증 날 때도 있지만. 넌 뭐든 말을 잘 안 하니까 모두 편하게 여기는 거야. 너도 가끔은 네 의견을 분명히 말하면 좋겠어."라고 덧붙였다.

"그러니까 노조미, 때로는 하고 싶은 말을 해도 돼."

그리고 나를 똑바로 바라보면서 말해주었다.

"그 화가 나 있다는 사람도 너를 잘 안다면 분명 미워하는 게 아닐 거야. 네가 생각하는 걸 전부 그 사람에게 전해주면 반드시 용서할 거야."

언제나 속마음을 꾹 삼켜왔다. 중요한 일을 제대로 말로 해서 전하는 걸 피했다. 내가 좋아하는 음악도, 좋아하는 음식도, 어느 쪽이든 상관없다는 이유도 상대에게 맞추는 데만 신경 쓰느라 진짜 속마음을 말해선 안 된다고 믿었다.

야노 선배 때도 그랬다. 사귀고 있을 때 나의 마음을 한 번이라도 솔직히 전한 적이 있었던가. 말솜씨가 없어 부끄러워서라는, 그런 마음조차 전해본 적이 없다. 헤어질 때도 아무 말 하지 않았다. 알고 있었는데 모르는 척하고 상대가 답해주기를 기다리기만 했다.

상처받는 게 두려워 내 마음을 전하지도 않고, 아무런 행동도 하지 않고서, 마지막에는 상대에게 결정을 맡기고 나는 도망치기만 했었다.

'앞으로도 계속 똑같은 일을 되풀이할 셈이야?'

스스로에게 묻자 겨우 눈물이 뚝 그쳤다.

"나… 에리노에게 질투했어… 줄곧, 부러웠어…."

"어! 그게 뭐야. 나야말로 노조미를 질투했는데. 난 꽤 이론을 따지고 깐깐하게 말하잖아. 의논할 때는 강하게 주도해서 이야기를 정리하지만 뒤에서 미움받거나 불평을 듣기도 하니까. 학생회에서도 상대를 몰아붙이면서 이야기를 진행시킨다는 말을 들었어. 하지만 노조미는 모두가 좋아하잖아."

그럴, 까? 내가 보기에는 에리노가 훨씬 모두에게 사랑받는 것 같은데.

"하, 하지만 가끔, 조금 더 다른 표현으로 바꿔 말하면 좋을 텐데, 싶을 때가 있긴 해."

침을 꿀꺽 삼키고 나서 불쑥 중얼거렸다. 심장이 쿵쿵 뛰고 있다. 내 의견을 남에게 전하기는 처음인지도 모른다.

에리노가 멍한 표정을 지었다. 역시 이런 말은 하는 게 아니었나 싶어 초조해지기 시작했는데, 갑자기 "푸하하하하!" 에리노의 경쾌한 웃음소리가 학생회실 안에 울렸다.

"어머, 그게 뭐야. 노조미도 그런 식으로 생각하는구나."

깔깔대고 웃으면서 내 어깨를 탁탁 쳤다.

"자각은 하고 있었지만 노조미가 말하니까 더 진지하게 생각해 볼게. 역시 말을 너무 직설적으로 하나."

호쾌한 에리노의 반응에 어떻게 해야 할지 몰라서 허둥대고 있는데 에리노가 훗, 웃음을 멈추더니 "고마워."라고 말했다.

"이야기해 줘서 고마워. 노조미가 그렇게 솔직한 마음을 말해 주니까 기쁘네."

예기치 못한 인사를 듣고 이번에는 내가 멍하니 입을 벌리고 말았다.

"유코나 다른 친구들한테도 가끔은 솔직하게 네 마음을 말하고 편해져도 돼. 주위에 항상 맞추지 않아도 된다고. 괜찮아. 그런 노조미를 잘 아니까 화내지 않을 거고 괜한 오해도 하지 않을 거야. 적어도 나는 그런 일로 너를 미워하거나 하지 않아. 그야 불평 정도 할 때는 있겠지만."

그렇게 말하고는 쑥스러워했다.

그러고 보니 다퉜던 유코와 에리노는 서로 마음을 털어놓았다. 둘 다 상대에게 약간 심한 말을 하고 며칠 동안 말도 섞지 않은 관계가 되었지만 결국은 화해하고 함께 웃었다. 그때 나는 두 사람이 부러웠다.

하고 싶은 말을 웃으면서, 때로는 싸워가면서 마음껏 주고받는 관계. 에리노와 일 년 반이나 친하게 지냈으면서도 나는 지금에야 비로소 에리노와 그런 관계가 되었다.

"…고마, 워."

조금 전까지만 해도 괴롭기 짝이 없던 감정이 몸에서 쓰윽, 빠져나갔다. 그리고 남은 건… 내 결심뿐이다.

"이제 그만 가볼까."

에리노가 일어섰고 나도 따라서 일어났다.

교실로 돌아왔더니 이미 종례 시간은 끝나 있었고 반 아이들 절반 이상이 집에 가고 없었다. 아직 돌아가지 않고 있던 유코가 우리를 보고 놀라서 다가왔다.

"둘이 어디 갔었어? 선생님이 찾았는데."

"우아, 진짜? 잠시 좀 쉬다 왔어."

언제나 함께 다니는 친구들도 몇 명인가 아직 교실에 남아 있었다. 혹시 우릴 기다리고 있었는지도 모르겠다.

유코가 나를 보더니 "뭐, 가끔은 휴식도 필요하지." 상냥하게 말을 건넸다. 분명 내 눈이 새빨개져 있는 걸 알아차렸을 텐데. 하지만 유코는 캐묻지 않고 모른 척해주었다. 자상한 거짓말이, 무척 기뻤다.

"있잖아…."

"자, 돌아갈까?"

가방을 정리하기 시작한 유코와, 이미 돌아갈 채비를 끝내고 교실을 나가려 하는 모두에게 작은 목소리로 말을 걸었다. 돌아보는 친구들의 얼굴을 보고 침을 꼴깍 삼킨 다음 용기를 쥐어짜냈다.

"사실은 말이야, 점심시간에 트는 음악, 내 취미야."

계속 거짓말하고 있었던 거야.

지금 생각하면 숨길 일도 아니었다. 웃으며 말하면 그만이었다. 친구들의 반응이 두려워서 애매하게 웃으며 적당히 거짓말로 둘러댔기 때문에 몇 번이고 몇 번이고 같은 거짓말을 거듭하고 말았다. 내가 멋대로 거짓말을 한 게 잘못인데 그 화제가 나오는 걸 괴로워하기까지 했다.

얼마나 내 멋대로였는지.

"하드 록도 데스메탈도 내가 좋아해서 틀었어. 줄곧 말 못 해서 미안해."

이 무슨 어리석은 일인지. 한심해서 또 눈물이 흘러나와 고개를 떨궜다.

"…왜, 왜 그걸 더 빨리 말하지 않은 거야!"

유코가 황급히 소리쳤다. 화를 내는 건가 싶었지만 유코의 얼굴이 난처한 듯이 일그러져 있어 지금 어떤 마음인지 모르겠다.

"어, 어?"

"잠깐, 우리를 우습게 본 거 아냐? 노조미가 좋아하는 줄 알았으면 그런 말 안 했지. 아, 하지만 내 탓인가. 하긴 더 말하기 어려웠겠네. 미안."

에? 왜, 왜 유코가 사과하는 거지?

"푸핫, 아하하하하!"

유코의 느닷없는 사과에 눈을 끔뻑거리고 있는데 에리노가 참을 수 없었던지 호쾌하게 웃음을 터뜨렸다.

"난 눈치채고 있었어. 노조미의 취미구나 싶었거든."

"뭐? 진짜?! 뭐야, 우리가 둔한 거 같잖아!"

"그거 맞는데?"

놀라서 가만히 서 있는 나를 제쳐두고 모두 신나서 떠들어댔다. 생각했던 것보다 밝은 분위기에 나 혼자만 겉돌았다. 무슨 일이 일어난 건지 바로 이해할 수가 없었다. 아무 말도 못하고 멀거니 서 있는데 누가 탁, 등을 두드렸다. 옆에 있던 에리노가 "잘했어!" 말하며 입꼬리를 올리고 웃었다.

나는 정말로 어리석고 겁쟁이여서 모두를 제대로 보지 못했던 셈이다.

지금까지 무엇에 겁을 먹었던 걸까. 이렇게도 쉬운 일이었는데. 아니, 만약 좋아하는 것을 말하고 나서 부정당했다 하더라도 신경 쓸 일이 아니다.

스스로 옴짝달싹하지 못할 정도로 무겁고 답답하게 칭칭 휘감고 있던 거짓말의 사슬이 이제야 부서지는 걸 알 수 있었다.

몸과 마음이 지금도 붕 떠 있는 게 아닐까 싶을 정도로 가벼워졌다. 여태 나는 나 자신을 꽁꽁 얽어매고 있었나 보다.

집에 돌아와서 책상 위에 놓인 세토야마의 편지를 펼쳤다.

세토야마에게 상처를 주게 될 거라 생각하니 역시 손이 떨렸다. 하지만 거짓말을 계속하는 일보다 지금 미움받는 게 낫다. 더 이상 거짓말을 하거나 얼렁뚱땅 넘어가려고 하면 나 자신이 끔찍하게도 싫어지고 말 테니까.

세토야마와 지금까지 주고받은 대화를 천천히 떠올렸다. 음악 이야기며 가족 이야기, 좋아하는 과목이나 휴일 이야기.

미안해.

지금까지 주고받은 말도, 노트에 남아 있는 글자도, 사실은 전부 거짓말이었어.

입술을 살짝 만지면 세토야마와 했던 키스가 떠올랐다. 어떤 이유가 있어도 그 키스는 나한테는 진짜다. 그렇게 생각하자 그날이 보물처럼 다가왔다.

응, 나… 기뻤던 거야.

'다음번에는 확실히 말하는 게 어때? 좋아하면 좋아한다고. 결과가 어찌 될지는 모르지만.'

세토야마가 해준 말을 되새겨보았다.

거짓말을 했다는 사실은 바뀌지 않는다. 그렇다면 더 이상 도망치고 싶지 않다.

에리노와 세토야마는 나를 인정해 주었다. 주위에 휩쓸려 갈

팡질팡하고 있을 뿐이라고 여겼던 내게 '그렇지 않아.'라고 말해주었다. 더 이상 배신하고 싶지 않다.

책상 속에서 편지지 세트를 꺼내고 펜을 꽉 쥐었다.

그리고 천천히 새하얀 종이에 '나의' 글자로 써 내려갔다.

5장

새하얀, 진심

비겁한 고백이지만

— 미안해.

줄곧 거짓말해서 미안해.

처음 편지를 받고 답장을 한 다음에

에리노에게 보낸 거라는 걸 알고도, 말하지 못해서….

지금까지 교환 일기를 계속 쓰고야 말았어.

줄곧 편지를 주고받은 사람은 나, 구로다 노조미였어.

사과해도 용서받지 못하겠지만 정말로 미안해.

교환 일기, 즐거웠어.

거짓말투성이였지만, 그래도 즐거워서… .

세토야마와 친해지고 나니까
더 말을 꺼낼 수 없었어.

미움받고 싶지 않아서 거짓말했어. 미안해.

즐거웠어.

이제는 에리노에게 제대로
세토야마의 마음이 전달되기를 응원할게.

고마워.
그리고 미안해.

구로다 노조미

시험 5일째인 마지막 날.

주말을 온통 답장 쓰는 데 소비했다. 수도 없이 고쳐가며 간신히 쓴 마지막 답장. 그 편지를 아침 일찍 학교로 가서 여느 때처럼 세토야마의 신발장에 넣었다.

거짓 없는, 처음이자 마지막으로 쓰는, 진짜 나의 답장이다.

아니, 하지만.

"…딱 한 가지, 거짓말이지."

교실로 돌아오면서 나직이 중얼거리고는 씁쓸하게 웃었다.

에리노와 잘되길 응원한다는 말은 역시, 거짓말이다. 잘되지 않기를 바라는 건 아니다. 하지만 응원할 마음은, 아직, 들지 않는다.

하지만 마지막에 조금 강한 척하는 건 봐줘.

괴롭지만, 슬프지만, 그래도 몸과 마음은 가벼웠다.

사실은 금요일 아침에 편지를 넣으려고 했다. 하지만 만약 얼굴을 마주치게 될 경우 어떻게 해야 좋을지 몰라서 비겁하다는 걸 알면서도 시험 마지막 날인 오늘 편지를 넣기로 마음먹었다.

오늘이 지나면 종업식까지 며칠간 자택 학습이다. 그러고 나면 겨울 방학에 들어가고 세토야마와 얼굴을 마주하게 되는 건 빨라도 내년 3학기일 거다. 방과 후가 좋으려나 생각해 봤지만 방과 후에는 모두 집에 돌아가는 시간이 같아서 신발장 주변에는 사람이 많다. 게다가 오늘은 시험이 끝나면 친구들과 놀러 가기로 약속했다.

물론 오늘이나 종업식 날에 세토야마와 마주칠 가능성도 있다. 그때는 어쩔 수 없다.

내 탓이므로 그 경우까지는 각오를 해야만 한다. 언제까지나 도망 다닐 수는 없는 노릇이니까.

이렇게 아침 일찍 와서 주변을 둘러보고 두근두근하면서 세토야마에게 답장을 전하는 일도 오늘로 마지막이다.

지금까지 그랬듯 복도에서 스쳐 지나가도 말을 걸지 않겠지.

세토야마의 웃는 얼굴을 마주할 일도, 이제는 없다. 이를 악물고 어느새 바닥만 바라보던 얼굴을 들었다. 그리고 아직 학생들의 기척이 없는 조용한 복도에서 소리도 내지 않고, 뺨으로 흘러내리는 눈물을 닦지도 못한 채 앞을 보고 걸었다.

연말이 가까워진 12월의 복도는 선뜩하니 냉랭한 공기로 둘러싸여 눈물도 얼음처럼 차갑기만 했다.

하지만 햇살은 무척 따듯했다.

모든 시험이 끝났음을 알리는 종소리가 울려 퍼졌다.

"앗싸! 끝났어!"

답안지를 모은 선생님이 교실을 나가자마자 모두 일제히 환성을 질렀다. 몇몇 비통한 비명을 지르는 아이도 있었지만. 오늘은 자신 있는 영어와 가정 과목 시험이었다. 5일간의 시험 기간 중에서 유일하게 집중해서 시험을 치를 수 있었다.

"노래방에 사람 많겠지?"

"그보다 나는 배가 고픈데! 노래방 가면 배불리는 먹을 수 없잖아."

노래방에 가기로 약속한 다섯 명이 이제 어디로 갈지 의논했다. 하긴 배도 고프지만 빨리 가지 않으면 노래방은 혼잡할지도 모른다. 어느 쪽으로 가는 게 좋을까.

"노조미는?"

유코가 내게 의견을 구하듯이 물었다.

이제까지는 '어느 쪽이든 좋아.' 대답했다. 하지만….

"응, 그러면 역 반대쪽에 있는 노래방은 어때? 거기는 역에서 조금만 걸어가면 되고 사람이 많지 않을지도 몰라. 그럼 점심 먹고 가도 충분할 것 같아서."

큰맘 먹고 제안했더니 모두의 시선이 내게로 집중되었다.

"그거 좋네!"

"결정!!"

유코가 목소리를 높였다. 그 말에 안심하고, 의견을 말하길 잘했다고 생각했다.

세토야마를 떠올리면 역시 괴롭다. 하지만 친구들이 있다. 혼자 집에 돌아가 봐야 분명 우울한 생각에 깊이 빠지기나 할 게 분명하다.

"아! 빨리 소리치고 싶어."

유코가 오늘 가장 큰 목소리로 외쳤다.

"그러고 보니 유코, 오늘은 요네다 안 만나?"

"겨울 방학 때 만날 건데 뭐, 오늘은 친구가 우선이야."

유코가 헤헤, 웃으며 기쁜 듯이 말하자 모두 떨떠름한 얼굴로 "연애 자랑 금지!", "어후, 지겨워!" 저마다 한마디씩 불평을 쏟아냈다.

그때.

"구로다아아아앗!"

벌컥!

지금까지 들어본 적이 없는 문 여는 소리가 교실 안에 크게 울렸다.

조금 전까지만 해도 소란스럽던 교실이 순간 조용해졌다.

아니 그보다, 내 이름을 외치고 있잖아.

무슨 일이 일어나고 있는 건지 알 수 없어 조심조심 뒤돌아보자 거기에는 누군가가 아무리 봐도 언짢아 보이는 표정으로 나를 노려보고 있었다. 세토야마였다.

…화가, 나 있어.

손에는 내가 쓴 편지가 쥐어져 있어 무엇 때문에 화가 난 건지 이유는 한눈에 봐도 알 수 있었다. 속여온 사람이 나였다는 사실에, 전부 거짓말이었다는 데 분개하는 거다.

설마 교실로 찾아올 거라고는 상상도 하지 못했기에 너무 놀라 세토야마를 쳐다볼 수조차 없었다. 유코와 에리노가 무슨 일인가 싶어서 세토야마와 나를 번갈아 가며 쳐다봤다.

세토야마는 두리번거리며 교실을 둘러보다가 내 모습을 발견하고는 성큼성큼 교실 안으로 들어와 바로 내 앞까지 와서 나를 내려다보았다.

지금까지 본 적이 없는 세토야마의 날카로운 시선에 몸이 움츠러들었다. 도망치고 싶을 정도로 무서웠지만 주먹을 꼭 쥐고 똑바로 얼굴을 마주 보았다.

화를 내도 어쩔 수 없다. 당연히 화낼 일을 한 거니까.

"저, 저기."

"구로다, 이거, 무슨 소리야?"

내가 입을 열자 내 말을 막아서려는 듯이 오늘 아침에 넣어 둔 편지를 눈앞에서 흔들어 보였다. 낮은 목소리가 내 몸을 묵직하게 누르는 듯했다.

"…그게, 저, 사실…이야."

"이게? 너 말이야, 정말 어지간히 좀 해라."

차가운 시선이 머리 위에 꽂혔다.

"미안해." 이야기하며 머리를 숙이려고 할 때 쫘악, 종이를 찢는 소리가 들렸다. 편지를 쫙쫙 찢어내더니 잘게 찢긴 편지 조각들을 팔랑팔랑 내 눈앞에 던져 떨어뜨렸다.

"미, 아…."

울지 마.

울면 안 돼.

그렇게 마음을 다잡았는데도 참지 못하고 눈물이 서서히 차올라 목소리가 떨렸다.

교실에 있는 반 아이들은 아무도 소리를 내지 못하고 마른침을 삼키며 나와 세토야마를 바라보고 있었다.

"더 이상은 안 되겠어. 구로다 너한테 못 맞추겠어. 뭘 마음대로 끝내려는 거야! 왜 내가 너한테 말하게 한 건지 아직도 의미를 모르는 거야?"

호통치는 소리에 흠칫 놀라 몸을 떨면서 눈을 감았다. 웅크리면서 세토야마의 말을 곱씹어 보고 '어?' 고개를 갸우뚱했다.

"너, 진짜로 내가 알아차리지 못했다고 생각하는 거야? 진작에 알아차렸거든. 그보다 너, 거짓말이 형편없이 어설프다고! 막 뒤섞였잖아. 눈치채지 못한 척한 거라고, 이 바보야!"

"왜, 어, 어째서…."

뭐가 어떻게 된 거지? 무슨 말이야? 세토야마는 내가 교환 일기를 쓴 상대라는 걸 알고 있었다는 거야? 언제부터? 아니, 그보다도, 그럼 왜 모르는 척하고 나와 대화를 계속 나눈 거지? 왜, 교환 일기를 그만두려고 하지 않았어? '누구야?' 물어봤잖아? 나라는 걸 눈치채지 못한 거 아니었어?

머릿속이 너무도 혼란스러워서 말이 나오지 않았다.

"내가 널 좋아한다는 걸, 왜 알아차리지 못하는 거냐고!"

아까까지 침묵에 싸였던 교실에서 갑자기 "뭐어?", "진짜야?!" 하는 소리가 동시에 터져 나오면서 한순간에 소란스러워졌다. 남학생들의 놀리는 듯한 목소리도 들려왔다. 옆에 있던 에리노랑 친구들도 "이게 무슨 소리야!" 흥분한 목소리로 내 몸을 툭툭 쳤다.

잠깐 기다려. 의미를 모르겠어. 널… 좋아해?

그거, 나 말하는 거야? 세토야마가 나를… 좋아한다고?

시간이 흘러도 아무 말도 하지 못한 채 멍하니 바보처럼 입을 벌리고 있는 나를 보고 세토야마가 미간을 찌푸리면서 쯧,

혀를 찼다.

"우왓!"

그리고 내 어깨를 힘껏 잡고는 자리에서 일으켰다.

"마지막까지 편지로 끝내는 게 어딨어! 게다가, 응원한다는 건 또 뭐냐고. 거짓말투성이잖아. 어떻게 이럴 수 있는 거지! 왜 거짓말을 한 거야, 왜 말하지 못한 거냐고. 이유가 있을 거 아냐! 진심을 말하라고!"

바로 앞에 있는 세토야마의 얼굴. 진지하고 간절한 세토야마의 눈에 빨려 들어갈 듯했다.

왜 이야기가 이렇게 전개되는 건지 알 수가 없었다. 하지만 좋아한다고 한 그 말이 내 몸속으로 스며들었다가 퍼져나가서 가슴이 뜨거워졌다.

"똑바로 말해봐. 들을 테니까. 말해보라고!"

눈앞에 있는 세토야마가 내 팔을 힘껏 잡고서 약간 울먹이는 듯한 표정으로 말했다.

"좋아, 해…."

머리로 생각하는 대답보다 먼저 속마음이 튀어나왔다.

"…사실은 …응원 같은 거, 못 하겠어. 좋아하니까, 말하지 못했어."

눈물이 말과 함께 넘쳐흘렀다.

세토야마는 나를 보고 하아, 깊이 한숨을 쉬더니 내 똥머리에 손을 얹었다.

"잘했어!"

그리고 눈을 가늘게 뜨고 싱긋 웃어주었다. 지금까지 본 세토야마의 웃는 얼굴 중에서도 가장 다정하고 따듯한 미소였다.

그리고 그 순간, 교실과 복도에서 박수가 터져 나왔다.

"어? 어?"

당황해서 주위를 둘러보자 반 친구들이 우리를 둘러싸고 있었다. 복도에도 아이들이 잔뜩 모여 있었고 모두의 시선이 우리에게 쏠려 있었다. 그러고 보니 여기는 교실 안이다. 이런 장소에서 좋아한다고 말해버렸다는 걸 그제야 깨달았다.

"제법인데 세토야마!"

"축하해!"

"공개 고백인가! 멋진데!"

휘파람과 놀리는 소리, 박수를 치는 아이들에 둘러싸여 얼굴이 새빨갛게 물들었다. 얼굴에서 김이 나고 있는지도 모르겠다.

"우아, 계속해!"

"아, 고마워, 고마워!"

부끄러워 패닉 상태가 된 내 곁에서 세토야마는 기쁜 듯한 얼굴로 손을 들어 올려 모두의 목소리에 응답했다. 역시 주목받는 데 익숙한지 당황하는 모습이라고는 전혀 없었다.

"자, 이제 돌아갈까?"

한바탕 쏟아진 친구들의 환호성에 인사하고 세토야마는 휙, 내게로 돌아서더니 손을 꽉 잡았다.

이거, 꿈 아닐까. 이런 거, 상상도 하지 못했으니까. 같은 반 애들뿐만 아니라 다른 학생들한테까지도 주목을 받아 부끄러워서 쓰러질 것 같았지만 그 이상으로 더 행복했다. 이런 상황, 정말로 싫었는데. 기뻐서 또 눈물이 나려고 해서 내 손을 잡고 걸어가는 세토야마의 등을 바라보면서 눈물을 닦았다.

이대로 교실 밖으로, 가는 거야?

"어? 자, 잠깐만 기다려! 오늘은 친구들하고 노래방에! 그리고 아직 종례 시간도."

당황해서 뒤돌아보자 에리노와 유코가 "무슨 말을 하는 거니! 오늘은 세토야마랑 보내!" 외치며 웃는 얼굴로 손을 흔들어 주었다.

"선생님한테는 잘 말씀드릴 테니까. 이번에는 전부 말해."

그렇게 덧붙이고 두 사람은 활짝 웃었다.

자택 학습 기간이 끝나고 종업식에 가면 모두에게서 질문 세례가 쏟아지겠지. 그리고 학교 안에 파다하게 소문이 날 게 틀림없다. 상상만 해도 부끄러워서 어찌할 바를 모르겠다.

하지만 눈앞에 있는 세토야마의 웃는 얼굴을 보니 그런 건 다 사소한 일로 느껴졌다.

우리들의 비밀은 지금부터

- 사실은 나, 교환 일기 상대가
구로다라는 거, 도중에 알게 됐어.
알았을 때는
내 책상에 메시지를 쓴 사람이
구로다였다는 사실도 알아차렸고.

하지만 그 사실을 말하면
더 이상 교환 일기는 주고받을 수 없겠구나 싶어서
잠자코 있었어.
나도 숨겨서 미안.

다른 사람에게 고백해 놓고

엄청 모양새가 우습지만,

구로다를 좋아해.

세토야마

(착각해서 미안해)

교문을 나오자마자 세토야마에게 새로운 노트를 건네받았다. 예전 노트보다 조금 더 커서 신청곡함에는 들어가지 않을 듯한 하얀 표지로 된 노트였다.

받아 들고 노트를 넘기자 첫 페이지에 세토야마의 마음이 진실한 언어로 담겨 있었다.

"어, 어떻게, 된 거야?"

아직도 붕 떠 있고 실감이 나질 않는다. 이런저런 생각을 해봤지만 역시 잘 모르겠다. '구로다를 좋아해.' 그 말이, 눈앞에 있다는 사실이 믿어지지가 않았다.

"뭐가?"

"그러니까, 세토야마는… 에리노를 좋아했잖아. 그런데 나라는 걸 어떻게 눈치채고, 게다가 왜 좋아한다느니."

생각한 그대로를 말하면서 '좋아한다.'라는 말에 얼굴을 붉히자, 세토야마는 "그야 당연히 알지." 어이없다는 듯이 웃었다.

"너, 그러고도 숨겼다고 생각한 게 더 대단하다. 축구 이야기할 때부터 눈치챘어."

역시, 그때 알아차렸구나.

하지만 그럼 왜 아무 말도 하지 않은 걸까.

"그뿐만인 줄 아냐. 내가 교환 일기에 쓴 애완동물 이야기며, 여동생의 남자 친구 이야기를 아무렇지도 않게 하질 않나, 점심 방송 때 틀어준 데스메탈 CD도 전혀 깨닫지 못한 채 이야기했잖아. 애초에 메일 주소 써준 메모를 보면 노트랑 같은 글씨라는 걸 알 수 있고. 바보 아냐? 거짓말이 너무 엉성해, 넌."

"…알고 있었다면, 왜…."

"구로다니까 거짓말이 들통난 걸 알면 도망치겠다 싶어서. 그렇게 생각하니 왠지 싫더라고. 그리고 그, 첫 편지에서 너무 앞서갔기 때문에 이번에는 천천히 하자고 생각했지."

그렇게 말하고 멈춰 서더니 휙 몸을 돌려 나를 내려다보았다.

"어느 사이엔가 좋아졌어. 문득 깨닫고 보니까 나, 구로다 네 생각만 하고 있더라."

뜨거워진 얼굴의 열기가 조금도 사그라들지 않는다. 너무도 솔직한 말이 계속해서 날아드니까 정신을 차릴 수가 없다. '좋아해.'라고 말한 거 맞지? 내가 잘못 들은 거 아니지?

"너는 내가 좋아하는 사람이 마쓰모토라고 생각하고 있으니까, 갑자기 내가 널 좋아한다고 말해도 안 믿었을 거 아냐."

하긴, 그건 그렇다. 원래 같으면 에리노와 세토야마가 그 첫 편지로 사귀게 되었을지도 모른다. 그렇게 생각하면 순순히 기빼할 수만은 없었을지도 모른다.

“어떻게 해야 좋을까 생각하다가, 그럼 구로다가 먼저 말해주면 좋겠구나 싶었어. 그래서 가뜩이나 참는 거 못하는 내가 애써 참았던 건데, 뭐냐 그 결말은! 처음부터 말로 했으면 좋았잖아. 설마 네가 이렇게 둔감할 줄이야!”

“그야… 설마, 그런 걸, 어떻게 알아….”

그런 상상은 눈곱만큼도 하지 못했는걸.

“참았다고는 해도 나, 꽤 겉으로 다 드러났을 텐데.”

“…늘 여자들을 착각하게 하는 사람이라고… 생각했어.”

그러자 세토야마가 어처구니없다는 듯 한숨을 쉬었다.

“그렇다고 미안하다니, 뭔 말인지도 모르겠고. 게다가 그런 편지를 주다니 날 괴롭히려고 작정한 줄 알았다니까.”

“그, 그게, 미움받을까 봐 두려워서….”

“그렇게 생각할 거라고 짐작했지만. 그래도 화가 나더라고.”

본심을 찔러대는 말에 아무 말 못 하고 고개를 숙였다.

미안하다고 말하면 되는 걸까. 아니면 ‘고마워.’라고 말할까.

“…내가 세토야마를, 좋아하는 것도… 알고 있었던 거야?”

흘낏, 세토야마를 올려다보며 묻자 “당연하잖아.” 바로 대답이 돌아왔다.

“넌 표정에 그대로 드러나니까. 내가 말했잖아. ‘다음에는 확실히 말하는 게 어때?’ 구로다는 거짓말이 서툰 데다 정말 둔하더라. 아니, 누가 좋아하지도 않는 여자를 집에 데려가냐고….

키스 같은 거, 할 리가 없잖아. 너, 대체 날 뭘로 본 거야?"

"…응…."

생각하는 바를 이렇게까지 숨기지 않고 말해주다니 기쁜 마음과 미안한 마음이 뒤섞였다. 하지만 말 한마디 한마디에서 세토야마의 마음이 느껴졌다. 나를 좋아한다고 말해줬다. 세토야마의 진심이 그대로 가슴에 와닿았다. 정말로 나를 좋아한다는 말이 또렷이 전해져왔다.

'누가 좋아하지도 않는 여자를 집에 데려가냐고. 키스 같은 거, 할 리가 없잖아!'

아까 들은 그 말을 몇 번이고 마음속으로 곱씹었다.

정말로 이렇게 꿈같은, 정말 꿈같은 현실이라니.

"왜 울고 그래!"

"…기뻐서…."

"…그렇담, 다행이네…."

원래 솔직한 세토야마한테는 너무 당연한 일이라 잘 이해가 되지 않을지도 모른다. 자신의 마음을 고스란히 말로 전해 듣는 게 이렇게도 기쁜 일이라는 걸, 나는 알지 못했다. 마음을 전한다는 게, 전해 듣는 게, 이렇게도 대단한 거구나.

세토야마가, 왜 갑자기 우는 거야? 묻듯이 의아한 표정을 짓기에 그 모습을 보고 그만 웃고 말았다.

"나, 정말로 말을 잘 못해서 짜증 나게 할지도 몰라."

"그런 거 이미 다 알고 있는데 뭘. 나도 말이 좀 심할 때가 있으니까, 서로 조심하는 걸로."

"남들 앞에서는 부끄러워서 잘 이야기 못할지도 몰라."

"그럼 우리 집에 오면 되잖아."

"아마도 네가 모르는 점이 많을 거야."

"그야 서로 마찬가지지."

"언젠가, 싫어질지 몰라."

"그것도 서로 마찬가지고, 그런 거 지금부터 생각해도 아무 소용없잖아."

내가 불쑥, 불쑥 내비치는 불안감에 세토야마는 조금도 동요하지 않고 담담하게 웃어주었다.

"거짓말이 너무도 엉성한 너한테, 바보 같을 정도로 솔직한 내가 뭐 하나 알려줄까?"

"…뭔데?"

"처음에 그 편지가 마쓰모토에게 전해졌다 해도 아마 나, 결국은 널 좋아하게 됐을 거야. 책상에 그 메시지를 남긴 사람이 구로다가 아니었더라도."

거짓말을 싫어하고 무슨 일이든지 확실히 해야 직성이 풀리는 세토야마가 무척이나 다정한 미소를 보이며 말했다.

"최악이지만, 이런 말을 하다니. 나, 구로다를 좋아하고 나서, 태어나 처음으로 후회라는 걸 엄청 했어."

세토야마에게는 어울리지 않는 단어라서 "왜?" 물었다.

"요네가 종종 좀 더 생각하라거나 상대를 알고 나서 고백하라고 조언해 주는 데도 전부 무시하고는 제멋대로 고백하고 착각하고… 너무 멍청해 보이잖아."

세토야마는 민망한 듯이 머리를 긁적이며 웃었다.

스스로 그렇게 말하는 세토야마는 역시 대단하구나. 도망치지 않네. 자신의 마음을 모호하게 얼버무리지 않는다. 확실하게 말로 전하는 사람이다.

"교환 일기에서도 너, 절대 부정적인 말은 하지 않았잖아? 알아차리고 나서 다시 읽어보니까 구로다구나, 금방 깨달았어."

그런 식으로 생각해 주었다니.

"결과적으로는 구로다가 그 편지를 발견해 주고, 교환 일기를 계속 써줘서 다행이야. 이렇게 생각할 정도로 지금 구로다를 정말로 좋아해."

세토야마는 틀림없이 '나'를 보고 있다.

그 순간 다시 눈물이 왈칵 쏟아졌다.

세토야마가 한 많은 말이 내 안에 스며든다. 사귀는 데 전혀 불안한 게 없다고 하면 거짓말이다. 하지만 그런 걱정보다는 이제 좋아하는 마음을 감추지 않아도 된다. 아아, 이제 나, 세토야마에게 좋아한다고 말해도 되는 거다.

나 자신에게도 거짓말하지 않아도 된다. 솔직한 마음을 전해도 된다. 그런 생각을 하자 새삼스럽게 무척이나 행복했다.

"응."

세토야마가 내민 손을 꼭 잡고서 눈물이 그렁그렁한 눈으로 마주 보았다.

"나, 세토야마를 좋아해."

울면서 마음껏 웃고, 마음을 말로 전하자 세토야마는 기쁜 듯이 웃어 보였다.

나도, 그리고 지금까지 주고받은 교환 일기도 거짓말투성이라고 생각했다. 하지만 세토야마는 찾아내 주었다. 진정한 나를, 찾아내 주었다.

주고받은 말도, 남겨진 글자도. 미안해, 사실은 전부 거짓말이었어. 하지만 거짓말뿐이라고 생각한 그 안에도, 내가 확실히 있었구나. 그렇게 생각해도, 괜찮을까.

"아, 이거, 다음번 만날 때까지 답장 써와."

세토야마가 새로운 노트를 가리키며 말했다.

"나와 너의 새로운 교환 일기."

'나'에게 건네준 새 노트를 꼭 끌어안고 이 하얀 노트를 거짓말로 더럽히지 않겠다고 다짐했다.

"자, 오늘은 어떻게 할래? 어디 들렀다 갈까? 아니면 우리 집에 갈래?"

손을 잡고 한 발짝 앞서 걸어가는 세토야마가 내게 물었다.

둘이서 데이트하는 일도 기쁘다. 첫 데이트니까 함께 CD를 보러 가도 분명 즐거울 거야. 하지만 미쿠랑 할머니도 만나고 싶다. 오늘부터는 더 이상 거짓말하지 않고 진짜 '여자 친구' 자격으로 만나러 갈 수 있다.

"…어, 어느 쪽이든."

잠깐 생각하고 나서 대답했는데 푸핫, 세토야마가 웃음을 터뜨렸다. 그리고,

"너다워."

그렇게 말하고는 눈을 가느다랗게 뜨며 웃었다.

– 좋아해.

나랑 사귀어줘.

앞으로 잘 부탁해.

구로다 노조미

널 좋아해

저자 소개

사쿠라 이이요

櫻いいよ

나라현 출생, 오사카에 거주한다. 2012년에 《네가 떨어뜨린 푸른 하늘君が落とした青空》로 데뷔했으며, 이 책은 누적 판매 부수 24만 부를 돌파, 출간 10주년을 기념하여 2022년에 영화화되었다. 또한, 2020년에 출간된 《그래도 우리는 옥상에서 누군가를 생각했다それでも僕らは、屋上で誰かを想っていた》로 제7회 인터넷 소설 대상을 받기도 했다.

그동안 10대들의 풋풋한 연애, 사춘기 시절 특유의 복잡미묘한 관계와 감성을 섬세하고도 다정하게 묘사하여 큰 사랑을 받아온 저자는, 마침내 메가 히트작 《말하고 싶은 비밀交換ウソ日記》 시리즈로 하이틴 로맨스 부분에서 범접할 수 없는 위치에 올랐다. 2017년부터 지금까지 총 4권이 출간된 이 시리즈는 '청춘 시절의 사랑과 마음의 상처를 그린 수작'으로 평가받으며, 10대 여학생들 사이에서 오랫동안 사랑받아 왔다. 지금껏 누적 판매 부수 65만 부를 돌파, 장기 베스트셀러로 자리매김했으며, 원작 소설의 인기에 힘입어 2023년 일본에서 영화로 개봉되었다.

그 외 주요 작품으로 《그날, 소년 소녀는 세계를あの日、少年少女は世界を》, 《고양이만이 그 사랑을 알고 있다猫だけがその恋を知っている》, 《언젠가 연주하는 사랑 이야기いつか奏でる恋のはなし》, 《별이 가득한 하늘은 100년 뒤星空は100年後》, 《가짜 너와, 49일간의 사랑偽りの君と、十四日間の恋をした》 등이 있으며, 국내에 출간된 도서로는 《세상은 『 』로 가득 차 있다》가 있다.

역자 소개

김윤경

일본어 번역가. 다른 언어로 표현된 저자의 메시지를 우리말로 옮기는 일의 무게와 희열 속에서 오늘도 글을 만지고 있다. 옮긴 책으로는《오늘 밤, 세계에서 이 눈물이 사라진다 해도》,《네가 마지막으로 남긴 노래》,《오늘 밤, 거짓말의 세계에서 잊을 수 없는 사랑을》,《어느 날, 내 죽음에 네가 들어왔다》,《봄이 사라진 세계》,《수다스러운 방》,《철학은 어떻게 삶의 무기가 되는가》,《왜 일하는가》등 80여 권이 있으며 출판번역 에이전시 글로하나를 운영하고 있다.

말하고 싶은 비밀

초판 1쇄 발행 2023년 12월 11일
초판 44쇄 발행 2025년 10월 27일

지은이 사쿠라 이이요
옮긴이 김윤경

책임편집 양수인
디자인 studio forb
책임마케팅 최혜령, 박지수, 도우리, 양지환
마케팅 콘텐츠 IP 사업본부
해외사업 한승빈, 박고은
경영지원 백선희, 권영환, 이기경, 최민선
제작 제이오

펴낸이 서현동
펴낸곳 ㈜오팬하우스
출판등록 2024년 5월 16일 제2024-000141호
주소 서울특별시 강남구 테헤란로 419, 11층 (삼성동, 강남파이낸스플라자)
이메일 info@ofh.co.kr

ISBN 979-11-93358-24-5 (03830)

모모는 ㈜오팬하우스의 출판브랜드입니다.